光芒中的光芒

蒋巍 著

浙江教育出版社·杭州

图书在版编目（CIP）数据

光芒中的光芒 / 蒋巍著. -- 杭州 : 浙江教育出版社, 2022.10
ISBN 978-7-5722-2132-3

Ⅰ. ①光… Ⅱ. ①蒋… Ⅲ. ①报告文学－中国－当代
Ⅳ. ①I25

中国版本图书馆CIP数据核字(2022)第167087号

光芒中的光芒

GUANGMANG ZHONGDE GUANGMANG

蒋巍　著

责任编辑：余理阳
美术编辑：韩　波
责任校对：陈阿倩
责任印务：沈久凌
出版发行：浙江教育出版社
（杭州市天目山路40号　电话：0571-85170300-80928）
图文制作：杭州林智广告有限公司
印刷装订：浙江新华数码印务有限公司
开　　本：710 mm×1000 mm　1/16
印　　张：17.75
字　　数：290 000
版　　次：2022年10月第1版
印　　次：2022年10月第1次印刷
标准书号：ISBN 978-7-5722-2132-3
定　　价：58.00元

如发现印装质量问题，影响阅读，请与本社市场营销部联系调换。
电话：0571-88909719

蒋巍，1947年10月生于哈尔滨，国家一级作家，享受国务院特殊津贴专家，获中国文联“全国最美志愿者”称号。曾任哈尔滨市文联主席、文艺报社副社长、中国作协创作研究部副主任。先后当选中国作协第五、六、七、八届全国委员会委员，中国文联第九届全国委员会委员等。创作出版各类作品30余部，曾获中宣部“五个一工程”奖、鲁迅文学奖、全国优秀报告文学奖等。

前言

步入光的舞池

让我们从一个有趣的悖论开始。

几个世纪前，罗马教廷出了一本书，书中用当时流行的数学推论，导出一个令广大教徒激动万分的结论："上帝是万能的。"不过，也有很多人并不认同，一位智者针锋相对提出一个问题："上帝能创造出一块他搬不动的石头吗？"教廷尴尬了。如果他们回答说能，那么上帝搬不动他创造的那块石头，就意味着上帝不是万能的；如果教廷回答说不能，那么上帝创造不出一块他搬不动的石头，同样证明上帝不是万能的。归根结底，人类的事情还得靠自己。

此刻，是的，就在此刻，宇宙在膨胀，太阳在燃烧，地球在飞旋，万丈光芒如潮涌来，让素不相识、天各一方的你我，在七色光中，在这本书中，奇异地相遇。按地球的年龄，你我相约在今天，46亿年等一回。太神奇、太感人了！我们应该握握手。感谢光，创造了我们的约会！

光，是宇宙的女皇，地球的主宰，人类的天使。

时间，从光开始。

光为宇宙设定了速度极限。它在真空中每秒前进299792458米，约30万千米，目前没有什么物质比它运动更快了。即使人类可以通过加速器把粒子加速到光速的99.99%，但就是无法突破光速的壁垒。假设我们终于造出超过光速的飞行器了，宇航员就会追上并超过时间，实现“逆生长”。他可能飞到过去的时空，看到自己背着书包上学堂的景象。还能看到满地的杯子碎片集合起来，然后离开地板跳到桌上。若干年后他返回地球时，他的孪生哥哥已是白发苍苍的老者，而他比侄儿们还年轻。那样的话，这个世界肯定乱套了。

光，创造了世界也规定了世界。

按照宇宙大爆炸理论，光和宇宙是同时诞生的。那大概是140亿年前一个无法形容的时刻，既非惊天动地也非惊心动魄，因为那时没天没地。据一些天才人物（比如伟大的宇宙学家霍金）推断，宇宙大爆炸起始于一个密度无限大、体积无限小、时空无限弯曲、热量无限高的奇点。以我之愚钝，实在无法想象这个奇点是什么以及形状如何。它就像几何学中的一个点，只存在于数学模型和抽象的概念中，找不见、看不着、摸不到。不知什么原因，也不知谁“点燃”了这个地雷似的奇点，瞬间发生了大爆炸，从此诞生了五光十色、不断膨胀的宇宙，其中一些微尘化为星球和星系，一些微尘化为外星生物和地球人，一粒微尘化为我。

大爆炸不可避免地引发了一个所谓“第一推动力”的终极问题，即到底是谁点燃了奇点的“导火索”？但一直找不到答案。那些伟大到绝不容许自己“不伟大”的天才物理学家比如牛顿等人为此无比苦恼，他们不愿意看到自己建构的恢宏、壮丽、完整的真理大厦因此坍塌，最终不得不回到宗教庇护所去亲吻上帝之手——意思是，这事儿还是上帝干的。因为同样的问题，霍金在罗马的一次科学报告会上作了有关宇宙大爆炸的演讲之后，教宗以极其优雅的风度和不容置疑的口吻宣布：“大爆炸之后的宇宙是可以研究的，至于大爆炸之前，那属于上帝的工作范畴，人类就停止思考吧。”

不过，最新的“圈量子引力论”提出另一种推断：物质不可能坍缩成一个无穷小的点，因为无穷小的点是不存在的。比如太阳在燃烧殆尽之后，会坍塌成一个黑洞，宇宙也是这样。被自身重量压塌的物质会变得越来越密，一旦压缩到最大程度，会变成一个坚果壳大小的“奇点”，依据量子力学原理会产生强大的反作用力并发生极高速的反弹，所谓“大爆炸”其实就是处于极端密度的物质不断反弹和膨胀的过程。以此推断，140亿年前的宇宙大爆炸之前，一定还有个前宇宙、前前宇宙，并反复进行着塌陷与反弹这样的轮回。

大爆炸发生的瞬间，奇特而又绚丽的光出现了，时间和空间也同时出现了。

0.01秒之后，温度约为1000亿℃的宇宙闪射着无穷多的光子、电子和中微子，看上去光芒四射，绚丽多彩。从这时开始，光辐射一直主宰着早期的宇宙。

0.1秒后，温度下降到300亿℃，整个宇宙体系在急剧膨胀。

10秒后，温度降到30亿℃，氢、氦等化学元素的稳定原子核形成。

1万年后，渐渐冷却的物质密度终于追上辐射密度并超越它，从那时起，物质成为宇宙运动和变化的主角。

30万年后，温度降至3000℃，气态物质在引力场的作用下凝聚为密度较高的气体云块，再渐渐固化成恒星和恒星系统。这以后，才有了太阳、地球以及我们人类。

在文学家浪漫多情的笔下，清晨的阳光，夏夜的月光，海边的波光是多么美啊！人世间的爱情就是在那样的美景中诞生的。但在科学家严肃冷静的目光中，光是一种波动的光子，是一种电磁波，波是力的振动之像。也就是说，光是一种电磁场的振动。正是来自无数光子的振动，把人心和爱情振得死去活来，悲欢离合。

对生命来说，有光才有生机和美丽，包括那些在深海绝对黑暗中游来游去的会发光的鱼。“子非鱼，安知鱼之乐。”19世纪的法国印象派大画家莫奈第一次用绚亮的光影来表现人和自然，其名作《持阳伞的妇人》让世人为之一惊：因为有七彩之光，我们和周边世界原来如此美丽！

没有光的舞池，人类就无法相识相爱，正如没有树的地方是沙漠，没有你的地方是寂寞。没有光，我们相互寻找时就像在煤库里寻找黑猫。

光是既迷人又恼人的不可思议的科学之谜。比如，科学家至今不明白，光作为一种美丽非凡的基本粒子，一出发就是每秒30万千米，而且从不加速也不减速，哪怕把它从飞驰的航天器上射出去，速度也不叠加。再比如，光进入水里的瞬间便发生折射，那是光子穿过水的最快、最直、最省气力的路线。科学家要找到这条路线，还要费时费力地大量计算，不会思考的光子却在瞬间就本能地找到并穿过这条光明之路。它哪来的本事？正如有人提出的另一个疑问：人是由原子组成的，每一个原子都不会思考，但人为什么会思考？迄今无人能答。

恩格斯赞叹，思维是地球上最美丽的花朵。正是无数个这样刨根问底的“为什么”，在引导人类文明不断前进和跃升。科学家就是一群喜欢刨根问底的人。

光分两类，一类是普照宇宙的自然之光，一种是人类创造的科学之光。科学之光，本质上代表了人类的追求、信仰、力量和爱，推进了人类文明新的跃升。

20世纪60年代，美国造出世界上第一束激光。仅仅一年之后，中国激光紧跟着激射而出。更有人称激光是“超越上帝的光”，即上帝也无法制造的光。它证明了上帝并不是万能的，故而我称之为“上帝悖论之证”。激光是“光芒中的光芒”，它的问世，出人意料地轰开了一个全新的光芒四射的伟大时代。

本书所写的，就是一群研究激光的科学家和探索者。

科学家是一群奇怪的家伙。他们肯定不是外星人，但他们具有外星人的某些特征。比如，他们大多不善于与地球人交流，却能够与世界万物对话；比如，我等凡夫俗子聊天时说起一个事件，吹得云山雾罩，而科学家对“事件”的科学定义是：“由它的时间和位置所指定的时空中的一个点。”这简直就是两个星球的语系！

他们是人类中“永远长不大的儿童”，他们始终好奇地张望着这个浩瀚无边而又神秘莫测的宇宙。探索他们的内心世界，就像走进一座科学迷宫。

目 录

第一章
天堂和人间都有“贼”

> 放肆无礼万岁！它是我在这个世界上的守护天使。
>
> ——爱因斯坦

历史背影

在明朝那些事中，有两件事的严重后果是当时帝国决策者无法料及的。第一件事是永乐大帝朱棣为安定北部边境，决定把国都从南京迁往北京；第二件事是继任者洪熙帝为节省开支，在三宝太监郑和七下西洋归来之后，下诏停止了国家的远洋航海活动。从此中华帝国背向大海，绵延千年的海上丝绸之路，就这样中断了。辽阔高远的神州大陆，再也看不到大洋之上龙旗如云、千帆竞发的壮丽景象了。

17世纪末，天主教、新教广泛传入中国，与中国民间信仰产生不少冲突和摩擦。1704年11月20日，教皇格列门发布7条“禁止条约”，严重干涉中国民众祭祀孔子、供奉祖宗等传统信仰活动，引

起官方和民众的愤怒。清康熙帝遂发布了禁教令并严行禁海令。中国从此久久沉睡于“上朝天国”的田园风光中。而这时候的欧洲早已从黑暗的中世纪醒来，人性解放造就了文艺复兴，文艺复兴孕育了工业革命，欧亚大陆的东部和西部从此分道扬镳。

时代大潮浩浩荡荡，顺之者昌，逆之者亡。以1840年鸦片战争为标志，近代中国完全跌入落后挨打、任人宰割的半殖民地半封建社会的深渊。

经历过两次鸦片战争的惨败，一批有识之士痛定思痛，或者发动向西方学习的洋务运动，或者力推变法革新，但一切为时已晚。1894年，中日甲午海战爆发，北洋水师全军覆灭，标志着靠打“强心剂”的办法是无法挽救旧中国了。革命已经无可避免。

人类不能超越自己的时代。此时的西方列强所向无敌，志得意满。在遍布世界的殖民地血汗的喂养下，他们肥硕的躯体坐在风驰电掣的发动机上，以至于脑袋已然跟不上屁股的前进速度。在20世纪即将抵达的前夜，许多西方人士认为其文明发展和科学进步已达顶点。当时的美国专利局局长查尔斯·杜尔主动要求挂印封金，请求麦金莱总统撤销他所领导的这个局，理由是：“一切能够发明出来的东西都已发明出来了。”他绝没有想到，大量科学史上最伟大、最壮丽、最血腥的新发现和新发明，后来在20世纪的舞台上演绎出一部风云激荡、血火交加的历史。同样，1900年，英国德高望重的著名物理学家、76岁的开尔文勋爵（他曾领导建设了世界上第一条海

底电缆），在那一年的英国科学促进会演讲中宣布：“当前，物理学中已经没有什么新东西可以发现了，剩下的事情就是把测量做得越来越精确而已。”

有的哲学家也认为自己的路走到了尽头。20世纪赫赫有名的哲学家维特根斯坦就说：“哲学余下的任务仅是语言分析了。”对此，当代宇宙学家霍金给出特别不客气的评价：“这是从亚里士多德到康德以来哲学伟大传统的何等堕落！”

1. 他骑着一只灯泡飞临人间

每个时代都会培养出自己的巨人。

18世纪中叶从英国开始的工业革命，创造了人类文明史上前所未有的发展速度。至19世纪中叶，不过百年，被未来学家誉为“第二次浪潮”的工业革命已席卷欧美大陆，机器化大生产的隆隆机声震撼全球，全面改变了人类的生产方式和生活方式。随之而来的是气势磅礴、所向无敌的资产阶级革命，它如同闯入丛林的一头巨兽，吞下一个个封建国家的王公贵族和遍及全球的殖民地，世界版图为之一变。正如马克思和恩格斯在《共产党宣言》中所说：“资产阶级在它的不到一百年的阶级统治中所创造的生产力，比过去一切时代创造的全部生产力还要多，还要大。自然力的征服，机器的采用，化学在工业和农业中的应用，轮船的行驶，铁路的通行，电报的使用，整个整个大陆的开垦，河川的通航，仿佛用法术从地下呼唤出来的大量人口，——过去哪一个世纪料想到在社会劳动里蕴藏有这样的生产力呢？”

必然，科学发展的黄金时代也同时到来。更宽广的视野，更精密的观察，最新工具和材料的使用，使得科学的新发现、新发明层出不穷，令人眼花缭乱，目不暇接。一个个高举现代科学旗帜的巨人从19世纪的地平线上款款而来。比如，一个最鲜明的例证是“人类的家园”——地球的年龄终于得到准确测定。此前，许多权威文献都称地球的年龄约为6000年——这也是宇宙起始的时候。这个说法是17世纪一位爱尔兰主教詹姆斯·乌雪根据《圣经》编年史，并结合历史事件和天文材料给出的。在长达200年的时间里，人们对此深信不疑。直到19世纪末，人们发现，铀衰变为铅的速率是不变的定量，因而可以通过测量含铀矿石中的含铅量，推算出相应矿石的年龄。据此，科学家们测定，地球上发现的最古老矿石的年龄约为43亿年，再通过对流星年龄的测定以及一些科学的计算，最终认定地球年龄约为46亿年。

神学家的臆测终于被推翻了——尽管庄严宁静的梵蒂冈教廷依然在那儿。

1860年6月30日，一个周末的下午，阳光很足，牛津大学会议厅里人满为患，热气腾腾，与会者大部分是头戴假发、身穿教袍的教会人员。这是英国科学促进会本年度的年会现场，会上，能言善辩的牛津主教塞缪尔·威尔伯福斯发表了最受关注的主旨演讲，他代表教会对达尔文刚刚出版6个月的《物种起源》及其提出的进化论思想发起了猛烈攻击。他认为，否定“上帝创造一切”是不可容忍的，并称达尔文是“迷途的羔羊”。当时，这只时年50岁的“羔羊”本来也收到与会邀请，但他“托病”请辞了。性格一向沉静羞涩、不善言辞的达尔文显然不想与雄辩滔滔的威尔伯福斯和众多的神职人员面对面交锋。他礼貌地选择了沉默和等待，等待现实世界的回答。

这个历史细节表明，当时的欧洲大陆，新旧时代和新旧思想正在发生激烈碰撞。由神力和魔力搭建起来的神话世界不断发生轰隆隆的坍塌，令人惊骇的新发现、新发明如同一张破土猛进的钢铁巨犁，让大地黑浪翻滚，让新思想、新理论的种子遍地生根。

1879年秋，伟大的发明家爱迪生在经历过无数次几乎令人绝望的失败后，终于在美国纽约门罗公园发明出长久耐用的白炽灯。

电灯彻底结束了纽约用煤气照明的昏暗时代，从此灯光照亮了世界上的每个夜晚，把人类带进一个灯红酒绿的梦幻之境。

正是在这一年的3月14日，上午11时30分，在德意志帝国寂静的小城乌尔姆，一个新生命降生了。他的父亲赫尔曼是农民出身的承包商兼小企业主，性情坚毅执着。按照犹太人的文化传统，父亲和母亲为这个儿子取名阿尔伯特·爱因斯坦。长到两三岁时，小家伙还不会说话，要费很大的气力才能磕磕巴巴蹦出几个不连贯的单词，这件事曾让父母很发愁，还抱着儿子去看了医生。爱因斯坦两岁时，家里添了一个女孩玛雅。他第一眼见到可爱的小妹妹，误以为这是爹妈送给他的一个漂亮玩具。

四五岁时，家人送给爱因斯坦一个指南针当玩具。他发现，无论怎样转换角度，那支抖动的指针就像被一种神秘的力量牵引着，永远指向一个方向。这种看不见的秩序让他激动得浑身战栗，他想，一定有什么东西隐藏在这枚指针的背后！后来他回忆说，这个指南针让“我终生都被这种惊奇感激励着”——别忘了，指南针可是古代中国人发明的。不过于今想来，我等这类凡夫俗子小时候大概都拥有过这个小玩具。但是，当家长或老师告诉我们，这是地球磁场影响的结果——就像磁铁吸引铁屑一样，我们便停止思考了。由此可见，一切现成答案是多么可怕！当一只碗装满水的时候，它就再不能容纳更多的水了。要想接纳新知，必须把脑子里的现成答案倒掉，这是所有探索者和创新者必备的品质。不久，在钢琴方面颇有造诣的母亲送给他一把小提琴，从此小提琴成为他一生的伴侣。莫扎特的音乐尤为让他心醉，因为莫扎特以极其优美的方式“反映了宇宙背后的和谐”。

在我看来，有一个悄悄发生的三观变化在爱因斯坦一生中发挥了至关重要甚至是决定性的影响，值得年轻一代注意和深思。但迄今为止，在我所读到的有关爱因斯坦的文论中，似乎没有任何一个西方作家对少年爱因斯坦的三观转变给予足够的评价，顶多轻描淡写一笔带过。爱因斯坦出生在一个犹太家庭，但父母对宗教信仰并不在乎，对孩子也没有什么特别要求。不过西方教育从孩提时代就渗透了宗教文化，爱因斯坦在学校中耳濡目染，自然笃信了“万能的上帝”和他创造的一切。12岁时，爱因斯坦读到一些科普读物，“通过阅读这些书籍，我开始质疑《圣经》里故事的真实性，其结果就是染上了一种狂热的自由思想”，认为“国家用谎言将年轻人欺骗了”，“少年时代的宗教天堂就这样一去不复返了”。试想，如果他从小到大一直虔诚地信仰宗教并在每个礼拜去教堂听神父布道以“清洗”自己的灵魂，那么这个世界不过会多出一只“迷途的羔羊”，一个默默无闻、终归土灰的教徒，但一定会失去一位伟大的科学家。

一步之差，太悬了！

上学后，爱因斯坦很快在数学方面显示出杰出的才能，15岁之前就掌握了微积分，而且特别喜欢解决算术中的复杂问题，找不到答案绝不罢休。后来他对记者说："我越来越确信，大自然可以作为一种相对简单的数学结构而得到理解。"1885年，爱因斯坦的父亲和叔叔合办的安装公司为慕尼黑啤酒节第一次装上了华丽的灯饰。稍微长大后，他常来公司里玩耍和帮忙，从而获得了许多电学方面的实践经验。据爱因斯坦后来回忆，16岁是他成长中的关键一年。在阅读了许多科普读物之后，他不仅从宗教思想的枷锁中脱身而出，同时也开始了对世界和科学的独立思考。就在那一年，面对从窗口透射而进的一片亮灿灿的阳光，他进行了人生中第一次想象中的"思想实验"：如果一个人以光速追赶一束光，那么他所看到的一切会发生怎样的变化？

答案在多年后被找到了——那就是他的狭义相对论。

数年以后，他又进行了另一个超乎想象的"思想实验"：如果把一个人关进一个密封的正在自由下落的升降机内，他会感受到什么呢？

答案在多年后被找到了——那就是他的广义相对论。

所谓"思想实验"，是在条件不具备或不可能进行实际操作的情况下，科学家在想象中拟定实验过程进行逻辑推导。后来，这种"思想实验"成为爱因斯坦成就伟大科学事业最重要的方法论和奠基石。确实，在人类目光无法抵达的宇宙空间和微观世界进行理论研究、解构和计算，缺少无限展开的想象力和缜密的逻辑思维是不可想象的。

与此同时，16岁的爱因斯坦给18岁的玛丽写出了他一生中的第一封情书。他在信中热烈地说，因为玛丽的出现，“我对那些小姑娘不再喜欢了，要是以前，她们肯定会令我如痴如狂。对于我的灵魂来说，您要比整个世界更有意义”。事实上，“整个世界”永远在他生命中拥有最高的意义。或许因为性情单纯、学识较少的玛丽无法满足少年科学家更大的精神需求，爱因斯坦很快变了心，两年后转而投入大他三岁有余的瑞士联邦工学院同学、塞尔维亚姑娘米列娃的怀抱。米列娃先天跛足，其貌不扬，但她对科学和数学情有独钟，喜欢沉思冥想，待人稍显冷傲，有时又很幽默，深陷的大眼睛常有一丝迷离的忧郁。在爱因斯坦的生命中，她兼具了恋人、妻子、保姆、孩子母亲、灵感源泉、厌恶对象和对手等各类角色。最后因爱因斯坦移情别恋，两人不得不分手，爱因斯坦为求得解脱——他天才地预见到自己将来一定会获得诺贝尔奖——答应把所有奖金留给米列娃。

17年后，他做到了。

就读于瑞士联邦工学院的后期，因这对情侣陷入疯狂的热恋，再加上爱因斯坦桀骜不驯的性格，两人的毕业论文分别得到班上的最低分：4.5和4.0。爱因斯坦的分数勉强能够拿到毕业文凭，米列娃则需要复读一年。

1902年6月，经友人介绍，23岁的爱因斯坦进入瑞士伯尔尼专利局担任专利审查员，一周上6天班，每天8小时，年薪3500法郎。天天坐在椅子上审读那些千奇百怪的专利申请报告，生活该是怎样的枯燥无味，爱因斯坦却十分满足和快乐，“因为它极为多样，可以作许多思考”，这个专利局是一个“让我构想出最美妙思想的世俗隐居之地"。他后来回忆说："我可以在两三个小时内做完一天的工作，在剩下的时间里，我将思考自己的事情。只要有人路过，我就会把笔记本塞到抽屉里，假装做正事。"

他的上司哈勒尔向他提出的第一个工作原则是："当你拿起一份专利申请时，要先假定发明者所说的一切都是错误的。"这个"证错原则"对爱因斯坦创建自己的科学王国无疑是重要的启迪。

塞翁失马，焉知非福。因为爱因斯坦的求职信受到冷遇，他没能如愿去某个大学当助教，这或许是幸运的——那种中规中矩的生活很可能扼杀他的天才奇想。在遥远而封闭的伯尔尼专利局做一个小职员，可以让他天马行空地对所有学术权威投出怀疑的目光，而不必承受太大的精神压力。这期间，爱因斯坦一方面极尽温柔之能事，一次次安抚生了一个女儿（后因病交他人抚养，不知所终）和一个儿子的米列娃，一方面抓起一把把"星星"扔进他的"思想实验"场，然后猜想着它们的过去、现在和未来。

1905年，26岁的爱因斯坦步入他一生中犹如"寒武纪生命大爆发"的第一个"奇迹年"，这一年他写出四篇独具创见并在科学史上产生重大影响的论文。此前，世界物理学史上只有一个类似的奇迹年：1666年，牛顿为躲避瘟疫隐居到乡下，在此期间他为人类一举作出三大贡献——发明了微积分，对光谱进行了分析，提出了万有引力。

2. 光究竟是什么

地球人的诞生是宇宙中概率极低的一种幸运，不仅因为太阳的存在，还因为地球和太阳的距离恰好不远不近——太近了就是一片沙漠，太远了就是一块石头。阳光为地球上的一切生命提供着源源不绝的能量，人类最早就是从太阳、月亮和星星上感受到光的。当第一束光照进婴儿的眼睛，就意味着这个婴儿接到了来自太阳的请柬。也因此，在我们的远祖学会利用光和火之后，对于太阳、光和火的图腾崇拜遍及世界各地。

但是，光究竟是什么？近代科学家曾为此争论了200多年。17世纪的物理学家牛顿对光十分着迷，做了大量光学实验。他自行磨制了各式各样的透镜，发现日光穿过三棱镜后，被分成红、橙、黄、绿、蓝、靛、紫7种颜色。事实上，这七色光谱仅仅是光波中一段很窄小的能被人眼感受到的波长，故称“可见区”。此外，还有远红外、红外、紫外、真空紫外及射线区，之所以加了“外”，就是因为那些光是我们的眼睛看不到的。

1669年，牛顿在他的重要著作《光学》中提出了光的“微粒说”——在当时的科研水平和实验条件下，这当然出于他的想象与推断。他认为，光是由小小的具有弹性的微粒组成的粒子流，具有直线传播的性质，并且能为某些物体吸收。光源就像手枪发射子弹一样源源不断地发射着这种微粒。如果它们不能被遇到的物体所吸收，光微粒就会像皮球一样弹回来，比如阳光照射在镜子上就会发生光反射。这种“微粒说”完美地解释了光的直线传播、反射、折射等现象，并且因为这些光微粒在不同条件下折射出不同的颜色，才会有光谱中的七色光。

——哇，这个世界让牛顿解释得太美了！

但是，在解释光的独立传播时，牛顿的光学理论却遇上一个致命的难题。众所周知，两束光在空间交叉相遇时，可以互不干扰、若无其事地沿着各自的方向继续前进。如果按照牛顿的说法，光是由一群有弹性的粒子流组成的，那么两道光束相遇肯定导致微粒们乱撞一气，使光束突然变得散乱甚至可能改变方向。

科学家不得不探寻别的解释。9年之后，荷兰物理学家惠更斯首次提出了光的“波动说”。他认为，光是由光源处的振动引起的从一处传到另一处的做机械性运动的波，是在宇宙空间不可见又无所不在的、在“以太”中弹性传播的，其与水波极为类似。比如，几束光交叉在一起，不会影响各自的传播方向，就像你向平静的湖面扔下两块石头，随后便会以投石点为圆心产生两列水波，一圈一圈地向周围扩散。两列水波交叠后，依然会沿着原来的方向传播开去。惠更斯的“波动说”虽然很好地解释了光的反射、折射和独立传播等光学现象，但无法解释光的直线传播和光的衍射现象。比如，我们可以在门的这一面听到门后面的人的说话声，因为声波有绕过物体的能力（物理学上叫绕射，也称衍射），但我们却看不到门后面的东西，证明光波没有这种本事。

显然，惠更斯的“波动说”还不能服人，再加上牛顿的声望如日中天，被誉为“唯一有资格与上帝对话的人”，惠更斯的“波动说”被全盘否定，长期被打入冷宫。但光到底是什么？好奇心仍然继续在科学家的实验室里跳动。19世纪初，年仅29岁的英国科学家托马斯·杨极具独创性地做了一个“双缝实验”显示了光的干涉现象，证明了光确实存在着波动性。不过那时的杨太没名气了，他对伟大牛顿的挑战被视为一种“年轻人的玩闹”，他的研究成果无人问津，论文也无处发表。他本打算自费印一些小册子像传单一样撒出去，但担心民众不懂，最后只印了一册“以资留念”。而如今，托马斯·杨的这个实验几乎被写进了所有的光学教科书——证明历史最后留下的还是真理。

进入19世纪，电的发明和应用将人类带入电气时代。英国物理学家麦克斯韦在实验中发现，电磁波的传播速度和光一样，同为每秒30万千米，从而光也被认为是电磁波的一种，牛顿的“微粒说”再次受到挑战。再后来，事情又发生了不可思议的转变。经多国科学家反复搜寻和实验，证明此前人们猜想的电磁波在宇宙间传播的介质“以太”并不存在，因此光的“微粒说”又恢复了战斗的勇气。

光究竟是波还是粒？这场吵了200多年的光学争论，必须等待一位伟大的科学家来主持公道、给出结论了。没想到，在科学界翘首以盼的目光中，走上讲台的是一个不知名的年轻人——来自瑞士伯尔尼专利局的专利审查员，26岁的阿尔伯特·爱因斯坦。

1905年3月，他在寄给《物理年鉴》的论文中，首创性地提出了光的波粒二象性。他认为：光是由一份份的光量子（后改称光子）组成的，这种光子是一种能量形式，甚至可以形象地称之为一个小“能量包”。光既是粒子，同时又是波，它们是连续的，又是不连续的。光在与物质相互作用时粒子性明显，无处不钻；光在传播中则波动性突出。光在什么时候表现出微粒性，什么时候表现出波动性，关键要看光处在什么条件下。现代科学已经证实，一切微观粒子与光子一样，都具有波粒二象性，是自然界一切现象内在矛盾对立统一的表现。

当时，科学界还在为一种奇妙的光电效应感到迷惑。人们发现，当用光照射金属时，金属的表面会溢出电子，但被照射的金属仿佛只喜爱特定波长（两个相邻波峰之间的距离）的光，如果光的频率

（每秒钟里光振动的次数）达不到金属的要求，即便照射的时间再长，金属也无动于衷，拒不释放一个电子。对此，爱因斯坦给出天才的解释：光子作为一种能量形式，它的能量大小与光的频率成正比。由于金属中的一个电子只能吸收一个光子的能量，所以光的频率决定了电子能否挣脱束缚溢出金属表面。

玄妙至极的光，终于被年轻的爱因斯坦揭开神秘的面纱。1921年，由于爱因斯坦科学地解释了光电现象，他获得了该年度的诺贝尔物理学奖。

光，作为一种非常特殊、美丽、奇妙的基本粒子，让人陶醉也令人痴狂。因为所有的美，包括活着的美人和画中的美人、现实的美景和影像中的美景，其表象都是光的反射或衍射，光显示了美也造就了美。从科学上说，光有能量，但没有静质量，从而创造了宇宙中不可逾越、最快的前进速度。它是中性的，没有异性相吸、同性相斥之类的怪毛病。形象地说，如果我们抓起一大把光子，用手一撸，让它们在波长、相位、方向上均进入同一状态，光子们就可以集合成一道光束，成为文学创作或科幻电影中削铁如泥、所向无敌、能开能关的激光剑。

后来，人类真就这么干了。

总之，光是生命的母亲、艺术的缪斯、宇宙的女皇。

3. 是谁牵着他的鼻子

在爱因斯坦生命中的第一个“奇迹年”——1905年的3月17日，他寄出了上述关于光学的论文。仅仅不到一个半月后，即4月30日，他又在伯尔尼专利局冻手冻脚的办公室完成了第二篇重要论文《分子大小的新测定法》。那时他还不是博士，他期望通过这篇保险性较强而争论较少的论文获得一个博士学位。

大约一个世纪之前，意大利科学家阿伏加德罗提出一个猜想（后来被证明是正确的）：任何在同一温度和压强下等体积的气体，分子数都相同——我们不能不惊叹阿伏加德罗天才的想象力！为此他还做了一个实验，结果证明这个分子数非常巨大，如果用这么多的玉米粒铺满美国领土，那么玉米的厚度可达15千米以上。

以前对一定单位的分子数的测量大都是通过气体进行的。爱因斯坦这篇论文的创新之处在于他创造性地首次通过液体获得了理想的结果。这篇论文让他如愿获得了博士学位，后来还成了他被引用次数最多、最具实用价值的论文之一，在建筑材料、各类食品和医药产品生产中起到重要参考作用。

完成上述论文的11天后，爱因斯坦又给一篇解释布朗运动现象的论文画上句号。布朗运动是以苏格兰植物学家罗伯特·布朗的名字命名的。1828年，他通过高倍显微镜观察到，即便在静态的水中，小花粉颗粒都像受着某种魔力的驱使，一直在来回不规则地摇晃摆动。科学家曾用分子的随机运动来解释这种现象，但悬浮的花粉颗粒要比水分子大1万倍，所以有限的分子量似乎没有能力推动这些颗粒。爱因斯坦由此判定，任一瞬间，当这个颗粒受到四面八方数千个分子不规则的撞击，必然会产生一些随机的小晃动。由此，他根据基础理论和假设推导做出一个猜想性的预测：在布朗运动中，颗粒随机走过的距离取决于它的大小和液体的温度。一个直径为1/1000毫米、处于17℃水中的颗粒，“一分钟之内的平均位移约为6微米”。

我的天！几个月之后，德国一位实验物理学家通过强大的显微镜，证明爱因斯坦的预测是正确的！

与此同时，爱因斯坦对于布朗运动的预测意外解决了当时科学界仍在争议不休的一个混乱问题：所谓原子和分子到底是假说、猜想还是真实的物理存在？著名理论物理学家玻恩后来说："我们必须记住，在那个原子、分子远未被看作真实的时代，爱因斯坦的这些发现要比其他任何工作都更有助于说服物理学家相信原子和分子的实在性。"

爱因斯坦的大脑无疑充满了张力。就在他晃动着玻璃试管，用一根脑神经思考着水中颗粒的布朗运动时，另一根脑神经早已展开了有关时间、空间和运动物体之间关系的深奥思考。当很多现象和疑问在脑海中纠缠成一团乱麻、长久解不开的时候，他就干脆好多天什么也不想，爬在地板上让刚刚学会走路的儿子把他当马骑，有几次他甚至"打算放弃了"。然而，就在寄出布朗运动论文的第二天，一个突发的火花四溅的灵感解开了一切疑点，"一个新想法突然出现了，而且在相当程度上是凭借直觉获知的"。仅仅七周之后，爱因斯坦便寄出了1905年的第四篇论文《论运动物体的电动力学》。这是有关相对论的第一篇也是奠基性的论文，爱因斯坦自称它是"对时空理论的一种修正"。它点燃了20世纪科学界的一场伟大思想革命的火花，开辟了物理学的一个新纪元。

回想200多年前，端坐在经典物理学的大厦里，牛顿先生曾写下这样一些富有诗意的名言："绝对的、真正的和数学的时间自身在流逝着，而且由于其本性而在均匀地、与任何其他事物无关地流逝着。""绝对空间的自身特性与一切外在事物无关，处处均匀，永不移动。”“神的延续从永恒达于永恒，神的在场从无限达于无限……他构成了延续和空间”。用通俗的话说，牛顿认为时间、空间如同上帝的“标尺”，是绝对的、客观的存在，它们与外界事物无关，永远等同，永不改变，以至永恒。确实，按照生活常识，我们会有这样的感觉：钟表的指针与我们无关，它永远冷漠无情地按照自己的规律嘀嗒嘀嗒地响着，直到把人送走。但爱因斯坦的出场，像一只公牛闯入瓷器店，打碎了所有关于“绝对时间”“绝对空间”“绝对运动”的传统理念。

爱因斯坦的狭义相对论追踪到了时间、空间的本质，即在流动的四维时空中（长、高、宽和时间），它们都是相对的，是与事物的变化相关联的，是人们从事物变化中抽象出来的量化表达。比如，年、月、日这些时间概念，分别表示了地球绕太阳一圈、月球绕地球一圈和地球自转一圈所用的时间。再比如，一昼夜的长短是由地球自转周期决定的，而且由于潮汐的作用，地球自转周期是不断延长的。一个世纪从初始到结束的那一刻，一昼夜的时间将延长0.0016秒。46亿年前，原始地球的一昼夜更短，只有3.6小时。由此可见，时间并非上帝制定的“绝对尺度”，而是相对的，与事物变化相关联的。

空间、运动的概念也是相对的。测定空间距离和运动状态，总是相对于别的物体的，需要一个参照系。比如中国高铁启动时，一向以加速平稳著称，我们坐在逐渐加速的车厢里，初时常常会错以为站台对面的列车启动了，直到观察到站台等参照物，才明白是自己乘坐的列车启动了。

奇特的钟慢尺缩效应，是狭义相对论的又一个重要发现。我们实在无法想象，这种只能在光速或近于光速的条件下才能讨论的现象，爱因斯坦是怎么想到的。他认为，当物体在低速运动时，它的空间广延性和时间持续性的变化极其微小，难以被人觉察，可以忽略不计。当物体以接近光速的速度运动时，它沿着运动方向的广延性就会缩小。比如一把尺子，在以接近光速运动时，长度就会缩短。速度越接近光速，尺子就缩得越短。如果它以每秒26万千米的速度运动，1米的尺子会缩到0.5米。如果它以光速每秒30万千米的速度运动，这把尺子将成为一个点。

与此同时，狭义相对论还证明，当物体以接近光速运动时，其内部过程的时间持续性就会延长，也就是说，接近光速运动中的钟要比静止时走得慢。后来，钟慢效应被实验所证实，科普作家的故事也跟着蜂拥而出，说哥哥乘着光子火箭以光速去别的星系旅游，若干年后回到地球时，他的弟弟已白发苍苍，而他比侄儿们还年轻。

总之，爱因斯坦的狭义相对论构建了一个超乎人类常识、却被后来的科学实验所验证了的新时空关系。他的结论是：世界上没什么绝对的东西，空间和时间随物质运动而变化，质量随运动而变化，质量和能量在运动中相互转化。当运动速度远低于光速的时候，狭义相对论的结论和牛顿力学没有什么区别；当一个物体的运动速度接近光速时，物体的质量将增加，时钟会变慢，尺子会变短。

16岁时，爱因斯坦给自己提出了一个问题：当一个人以光速去追赶一束光时，他会看到什么？ 26岁时，他找到了答案。

科学的终点常常是哲学的起点。确实，生活中没有绝对的时间和空间、静止和运动，我们活得都不那么轻快，都在一刻不停地做着“相对运动”——这大概就是“人生很累”的哲学意义的起点。

爱因斯坦的创造性劳动证明了这一点：当他激情似火地用五周时间完成了那篇划时代的论文之后，累得“躺在床上休息了两个星期”。过后，爱因斯坦兴奋地给一位朋友寄出一张明信片，上面还有他妻子米列娃的签名，内容只有一句话：“唉，我俩都倒在桌下，烂醉如泥了。”

不过，不要以为1905年这个“奇迹年”结束了，不要以为这个外星来的伟大雕塑家放下了手中的锤子和钢钎。他是20世纪的米开朗基罗，对眼前这块隐藏着因果规律和自然法则的宇宙巨石，他的击打和雕凿远远没有结束。訇然作响的锤声在一团团浩瀚的星云间回荡，使彗星和碎石以垂死的绚烂划过夜空，使一些脱轨出逃、不肯臣服于引力场的行星化为一抹烟尘。8月，正是阳光最好的时候，小两口带上孩子去了一趟塞尔维亚，一方面看看米列娃的家人，一方面稍作休息。不过，9月27日，《物理学纪事》又收到他的一篇新论文——《物体的惯性同它所含的能量有关吗？》。其内容实质上是上一篇《论运动物体的电动力学》的延续。他通过思想实验和大量计算，向人类贡献出一个极其简洁、优美的著名方程式，即质能关系式：

$E=mc^2$

其中，E代表能量，m代表质量，c代表光速，这个方程式告诉人类：能量等于质量乘以光速的平方。光以每秒30万千米的速度前进，它的动能无疑是巨大的，光速的平方就更加大得难以想象。这意味着，一个很小的质量蕴藏着大得惊人的能量。

众所周知，这一公式为核能的开发利用奠定了理论基础，对20世纪人类命运产生了巨大影响。它同时打开了“天堂”和“地狱”的大门，前者造出了核能源，后者抛出了核武器。40年之后，美军投到日本的两颗原子弹，就是在这个公式的基础上爆炸的。

1905年爱因斯坦的“生命大爆发”着实令人吃惊。在伯尔尼专利局，他每周工作6天，每天必须在办公室坐满8小时，周末还要抽出几个小时的业余时间去参加一次群众自娱性的小提琴演奏。在伯尔尼，他没有可以共同讨论科学问题的同事，没有足够的参阅资料，没有完备的实验工具，没有可以及时读到的科研动态信息，因为在他下班的时候图书馆也关门了。他的身边只有曾经的“小妖精”米列娃抱着啼哭不止的儿子走来走去。看到丈夫推出一篇又一篇的论文，而自己距离科学的王国越来越远并彻底沦为一个家庭主妇，米列娃的性格越来越阴郁，并经常发火，正如她对一位闺蜜所形容的：“一个人得到了珍珠，而另一个人得到了珍珠匣子。”但这一切难处似乎都没影响爱因斯坦的“生命大爆发”，他完全是当时科学界一只不食人间烟火的独来独往的“孤狼”。仅凭一个火花四溅的大脑和一支笔，靠着自己的冥思苦想和思想实验，爱因斯坦开始了对经典物理学的全面宣战。

这就是爱因斯坦1905年的“大爆发”，时年26岁的他提出的光量子理论和它的波粒二象性，平息了200年来有关光是什么的激烈论争；他准确解释了布朗运动，间接证明了原子的存在；他彻底否定了一直存在于科学家幻想中的宇宙空间中无所不在又不可见的物质，即所谓“以太”；他颠覆了牛顿以来形成的时空概念，提出了石破天惊的狭义相对论，揭示了时间与空间的相对性，并推导出科学史上最具影响力的方程式。

这样的事情，一个科学家一生做出一两件就足够伟大了，而爱因斯坦在26年7个月的时间内就做完了全部。

4. 他动了上帝的奶酪

事实证明，爱因斯坦偷了上帝的两把钥匙，意味着他动了上帝珍藏的“奶酪”——奇妙的广义相对论和狭义相对论。相对性如同宇宙间的最高法则，它君临天下，无所不在，管理着万事万物。不过爱因斯坦大概没想到，相对性也没放过他的爱情生活。狭义相对论提出十多年后，他的家庭面临解体——相对于被理工科高度模式化的妻子米列娃，爱因斯坦爱上了开朗活泼、较为世俗化的表姐爱尔莎。爱尔莎大他三岁，是一个离婚女人，有两个女儿。两人从小相识，关系亲近。爱尔莎不懂得物理却懂得男人，她聪明地俘虏了这只在科学界独往独来的“孤狼”，并教他避开妻子米列娃、进行私密通信的方法。喜欢冒险的爱因斯坦被爱尔莎的智慧和激情征服了，决定让自己的生活重打鼓另开张，他向米列娃允诺，一旦离婚，只要他获得诺贝尔奖，他就把奖金全部转给米列娃。不过，对任何人来说，离婚都绝非一个愉快的过程，与两个儿子的分离着实让爱因斯坦痛苦了很久。有一次当着朋友的面，他“像小孩子一样号啕大哭起来”。

躲避痛苦的唯一去处，就是他的相对论王国。

提出狭义相对论后不久，爱因斯坦就意识到，这个理论是不完备的：它只适用于物体的匀速运动，一旦物体进行加速运动，这一理论就失效了。比如，在伽利略那只著名大船上的“思想实验”中，结果和结论都产生于大船的密闭和匀速运动。倘若突然遭遇风暴、礁石或仅是一个急转弯，船舱里就会乱套，一切优雅、静好的相对运动又相对静止的美感立即解体。故而这种囿于密闭船舱内做匀速运动的相对论被称为“狭义相对论”。

爱因斯坦决定把自己的相对论从匀速运动推广到加速运动。此后的他就像刚刚出浴的“巨婴”，把乱蓬蓬的脑袋探出星云浩瀚的一个大旋涡的“平面”，在一番东张西望之后，他看到了违反人类感知经验的一切不可思议的诡异现象。经过十年的思考与探索，1916年，他的《广义相对论基础》发表于《物理年鉴》并很快轰动了世界。不过，因为这个理论太深奥、太奇特了，很多科学家根本看不懂。一位著名物理学教授读过后在上面留下的批示是：“读过了。然而不知道在说些什么。”

为写作本书，我不得不恶补了一些科学新知。很惭愧，直到这时我才知道，中学时代学的牛顿万有引力早已被爱因斯坦颠覆。牛顿说，世界万物之间皆有引力，物体质量越大，引力越大，距离越大，引力越小。地球围着太阳转而不脱轨而去，苹果往地面掉而不往天上掉，都是因为引力的作用。这种“引力论”在数百年间让所有地球人都信以为真，但这种引力和它引发的运动从何而来，牛顿先生一直找到上帝那儿也没能解开疑团。而爱因斯坦则对这种看不见摸不着的“引力”展开了更天才的想象和修正。他认定，质量很大的物体一定会把周围的时空压弯并形成一定的曲面，从而促使周围其他质量较小的物体向它靠拢。地球围绕太阳运动，是由于太阳的巨大质量使周围的时空发生了弯曲，就像一个保龄球压在蹦床中间，使蹦床出现了一定的曲面，同在蹦床上的地球和其他太阳系行星不得不沿着曲面围绕太阳旋转。同样，由于巨大的地球弯曲了周围的时空，所以苹果会沿着这一时空运动掉落到地面上，就像我们买菜时把一个西瓜放进网兜里，后来装进去的苹果桃子都会向西瓜靠拢。据此，爱因斯坦通过计算得出光通过太阳附近的引力场时将会发生1.7弧秒（1弧秒等于1度的1/3600）的偏折。他还说，这个现象在发生日全食时可以观测到。

这怎么可能呢？整个科学界没几个人相信。3年后，即1919年5月29日发生日全食之际，在英国天文学家爱丁顿的倡议下，两个观测队分赴巴西和西非，观测结果证明，爱因斯坦的论断完全正确！世界各大媒体竞相报道了这条新闻，一时轰动全球，爱因斯坦立即成了家喻户晓的传奇人物。

一位为科学史特别是物理学史和宇宙学史作出如此伟大贡献的人，是值得所有人为他骄傲的！

世界各地的礼物和祝福纷至沓来。一个女裁缝给他寄了一首诗，一个印第安文盲用半年时间给他织了一顶帽子，一个失业工人给他买了一袋烟草，这个工人是第一个收到爱因斯坦回信感谢的人。与此同时，他依然充满激情地不时给自己所爱或所追求的女人写情书，但不管时间长短，他最终还是要“回到星空去寻找地球上不能给予他的真爱”。

就这样，在爱因斯坦一连串瑰丽的思想实验中，一场精彩绝伦的宇宙之舞上演了！空间、时间不再是冷冰冰的终极裁判，它们和所有星球、黑洞、微尘、光芒都成为光怪陆离的宇宙舞者，各具特色，异彩纷呈。一会儿，这里的时间加快了；一会儿，那里的空间虚无了；一会儿，左边的光束弯曲了；一会儿，右边的光束熄灭了。爱因斯坦就像这场永无休止的宇宙舞会的指挥家，白发飘飘，目光炯炯，挥舞着他的指挥棒，让星球、星系、星云、星河组成的管弦乐队共同演奏出一曲激动人心的相对论交响曲。

后来，美国物理学家约翰·惠勒对广义相对论给出一个极为经典和简洁的概括：“物质决定空间如何弯曲，空间决定物质如何运动。”

20世纪的另一位物理学巨匠玻恩说，广义相对论“是人思考自然的最伟大成就，是哲学洞察、物理直觉和数学技巧最令人惊叹的结合”。

5. 结果，他的大脑也被偷了

至1916年，37岁的爱因斯坦应当是功成名就了，但他的大脑仍在火花四溅，不断闪射着新的发现和创见。1917年，他的又一篇奠基性的论文《论辐射的量子理论》发表，其中阐释了他的一个重要发现：受激辐射的光放大。

这里需要作一些相关科学知识的介绍，请读者朋友的求知欲在这里认真停留一会儿，因为这里讲述的知识与本书主题有绝大的关系。

众所周知，世界上的物质千变万化，所有物种都是由原子组成的。而原子是由原子核和若干电子组成的，原子核由质子和中子组成，位于原子的中心，核外电子以接近光速的速度围绕原子核不停地做不规则的圆周运动，同时还进行着自转，就像地球、火星、水星等行星绕着太阳转一样。原子内部的空间是怎样的呢？那就像一座恢宏的大教堂，而电子不过是教堂里飞舞的几只苍蝇。由于带有负电的电子和带有正电的原子核之间既有引力又有斥力，两者之间始终保持着不断变化的距离。电子距原子核最近时，原子的内能处于最低能级，始终被称为“基态”；两者距离扩大时，原子便进入亢奋的“激发态”或“高能态”。

现在，我可以作这样的文学描述了：一个原子就是一个王国，比电子重1800多倍的质子是君临天下的帝王，小而美丽的中子是娇媚的王后，电子们则是他们的儿女。当儿女们企图离家出走，离王宫越来越远时，父王自然血脉偾张、怒火冲天，进入“高能”状态，必须使用各种强制手段把出走的儿女们找回来。一旦儿女们听话地回到宫中，坐镇原子核宫的帝王便可以高枕无忧了——从而由激奋的高能级回到安逸的低能级状态，君王的满腔怒火也作为原子的一种能量被长吐一口气释放出来。科学家把电子们瞬间出走或回归王宫的位移称为“跃迁”。在此期间，君王吐出来的能量，因为“原子王国”的千差万别而有所不同，有的以热量的形式释放出来，有的以光子的形式辐射出来。

辐射光子的原子跃迁分为两种：一种是自动的、没有外力作用的跃迁，被称为“自发跃迁”，其辐射出来的光子完全是散漫的、随机的、无组织无纪律的。如同离家出走的儿女们想念故乡了，先后自动回宫了。另一种跃迁是科学家们强制进行的，他们通过光照、加热、电子碰撞等方法，对“原子王国”进行大规模武装入侵，从而迫使电子们四散逃命。昏昏欲睡的“原子王国”受了极大刺激，瞬间从低能级跃迁到高能级，就会辐射出光子——与入侵的光子进行激烈对抗，这个过程被称为“受激辐射跃迁”。颇为奇妙的是，这些敌对的光子“士兵”就像克隆出来的，频率相同，相位相同，传播方向也相同。

这是一个极为重要的物理现象：一个“士兵”瞬间变为两个

“士兵”——这意味着光被放大和加强了。爱因斯坦1917年提出的“受激辐射的光放大”，指的就是这个结果，这是激光产生的物理基础。

遗憾的是，自爱因斯坦提出“受激辐射的光放大”理论以后，欧美科学界的热点不在这个问题上，大家也没意识到这个受激辐射的光有什么用途，这一新发现一直默默躺在爱因斯坦渐渐发黄的论文纸上，几乎被人遗忘。

历史在等待时机。

这里需要交代一下，几乎与相对论同时发展起来的量子力学，在物理学界掀起了另一场革命，爱因斯坦曾为量子力学的确立作出重大的先驱性的理论贡献，但一些新锐科学家提出的新创见、新原理，令爱因斯坦难以接受。1927年，26岁的德国物理学家海森堡提出了著名的“不确定性原理”，也称“测不准原理”。前文介绍过，由于一切微观粒子都具有波粒二象性，所以电子的运动既是粒又是波，我们永远无法同时确定它的两个数值。比如一个电子，当我们在测量它的位置时，实际上就影响了它的速度；反之，当我们在测量它的速度时，实际上又影响了它的位置。总之，电子，包括所有基本粒子，从来没有客观的实在位置，因此我们永远测不准。其实从宇宙到生命，从时间到空间，一切都在变动不居的运动中，今天既是昨天也是明天，生命既在延续也在死亡。

宇宙万物中这种生生不息的偶然性和不确定性，让物理学家的追索无的放矢和不知所终。他们目瞪口呆。一些人哀叹，我们走上一条没有终点、也找不到正确答案的路，我们的所有努力都等于白费了。据说，西方一位科学家因无法排解自己的绝望情绪，悄然终结了自己的生命。

博大精深的相对论从天而降，像外星人掷下的一块巨石，把地球砸得抖了三抖。它以极其恢宏深奥的视野揭示了宇宙的内在秩序和必然，爱因斯坦尊崇秩序，尊崇自然的和谐性和简单性。他对这个不确定性原理很不以为然。他挥挥烟斗，调皮地挤一下眼睛，说了一句名言："我深信上帝不是在掷骰子。"

从中年到晚年，爱因斯坦的心境平静多了，但他的思想和创造力依然极其活跃，并密切关注着人类命运和世界和平。他对战争和原子弹这类大规模杀伤性武器表示了极度厌恶。1922年前往日本访问途中，他前后在中国待了三天，对中国人民贫穷苦难的生活寄予深切同情。1932年陈独秀被捕，1936年救国会"七君子"被捕，他联名英美知识界名人表示强烈愤慨和声援。1933年纳粹头目希特勒当上德国总理，当时在美国的爱因斯坦发表了一系列谴责纳粹暴行的谈话，并声明拒绝回到德国。

晚年的爱因斯坦依然热情如火，为世界和平和人类福祉四处奔走呼吁，依然像孩子一样喜欢与人争论、激辩，并密切关注着科学界所有的新理论、新发现。

1955年4月18日，凌晨1时多，76岁的爱因斯坦因病在普林斯顿的家中去世。当时他的枕边放着12页纸，上面写着密密麻麻的方程，满是删改的痕迹。据说，那是他晚年集中精力研究并从未放弃的"统一场论"。他一直期望把宇宙和人类放进这个井然有序的"统一场"——就像只有爱情的伊甸园。无论宇宙中是否存在这个"统一场"，但他的心灵一定是美好的、宽容的、诗意的。他期望人类生活在一个和谐的世界里，正如他的德国老乡、诗人海德格尔所形容的“诗意地栖居在大地上”，这当是人类命运共同体最诗意的表达。爱因斯坦逝世数日后，《华盛顿邮报》在纪念号上刊出一幅星系漫画，上面这样写道：“在遥远未来的某日，如果有智慧生物观察宇宙，我们称为地球的这个尘埃颗粒，能够引起他们注意的仅仅是：阿尔伯特·爱因斯坦在这里生活过。”

一个令人不快的尾声是，爱因斯坦逝世后，医生们对他进行尸检时，一个有着强烈好奇心但缺少道德底线的医生趁人不注意，把他的大脑偷走了。后来这个家伙向新闻界坦承了这件事。爱因斯坦的亲人们非常愤怒。不过很多医学科研机构闻风而上，纷纷花巨资求购，以期从中研究出爱因斯坦为什么如此天才、如此神奇。这个医生遂切分出几个切片交给对方。经专家研究，爱因斯坦的脑容量、形状、结构与常人无异，只是在大脑内处理数学问题的“专区”部分，毛细血管特别丰密。这个偷盗爱因斯坦大脑的医生在晚年表示了忏悔，把剩下的大脑主体捐给了美国普林斯顿大学。

这是一个永久的缅怀，也是一个永久的问号。

为什么是他?

第二章
从“死光”到“神光”

> 世间的很多事物，追求时候的兴致总要比享用时候的兴致浓烈。
>
> ——莎士比亚

1. 死神之剑

时近午夜。浓重的云层渐渐散开，露出一弯孤月，数点寒星。美国新泽西州茉莉山一带的荒野万籁俱寂，只有深秋的枯叶在枝头发出哗啦哗啦的声音。忽然，一个飘忽的鬼魅般的身影出现在夜色深处，惊起大群的乌鸦，惊恐的鸦噪顿时响彻林间阔野。身影渐近，她飘出那片树林，飘过被枯叶掩埋的林间小径，飘向远处一大片造型特异的建筑。转瞬，她进入那片寂静的建筑群，然后选定了一幢三层红砖楼、一条楼梯、一条走廊、一间亮着灯的实验室、一个透光的钥匙眼。在那里她消失了。

实验室里，拥挤着大堆的闪闪发光的仪器、设备、书籍。一个穿着破牛仔裤的黄毛青年把套着塑料袋的脏皮鞋高高架在写字台的角上，正在用左手拿笔飞速计算着什么，算一次划掉一次，再算一次又划掉一次。他苦恼得快把头上那撮乱糟糟的黄毛抓光了。

这片矗立于荒野之中的建筑群是名震世界的贝尔实验室。

这个美国青年牛仔叫查尔斯·哈德·汤斯。后来全世界都记住了他的名字。

这个深夜，那个飘忽而美丽的身影——死神找上了汤斯。不过不是要他死，而是来商讨如何让敌人死。

这位死神并非大众和画家们想象的那样：长着可怕的骷髅脸，披一身长长的黑袍。她的名字叫潘多拉，长得像和平天使一样美丽，又像狐狸精一样迷人，其内心却极为冷血，特别注重研究杀器和死亡。她是美国军方的代表。

1958年这个夜晚，她悄悄驾临美国贝尔实验室，与爱因斯坦一个天才的理论预见有关。

自从爱因斯坦在1917年提出“受激辐射的光放大”理论，一种特异的、能量被放大到极致的“光”，孕育在他的论文的字里行间，呼之欲出。但很长很长时间里，人们还没意识到这种光的物理性存在。在堆积如山的文献仓库里，她在默默等待。

整整等了41年，终于，在那个阴冷的午夜，死神驾临贝尔实验室，汤斯唤醒了她——因为战争。

战争的可怕之处在于它播撒了仇恨——也就是下一次战争的种子。第一次世界大战结束仅仅21年，希特勒就在战败国德国呼啸而起并发动了第二次世界大战。尽管尸横遍野、血流成河的浩劫让人类遭受了巨大灾难，但战后美苏两个超级大国仍在怒目相向的冷战中磨刀霍霍，就像两个不共戴天的仇人拎着板砖横眉冷对，不时喝问：“你瞅啥？”“瞅你咋的？”世界不寒而栗，下一次大战随时可能擦枪走火。战争与和平只隔着一堵柏林墙，麻秆打狼两头怕，谁胜谁负只有天知道。在苏联核武库能毁灭地球100次、美国核武库能毁灭地球101次的危险日子里，双方仍不断琢磨和开发着能将对方一招毙命的大规模杀伤性武器。

就这样，在爱因斯坦的“受激辐射的光放大”理论沉睡了41年之后，多个大国的军方想起了潜伏在文献里的这种特异的高能量的光，并把它列为最紧要的军事科技攻关项目之一。毕竟，只要发射一束炽烈的光，天上的飞机和导弹就会被洞穿起火，坦克大炮便化为废铁，大群敌军士兵瞬间死亡，这太令将军们振奋鼓舞了，于是有人把这种光称为“死光”。

为尽快把这柄“死神之剑”掌握在手中，美、苏、英、法、日等国争先恐后，在这个新兴领域加快研发步伐，投入规模之大，进展之迅速，大大超过了半导体、微波技术开发初期的态势，财大气粗的美国当然一路领先。

回首人类历史，科技发展常常是先军后民，后来激光迅速发展成全球一个规模巨大的新产业，显然与各国军方的高度重视和慷慨投资是分不开的。尤其是现代战争，打的就是经济和科技。

美国、中国和苏联，前后相差一年有余，都造出了“死光”。

这是人类科学史上一个里程碑式的重大发明创造。

最先摸到剑柄的就是美国青年汤斯。

最初，他一身牛仔打扮，骑着健马，皮靴布满灰尘，吹着口哨游荡在美国南部阳光充足的田野上。晒得黑红的脸膛上，一双褐色眼睛好奇地张望着这个世界。他的父亲是一家大农场的律师，整天不着家。1915年出生的汤斯就像没爹的孩子，整天策马奔驰在原野上。美丽的大自然和可爱的小动物，让他从小痴迷于生物学和数学。他少年时候就做了许多动物标本，还碰巧发现了鱼类的一个新品种，因此收到一本漂亮的证书。后来进入大学上了几堂物理课，汤斯忽然又迷上了充满奥秘的物理学，并被爱因斯坦相对论深深吸引。获得硕士和博士学位以后，汤斯受聘于大名鼎鼎的贝尔实验室，从事微波雷达的开发工作。

进入贝尔实验室，是汤斯走向科技高峰决定性的一步。

贝尔实验室成立于1925年，发源于电话发明人贝尔创办的企业，历经数十年经营运行，已成为世界顶尖级科研机构，最辉煌时曾有28000人为其工作。后来企业经多次并购拆分，当时归属法国阿尔卡特朗讯公司——据说已略显萧条之态。自成立以来，贝尔实验室的科学家和工程师们发明了晶体管（没有晶体管，就没有现在的电脑、电视、手机）、有声电影、立体声录音、激光器、太阳能电池、发光二极管、数字交换机、通信卫星、电子数字计算机、蜂窝移动通信设备、长途电视传送、仿真语言、通信网，包括建立射电天文学等一些新学科，总共获得25000多项专利（平均每个工作日获3项以上），先后获8项诺贝尔奖（其中7项物理学奖、1项化学奖）。可以说，贝尔实验室是这个星球上最牛气的科学高地，是推动20世纪科技发展最强大的“发动机”，打造了现代科技的半壁江山。

据说早期它的经营管理颇具“开放”特色。比如，上班时间各办公室的门必须打开，以方便那些无名小辈和年轻的菜鸟随时向大师请教问题；再比如，其办公大楼从办公室到食堂有一条又宽又长、几乎望不到头的大走廊，科学家走在这条长长的走廊上，不思考、不与同事们交流是不可能的，许多创新火花就是这样在随机的碰撞中诞生的。

汤斯在这里得到了极大的提高，33岁时受聘为哥伦比亚大学副教授。在军方和私人资金的支持下，他开始集中精力研究开发毫米波的放大辐射应用。毫米波是波长为1—10毫米的电磁波，其特点是：有极宽的带宽；波束窄，可以更清晰地观察目标的细节；受气候影响小，几乎可以全天候工作；毫米波元器件小，可实现小型化。但难题跟着来了。前文说过，波是以振动方式传播的，要在毫米量级的限制中制造精细的共振腔部件，以有效约束、放大光的方向，20世纪50年代的工艺水平还无法做到。忙了两年多，基本无进展，这可把汤斯难坏了。军界人士很恼火，你个毛头小伙子光要钱不出活儿怎么行？尤其FBI有情报显示，苏联也集中了一批专家在干这件事，美国方面更急了。1951年，军方在华盛顿召开秘密会议，专门讨论毫米波的开发问题。会议开始的那个早晨，一筹莫展、心乱如麻的汤斯几乎一夜未眠。他早早起身，漫步走进附近的富兰克林公园。缤纷的阳光洒在青草地上，挂在草尖上的露珠闪耀出晶亮的光芒。就是那么一瞬间，一个灵感突然闪过他的脑际：既然人工无法造出毫米波辐射需要的共振腔，那么能不能利用分子本来具有的物理机能来产生毫米波呢？

方向一换，思路大开。汤斯激动得血脉偾张，他搜遍身上找不到一张纸，只有一个被拆开的信封。他奋笔疾书，把想到的方法、公式、数据、原材料和工艺流程哗哗写在信封的后面。开会的时间到了，汤斯向一个个表情威严、正襟危坐的将军报告了自己的想法，将军们完全听不懂，于是请在座的哥伦比亚大学物理系主任表态，主任回答得很干脆也很简明：“天方夜谭！”

20世纪80年代，王大珩前往美国做交流访问，90岁的汤斯笑着对他回忆说：“当时，我差点儿把椅子甩到系主任的脑袋上。”此后的困难可想而知，军方在很长时间内停止了资金支持。汤斯不得不再三向军工企业和私人寻求投资。3年后，即1954年春天，在经历过无数次失败之后，地球上的第一台微波激射器做成了，汤斯的头发也掉了一大半。当时，因屡受失败打击，他已心力交瘁，信心严重不足。机器又一次开动时，他甚至没有去现场，而是在会议室开一个例行的讨论会。当他的学生阿瑟·戈登疯跑进来喊道：“激射器工作了”时，汤斯一跃而起跑进实验室，眼泪快掉下来了——他知道，他创造了历史。

这台微波激射器就是激光器的前身，利用该原理，可做成千万年不差1秒的原子时间频率标准，而更为重要的学术意义在于，它启发了人们把受激辐射机理从微波推向光频的可能性，为“死光”的出征吹响了冲锋号。汤斯将这台机器命名为“受激辐射微波放大器”。1958年，汤斯和他的合作伙伴、也是他的妹夫阿瑟·肖洛联名发表论文，首次完整提出制造激光的理论基础，此时距爱因斯坦提出“受激辐射的光放大”理论已经整整过去了41年。汤斯的成功引起军方的注意，第二年即被任命为美国政府防卫分析研究所所长。显然，美国政府做了一件蠢事——这个职务大大分散了汤斯的精力和时间，他准备进一步发明激光器的计划不得不搁置下来。

在你追我赶的科研道路上，要不得半点犹豫和耽搁。这回，“兔子”不是中途睡觉了，而是忙着吃别的地方的草了。于是，一只“小乌龟”趁机赶上来——一年后世界上第一束“死光”便在别人手上横空出世。不过，汤斯的创造发明毕竟为人类文明和现代科技的“跃迁”开辟了一个全新领域。1964年，汤斯被授予诺贝尔物理学奖，以表彰他为微波激射器和量子电子学所做的基础性工作。有趣的是，另一个超级大国苏联的物理学家普罗霍洛夫和巴索夫与汤斯共同分享了这个诺贝尔奖，证明苏联在双雄争霸中一直没闲着。普罗霍洛夫和巴索夫在相关理论的建树上与汤斯几乎并驾齐驱，他们仅仅在实操上差了那么一步。

被誉为“激光之父”的查尔斯·哈德·汤斯于2015年1月去世，享年整整100岁。他终生保存着最初写下毫米波辐射解决方案的那个信封。它生动地说明，灵感和机遇的造访经常是意想不到的，好在现在人人有一部“万能”的手机了——而汤斯先生的贡献就闪耀在小小的芯片上。

科学家终于穿过黑暗的隧道，驶向被激光照耀的新世界。军界、学术界和工业界很快掀起了进一步研究、开发和制造微波激射器的热潮，汤斯所在的哥伦比亚大学、其妹夫肖洛所在的贝尔实验室、休斯飞机公司的休斯实验室等多家顶级科研机构都投入了极大的热情。这时候比试的，就是时间，就是从理论到实践的综合实力了。

又一位美国青年出现了。

西奥多·梅曼，1927年出生于美国加州，父亲是一名电气工程师。受父亲的影响，梅曼不仅数学出类拔萃，而且动手能力极强，还在中学时就能够修理收音机之类的电器了，因此父亲很希望他学医，将来当个外科大夫。不过梅曼还是愿意搞电气。1955年，他在斯坦福大学获得博士学位，他的导师威利斯·拉姆同年获得诺贝尔物理学奖，双喜临门。毕业后，梅曼进入休斯实验室工作，在此期间他曾同大他12岁的、已功成名就的汤斯有过几次接触，期望加入汤斯的团队。但汤斯瞧瞧他蓬乱的头发和皱巴巴的牛仔裤，觉得有点不靠谱，于是找个理由把梅曼打发了。年轻气盛的梅曼当然不服，在深入研读了汤斯和肖洛的有关论文后，他向休斯实验室负责人提出，要自行造一台激光器。负责人是个和平主义者和现实主义者，除了战争需要，他看不出激光还有什么用途，于是拒绝了梅曼的要求。梅曼敏锐意识到激光在未来战争中的作用，他再三向负责人陈述自己的想法甚至以辞职相要挟：“你不同意我就去别的实验室干，那时成果和利润就属于别人了。”经过一番讨价还价，负责人给了梅曼9个月的时间和5万美元，还给他配了一名助手。

1960年5月16日，一个历史性的时刻到来了。

梅曼将通用电气公司生产的闪光灯以螺旋形环绕在一块1厘米粗、1.5厘米长、两端抛光成镜面的红宝石棒上。通电以后，这台激光器开始运作，闪光灯触发红宝石之后，一束强烈而又短暂的深红色光产生脉冲——脉冲，这个词是多么生动形象啊！世界上第一道受激辐射的“放大光”激射而出，其亮度达到太阳表面亮度的4倍。

“死光”宣告诞生！

这种光比以往的任何人造光都具有更强的单色性和相干性（即紧密联系在一起的性质）。它的能量高度集中，损耗极小，定向性极强，传播时不会散漫开来，几乎始终保持为一束紧密而强烈的光。7月7日，休斯实验室老板在纽约召开新闻发布会，向公众宣布了世界第一台激光器的诞生。当时在所有人的心目中，激光器没别的用途，就是一种前所未见、令人胆寒的大杀器，有记者当场问梅曼：“你能排除这台机器制造出来的光以后成为武器的可能性吗？”梅曼说："不能。"第二天，各大媒体纷纷报道："休斯实验室发明了'死光'——可以用于未来战争的致命武器！"

"死光"，就是激光问世之初被媒体渲染的名字。对此，美国军方保持着矜持而神秘的微笑，不置可否。

也许正因为媒体这种可怕的渲染吧，作为世界第一台激光器的发明人，性格和善的西奥多·梅曼不愿意看到激光被搬上战场的血腥惨状，于是顺从父亲早年的心愿，把后半生大都贡献给了激光在医疗领域的应用。晚年时他曾对记者说："我不知道任何人曾被激光杀死，但我的确知道激光治好了不少人的病。"梅曼曾两次获得诺贝尔物理学奖提名，并进入"美国发明家名人堂"。2007年5月5日，西奥多·梅曼在加拿大温哥华去世，享年79岁。他的悼念活动被安排在5月16日，这正是47年前他制造的红宝石激光器第一次出光的日子。

2. 她是等待它的世纪狂欢

科学是人类文明发展的核心动力。

科学家的伟大之处，就在于他们的一个灵感、一次成功，就可能创造历史，开辟时代。

激光，就这样从科学家的指缝间喷射而出。

她成为人类新梦想的飞天。

她绚丽得让人不敢迎视。

她对人类说："虽然你不敢看我，可你要知道，我尽管不是上帝造的，却比上帝造的神奇多了。"

激光，与20世纪以来发明的核能、电脑、半导体和互联网，并称为重塑人类生活的“五大发明”。激光被称为“最快的刀”“最准的尺”“最亮的光”“最长的天梯”——用她的纤纤玉指，我们就可以拍拍月球俏丽的脸蛋。

她有太多的神妙本事——还不包括可预见和不可知的辉煌未来。

其一，定向发光。

众所周知，普通光源是向四面八方发光，光子们如同调皮的小精灵，一旦被释放出来就会一哄而散，争相逃窜。要让发射的光朝一个方向传播，需要给光源装上特制的聚光装置。比如，汽车的前灯和探照灯都安装有起聚光作用的反光镜，使辐射光汇集起来向一个方向射出。激光器发射的激光，天生就是朝一个方向射出，像一把长长的利剑，光束的发散性极小。1962年，人类第一次使用激光照射月球，月球离地球的距离约38万千米，但激光在月球表面的光斑直径不到2千米，且清晰可见。如果用聚光效果相当不错的探照灯照射月球，其光斑直径也将覆盖整个月球，光子们也流失得差不多了，照例是一片黑暗。天文学家预言，地球人完全可以使用闪烁的激光作为宇宙灯塔的信号，来尝试与其他星球上的高等智慧生命进行联系——也许外星人已经这么干了。

其二，亮度极高。

亮度极高，就意味着它聚集了极大的能量。激光问世之前，人工光源中高压脉冲氙灯的亮度最高，与太阳的亮度不相上下，而一束强激光的亮度，可以达到比太阳还亮100亿倍的程度。把这么强的光集中在一个点上，在不到千分之一秒内，就能产生几千万度的高温，让任何金属都化为一缕青烟。

其三，颜色极纯。

激光的颜色取决于受激发射激光的特定材料。刺激红宝石能产生深玫瑰色的光束，氩气能产生蓝绿色的光束，半导体产生的激光能发出肉眼看不见的红外光。光的颜色由光的波长（或频率）决定，一定的波长对应一定的颜色。太阳辐射出的可见光段从红色到紫色，共7种颜色，所以太阳光谈不上单色性。发射单种颜色光的光源称为单色光源，比如氪灯、氦灯、氖灯、氢灯等都是单色光源。氖灯发射的红光单色性极好，被誉为单色性之冠，但若用光学仪器仔细分辨，仍可分出几十种红色。

其四，能量极大。

激光在人类生活中有着极其广泛的应用，有激光打标、激光焊接、激光切割、光纤通信、激光测距、激光雷达、激光武器、激光唱片、激光手术、激光矫视、激光美容、激光扫描、无损检测技术等等。半个多世纪来，激光已在人类文明史上留下一个又一个里程碑式的足迹。

1961年：激光首次在外科手术中用于杀灭视网膜肿瘤。

1962年：发明半导体二极管激光器，这是如今小型商用激光器的支柱。

1969年：激光用于遥感勘测，射向美国阿波罗11号放在月球表面的反射器，从而测得更为准确的地月距离，误差仅为几米。

1971年：激光进入艺术世界，用于优化舞台光影效果，以及激光全息摄像。

1974年：第一个超市条形码扫描器出现。

1975年：世界巨头企业IBM投放第一台商用激光打印机。

1978年：美国制造出第一支激光枪；荷兰皇家飞利浦公司制造

出第一台激光盘（LD）播放机。

1982年：第一台碟片（CD）播放机出现，第一盘CD是美国歌手发布的个人专辑。

1983年：里根总统发表了“星球大战”的演讲，描绘了基于太空的激光武器。

1988年：北美和欧洲间架设了第一根光纤，首次用光脉冲传输数据。

1990年：激光开始用于制造业，包括集成电路和汽车制造。

1991年：激光第一次用于治疗近视；海湾战争中第一次使用激光制导导弹。

1996年：东芝推出数字多用途光盘（DVD）播放器。

2008年：法国神经外科学家使用纤维激光和微创手术技术治疗脑瘤患者。

2010年：美国国家核安全管理局表示，通过使用192束激光来束缚核聚变的反应原料，解决了核聚变的一个关键难题。

2011年：研究人员研制的一种牵引波激光器能够移动物体，未来有望能移动太空飞船。

2013年：科学家成功研制出可用于医学检测的牵引光束。

2014年：美国航天局利用激光束传输一段时长37秒、名为“你好，世界！”的高清视频，用了3.5秒就成功传回，传输速率达到每秒50兆，而用传统技术下载则至少需要10分钟。

至于激光武器，与前激光时代的武器相比有一个巨大的优势，那就是它的定向性，即精准打击。根据作战用途的不同，激光武器可分为战术激光武器和战略激光武器两大类。

战术激光武器可以像常规武器那样直接杀伤敌方人员，击毁坦克、飞机等，打击距离可达20千米。1978年3月，美国制造出世界上第一支激光枪。2013年，国外已有一种红宝石袖珍式激光枪，外形与派克钢笔差不多，能在几米之外悄无声息地洞穿衣服、皮肉，在不知不觉中致人死亡，并可在一定距离内使火药爆炸，使一些军事装备失效。还有与机枪相仿的激光枪能击穿铜盔，在1500米之外烧伤、致盲敌人。在1982年英国与阿根廷之间发生的马岛战争中，英方在航空母舰和各类护卫舰上安装有激光致盲武器，曾使阿根廷的多架飞机失控、坠毁或误入英军的射击火网。

战略激光武器可攻击数千千米之外的洲际导弹，可攻击太空中的卫星。例如，1975年11月，美国的两颗侦察卫星在飞抵西伯利亚上空时，被苏联的“反卫星”陆基激光武器击中，变成两团废铜烂铁。因此，高基高能的强激光武器是夺取宇宙空间优势的理想武器之一，也是军事大国不惜耗费巨资进行激烈竞赛的根本原因。据外刊透露，自20世纪70年代至苏联解体，美苏两国分别进行了数十次反卫星激光武器试验。这种高基高能激光武器是激光武器与航天器相结合的产物，当这种激光器沿着空间轨道游弋时，因其居高临下，视野广阔，一旦发现对方目标即可实施闪电式攻击，可瞬间摧毁对方的侦察卫星、预警卫星、通信卫星、气象卫星等，甚至能将对方的洲际导弹摧毁在助推的上升阶段。

总之，激光为自己开辟了一个时代。中国作为世界上有重要影响力的大国，当然不能落后。

中国科学家以舍我其谁的献身精神，担起了这个历史性责任。

3. 纽约郊外的歌声

革命需要的是枪炮，建设需要的是知识，献身需要的是情怀，振兴需要的是奋斗。

现在，我们——特别是新时代的中国青年知识分子们，需要回首仰望伟大前辈们伟岸的身姿、高贵的品格和烈火般炽热的心灵了！

他们是伟大的一群，站成威武不屈的千山万岭，排成顶天立地的群雕，合成屹立千秋的民族脊梁。他们是世界上独有的一群，“吃的是草，挤出的是奶和鲜血”。他们是宁死也抱着梦想不放的一群，从五四运动为科学与民主的泣血一呼，到寻求“科学救国”之路的漂洋过海、寒窗苦读，从视金钱名利如粪土、冲破重重阻隔决然归国，到一次次顶着罪与罚、泪与血的冲击而隐名埋姓、矢志不渝、精忠报国，一代代中国知识分子用自己的身躯，铺就了一条追求民族独立、捍卫民族尊严、实现民族振兴的光明道路。

想想中华人民共和国成立之初吧。一穷二白，满目疮痍，90%以上的国民是文盲，生活中到处是“洋铁”“洋钉”“洋油”“洋火”，且遭到西方资本主义国家的严密封锁。但从那时开始，在中国共产党的坚强领导下，全国人民勒紧腰带，自力更生，艰苦奋斗，克服万难，从而奠定了实现工业化的坚实基础，完成了“两弹一星”的惊世壮举，昂首跨入联合国安理会常任理事国席位，这是何其悲壮而又充满英雄主义色彩的创业历程啊！

这一刻，需要回顾一个极具象征意义的历史镜头。

1950年春，一个阳光明媚的星期日。纽约郊外的公园透出一片新绿，空气中飘荡着花草的芬芳。来自周边多个城市的数十名中国留学生在这里举行踏春聚会，但有两个人姗姗来迟。一个是这次聚会的召集人，一个是《中国留美同学会会刊》的编辑。两人打开一捆刚刚印刷出来的新一期会刊，一边分发给大家，一边激动地说：“各位快看看吧，有一封公开信是写给大家的！”

有人喊：“你先念给大家听吧！”

召集人站在草地中央，大声说：“这是由密歇根大学物理学博士朱光亚牵头倡议，由51名中国留学生联名签署的《致全美中国留学生的一封公开信》。”

同学们：是我们回国参加祖国建设工作的时候了……北京电台也发出了号召同学回国的呼声。人民政府在欢迎和招待回国的留学生……祖国的父老们对我们寄托了无限的希望，我们还有什么犹豫呢？我们都是靠千千万万终日劳动的中国工农大众的血汗供养长大的。现在他们渴望我们回去，我们还不该赶快回去，把自己的一技之长，献给祖国的人民吗？是的，我们该赶快回去了。

……

……从现在起，四万万五千万的农民、工人、知识分子、企业家将在反封建、反官僚资本、反帝国主义的大旗帜下，团结一心，合力建设一个新兴的中国，一个自由民主的新中国，一个以工人农民也就是人民大众的幸福为前提的新中国。要完成这个工作，前面是有不少的艰辛，但是我们有充分的信念，我们是在朝着充满光明前途的大道上迈进，这个建设新中国的责任是要我们分担的。同学们，祖国在召唤我们了……

同学们，听吧！祖国在向我们召唤，四万万五千万的父老兄弟在向我们召唤，五千年的光辉在向我们召唤，我们的人民政府在向我们召唤！回去吧！让我们回去把我们的血汗洒在祖国的土地上，灌溉出灿烂的花朵。我们中国是要出头的，我们的民族再也不是一个被人侮辱的民族了，我们已经站起来了！回去吧，赶快回去吧！祖国在迫切地等待我们！

这封激情洋溢的信让所有人热血沸腾了。

有人问：“朱光亚呢？朱光亚来了吗？他是学什么的？”

一个女生说：“我认识他，他是湖北人，西南联大毕业，在密歇根大学主攻核物理，去年获得博士学位。今年2月，他谢绝了校方的挽留，拒绝了美国经济合作总署的资助，告别相处多年的女友，已经回国了！”

“我也走！”“我也走！”“对，新中国已经成立了，报效祖国的时候到了！”“是啊，回国去！”“回国去！”

召集人高扬着手中的会刊，大声说：“请大家看看，这上面有一首歌词，是我们采用《打倒列强》的曲调新写的，请各位一起合唱！”

所有的同学站起来了，他们目光炯炯，激情澎湃，同声高唱：

不要迟疑，不要犹豫，
回国去，回国去！
祖国建设需要你，
快回去，快回去！

就这样，一大批中华民族的优秀儿女，支撑起中华人民共和国伟大建设事业的第一代知识分子——其中有许多已经在国外科技界取得重大科研成果，或前或后，慨然归国。仅以获得“两弹一星”功勋奖章的23位科学家为例：

王淦昌，德国柏林大学博士，1934年回国。

赵九章，德国柏林大学博士，1938年回国。

彭桓武，英国爱丁堡大学哲学、物理学博士，爱尔兰皇家科学院院士，1947年回国。

钱三强，法国巴黎大学博士，1948年回国。

王大珩，留学英国的知名光学玻璃专家，1948年回国。

任新民，美国密歇根大学博士，1949年回国。

陈芳允，无线电电子学专家，曾赴英国从事无线电和海用雷达研究，1948年回国。

黄纬禄，英国伦敦大学帝国学院硕士，1947年回国。

屠守锷，美国麻省理工学院硕士，1945年回国。

吴自良，美国匹兹堡卡内基理工大学博士，1950年回国。

钱骥，在国内成长起来的空间技术和空间物理专家。

程开甲，英国爱丁堡大学博士，1950年回国。

杨嘉墀，美国哈佛大学博士，1956年回国。

王希季，美国弗吉尼亚理工学院硕士，1950年回国。

姚桐斌，英国伯明翰大学博士，1957年回国。

陈能宽，美国耶鲁大学博士，1955年回国。

邓稼先，美国普渡大学博士，1950年回国。

朱光亚，美国密歇根大学博士，1950年回国。

郭永怀，美国加州理工学院博士，1956年回国。

钱学森，美国加州理工学院博士，1955年回国。

于敏，中国"氢弹之父"，北京大学研究生，国内成长起来的专家。

孙家栋，1951年赴苏联留学，1958年获全苏斯大林金质奖章，同年回国。

周光召，先后就读于清华大学和北京大学，后赴苏联从事工程物理和基本粒子研究，1961年归国，加入“两弹”研究团队。

以上统计表明，在23位“两弹一星”元勋中，只有于敏和钱骥是国内成长起来的科学家，其余皆是留学欧美、成就斐然、有着广阔发展前景的青年才俊。在祖国最需要也最困难的时候，他们毅然放弃国外的优渥生活，冲破层层阻隔，辗转返回祖国，和国内专家并肩奋斗，在数十年里隐名埋姓，呕心沥血，为我们国家铸就了核大国的倚天长剑和赫赫国威，建树了“两弹一星”的千秋伟业。

请记住这些伟大先驱的名言吧。

有人问彭桓武：“你为什么回国？”彭桓武说：“回国不需要理由，不回国才需要理由！”

当国家要求王淦昌转行从事原子弹研究时，他慨然回答：“我愿以身许国。”

当有人劝彭桓武留在国外，说科学是没有国界的，你在哪里都可以为科学作出贡献。彭桓武说：“科学没有国界，科学家却有自己的祖国。”

请记住这样一个暖心的小细节：1964年，我国第一颗原子弹爆炸成功后，邓稼先获得了10元钱奖金。他用这10元钱，请身边的工作人员吃了一顿街边的小吃。

请记住这样一次惊天地泣鬼神的壮烈牺牲：1968年12月5日，郭永怀乘坐的飞机失事，在急速下坠的瞬间，郭永怀和随身的警卫员紧紧抱在一起，把装有机密文件的文件包夹在身体当中。坠地后，两人的身体几乎被烧成焦炭，而被他们守护的文件包只烧黑了一角。

这个文件包被送进中南海时，周恩来总理热泪长流，邓稼先失声痛哭。郭永怀成为23位“两弹一星”元勋中唯一的烈士。

“两弹一星”元勋是我国第一代知识分子的光辉代表。他们的赤子之心、爱国情怀和淡泊名利、无私奉献的伟大精神，将永垂史册，光耀千古！

中华民族在任何时候都不缺少仁人志士。这正是中华民族的伟大之处！

4. 王天眷，站在一项惊世发明的右侧

还有许许多多中华人民共和国第一代伟大的科学家，是我们不能遗忘的，因为今天的强大中国，正前进在他们用热血生命铺就的道路上。面对先驱们的英名与伟业，重温鲁迅先生的名言“其实地上本没有路，走的人多了，也便成了路”，总让我们热泪盈眶，热血奔涌。

上网查阅浙江省台州市黄岩区（原黄岩县）的资料，没有查到一个应该有的伟大的名字——显然他被遗忘了，这让我感到有些悲凉。

1929年夏，一个17岁的赤脚少年从家乡黄岩县宁溪镇出发，乘坐摇船前往台州，再转道去上海。他叫王天眷，圆脸，大眼睛，个头矮矮的。他带了一个蓝土布包袱，里面是几件换洗衣服、两双新布鞋和几本书。鞋是出发前母亲熬了几个晚上为他做的，母亲说，去大上海读书了，不能再打赤脚了。此外，他的衣口袋里还有一封介绍信，是国民党黄岩县党部写给在上海市国民政府任科长的一个

黄岩老乡的，意思是“因上峰要人有所交代”，请他务必费心多照顾一下这个孩子。江南水乡河网如织，一路多是乘船。这是王天眷第一次远离家乡，天气好的时候，他常愿意多付一个铜板坐在船头，眺望两岸的风景。不过，一路上他很少与人攀谈，神情总是很沉郁，小小年纪，内心仿佛承受着太多的重压。

是的，他是辛亥革命烈士的后代，王卓的遗腹子。

一部民国史，半部在浙江。台州因得海运之便，民生富足，风气开明，富家子弟赴日本和西洋留学者甚多，接受西方民主意识很早。1912年4月，王天眷出生在黄岩县宁溪镇潭头村一个耕读之家。那是一个大宅院，坐落着一长栋U字形的二层木楼房。爷爷是当地著名乡绅，饱读诗书，为人豁达，颇多善举。父亲王卓性情刚武，从小得风气之先。眼见晚清王朝腐朽没落，天下骚动，以孙中山为代表的一批仁人志士疾呼推翻皇权，倡导共和。王卓觉得自己不该袖手旁观，少年时便弃学，考进杭州陆军小学，其间秘密参加了校内反清组织“襄义社”。1910年毕业后回家乡小住时，父母匆忙为他操办了婚事。1911年6月，王卓告别怀有身孕的新婚妻子，远赴南京陆军第四中学就学，与詹蒙、陈铭枢、蒋光鼐、陈亮等一批热血青年成为同窗至交。7月，中国同盟会中部总会秘密成立，领导人陈其美（陈果夫、陈立夫的叔父，蒋介石的重要支持者）潜来南京，密嘱陈果夫联络一批志同道合的同学组织陆军四中同盟会分部，期望他们早做准备，共谋南京举义，上述同学皆为骨干成员。王卓曾为此作歌曰：“险莫险于东方东，哀莫哀于同盟同，危莫危乎中国之中。”

10月10日，辛亥革命首义在武汉打响。詹蒙、王卓、陈铭枢、蒋光鼐等人大受鼓舞，当夜剪掉辫子，并策划举行“光复南京”起义，但因枪支弹药被校方查封而流产。这期间，武汉三镇遭清军猛烈围攻，10月下旬，詹蒙、王卓作为陆军四中同盟会分部的领头人，决定率同学奔赴武昌，参加首义保卫战。10月29日，战时总司令黄兴赴汉口督师，决定由詹蒙、王卓、李章达、陈铭枢、蒋光鼐等南京陆军第四中学学生组成学生军，编入中央第二敢死队，负责死守汉口。在激烈的战斗中，王卓胳膊被流弹击中，几个同学要背他下去救治，王卓断然拒绝，说：“一时强弱视乎力，千古胜负系于义。力可穷而义不可没，吾今死可乎！”说罢，他提枪跃上战壕，结果又被一弹击中胸前，坠江而亡，时年22岁。

5个月后，他的遗腹子王天眷在家乡宁溪镇潭头村出生。

中华民国建立后，革命军总司令黄兴追赠王卓为学生决胜团团长。

1916年，黄岩县国民政府为纪念牺牲于辛亥革命的家乡人王卓和柯冠时，在县城中山公园建了一座“双烈祠”，只可惜1953年在城区发展中被拆除，后来的黄岩人大多不知道本地曾经有过这座“双烈祠”。当年的国民党要员、抗日爱国将领祝绍周曾为王卓赋诗一首：

贵贱同枯骨，横陈野草边。

杜鹃啼不住，又到断魂天。

王天眷的名字是爷爷给起的，很有些悲凉的意味，意思是其父为革命牺牲，以后这个遗腹子的命运只有老天来照顾了。王天眷懂事后得知父亲捐躯革命的遭遇，内心平添了几许苍郁沉雄之气，也变得寡言少语，少年老成。他决心好好读书，将来报效国家，不能辱没了父亲的英名。1929年，他以优异的成绩中学毕业，考入上海交通大学预科，于1931年毕业。

正是在风云际会的大上海，王天眷的思想发生了巨大转变。通过接触许多进步同学和阅读大量进步书刊，他渐渐倾向于马克思主义学说，而让他毅然做出终身选择的是1931年的九一八事变。张学良率领数十万国军不放一枪一弹，拱手将东三省让给日本侵略军，而蒋介石以期待“国际干预调停”为借口，对此奇耻大辱放手不管，反而调集大军继续围剿江西红军。举国上下怒吼震天，救亡运动风起云涌，耳闻目睹国民党政府的所作所为，王天眷大失所望，遂于1932年4月加入中共地下党，成为上海市学联抗日救亡运动中的积极分子。后来他先后担任交大地下党支部书记和法南区委宣传部部长，两年间因参与组织游行示威，曾四次被警局抓捕。

那时抗日救亡是头等大事，很多青年知识分子从此走上职业革命家的道路。但性格沉毅的王天眷有着坚定的人生目标，他一直对科学事业满怀憧憬，他认为“革命救国”“科学救国”“教育救国”都是必走的路，中国要实现民族独立、国家富强，没有科学的支撑是办不到的。因此他从未放弃学业，早晨出门搞救亡，晚上回来依然抱着数理化的大部头著作埋头苦读，好像在这个闹哄哄的世界上，哪怕只剩下一双膝盖，那也是他一张平静的课桌。

1934年，上海地下党遭受严重破坏，几近瘫痪，王天眷失去党的组织关系。革命党当不成了，那就继续求学吧。尽管上海交大预科毕业后在街头闹了两年学运，1934年秋，22岁的王天眷还是以优异成绩考入清华大学物理系，并有幸多次聆听过中国近代物理学奠基人、一代宗师叶企孙的授课（“两弹一星”的23位功勋科学家，近一半都是叶企孙的门生)。当时他的前后同窗学友中有张宗燧、翁文波、钱伟长、彭桓武、钱三强、王大珩、何泽慧、于光远、葛庭燧、秦馨菱、林家翘、戴振铎、胡宁、李正武、陈芳允、杨振宁等,个个是人中翘楚,后来都在各自领域为国家作出巨大贡献。

1935年底,北平爆发了轰动全国的一二·九学生运动,王天眷又一次冲到前列,被选为清华大学学生救国委员会委员。七七事变后,王天眷跟随西南联大师生一路向西南后撤,战火纷飞的年月里,他再次失去党的组织关系,但这丝毫不影响他刻苦治学、矢志报国的决心。毕业后,他在大后方辗转多个单位,后进入国民政府航空委员会空军通信学校任教官、教授科长、研究委员等职。他的广博学识特别是在物理学方面的深厚造诣受到广泛赞誉,抗战胜利后经国民政府教育部考察,再经中华教育文化基金董事会遴选,于1947年7月作为公派研究员,远赴美国俄亥俄州立大学留学。

这一年,他已经35岁了。登上开往大洋彼岸的远洋轮船,凭栏眺望广阔的碧海蓝天和展翅奋飞的鸥鸟,他的内心无比激动。无疑,到美国求学是进入科学殿堂的通达之路,当然也是取经归来、报效祖国的追梦之路。

仅仅一年,到了1948年12月,王天眷就拿下理学硕士学位,接着转入哥伦比亚大学攻读博士学位。历史的机遇就这样突然到来:恰在这一年,33岁的查尔斯·哈德·汤斯受聘为哥伦比亚大学副教授,在军方和私人资金的支持下,开始研究开发毫米波的放大辐射应用。汤斯和王天眷都是学物理学出身,志趣相投,一见如故。1953年,王天眷获得哲学博士学位以后,本打算启程回国,但汤斯见他性格沉稳,学风踏实,思想敏锐活跃,于是极力挽留,特聘他为辐射研究所的高级研究员，并吸收他进入自己的攻关团队。自此王天眷成了汤斯的重要助手之一，参与了研制微波激射器的理论建构和实验试制的全过程。在汤斯所著《激光是如何偶然发现的》一书中，他对王天眷作了这样的描述：“第一台微波激射器一开始运作，我们立刻着手建造第二台，为的是把两台的频率相互核对。这时，王天眷也加入到我们小组中来，他是来自中国的一个学生，在工程上颇有经验。于是，我们在大约6个月内就有第二台投入运作了。”此外，在汤斯发表于1955年8月《物理学评论》的一篇论文中，他再次提到王天眷：“那个中国侨民协助我制成第二台微波激射器，并且帮助演示了微波激射器可以显示出的漂亮性能。”过后，汤斯还从专利费中拿出1000美元送给王天眷以表谢意。

与此同时，王天眷也作出了自己独特的科学贡献。他发明的一种信号反馈电路具有灵敏度高、噪声低、电路简化等优点，后为同行专家广泛采用，被称为“王氏电路”。他还以高精度的实验证实了“电16极矩”的存在。而在此之前，由于“电16极矩”非常微弱，实验上一直未找到测量它存在的方法。

1964年，被誉为“激光之父”的汤斯和两位苏联科学家共同获得诺贝尔物理学奖，汤斯在第一时间将好消息电告已经回国的王天眷，对他当年的协助和付出表示感谢。

1979年，67岁的王天眷率团访美，汤斯亲自开车迎送，陪同多日，足见两人情谊之深。

对于王天眷的归国愿望，美国当局一直百般阻拦，甚至长期扣留着他的护照。但汤斯作为一名杰出的科学家，十分理解王天眷的“中国心”，在他和一些美国科学家的奔走呼吁和帮助下，1958年底，美国当局不得不将护照归还给王天眷，但仍以种种借口阻拦他启程。1959年夏，恰逢法国原子钟委员会向王天眷发出赴法讲学的邀请，他才获得去欧洲的签证，于当年8月离开美国。在游历和考察了英国、丹麦、荷兰、比利时、联邦德国、瑞士和意大利等国之后，他受邀在法国科学研究中心担任了一段时间的科学顾问。1960年2月，在中国使馆的帮助下，48岁的王天眷偕妻女绕道奥地利、匈牙利和苏联，终于回到阔别了13年的祖国。

三个月后，即1960年5月16日，美国物理学家梅曼发明的激光激射器，发出了世界上第一束激光——当时西方媒体普遍称之为“死光”。此时王天眷已就任中国科学院武汉物理研究所研究员。从国外科技资料上获此信息后，他立即向院所领导汇报了在美国和欧洲的科研经历以及他们取得的诸多成果，并提出建议：“死光”将在军事领域和其他领域有广泛的应用，应当尽快组织力量开展相关研究。

中国科学院接受了他的建议。

事实上，我们的科学家早已开始行动了。

过后，王天眷将主要精力转向开拓和发展中国波谱学的研究，培养和造就了一批波谱学研究骨干。可惜，那时深受极左思潮干扰的政治生活没有给他留下更多的科研时间。他的党籍问题被长期搁置，数年后席卷而来的“文化大革命”又给他扣上“国民党狗崽子”“国际间谍”之类的罪名，派他去扫厕所搞卫生，到干校参加劳动。但作为革命先烈的后代，他自有一根绝不弯曲的脊梁。一个在白色恐怖和战乱年代两次失去党的组织关系而始终追随着党的先烈之子，一个在欧美有着美好发展前景却毅然回归祖国的科学家，怎么可能被压倒呢！进入伟大的改革开放时代，科学家的春天到来了。

年过六旬的王天眷于1979年第三次入党。之后，他先后出任中国科学院武汉物理研究所研究室主任、副所长、所长等职，呕心沥血为国家打造成果累累的科学高地。他埋头科研工作，充分运用当年在美国与汤斯一起创造氨分子激射器的学识和经验，组织团队开展了氨分子钟的研制工作，对我国时间频率计量事业发挥了开拓者和奠基人的作用。他主持研制的铷原子钟从1969年完成交付国防工程使用，至今仍在服役。铷原子激射器于1979年完成后，成为中国高速飞行器的统一校正标准，在我国首次向太平洋发射洲际导弹试验中发挥了重要作用，受到中共中央、国务院和中央军委的通令表彰，并于1985年获国家科技进步一等奖、国防科委一等奖。

1979年，王天眷率中国科学院波谱考察团访美，历时一个月。他们考察了美国著名大学、实验室和大公司企业等15个单位。离开美国整整19年，此次看到美国在科研、教育等方面的飞速发展和变化，联想到十年浩劫给国家造成的巨大灾难，他感慨万千，归国后详细写出一份考察报告，就国家科技、教育有关问题提出一系列建议。这些建议包括：国家科技经费要有定额，不能时松时紧，要稳定、要有保证；外部对科研机构要少干扰，科学家、技术人员、工人和管理人员要精干配套；要大力突出“科研领先”，鼓励创新、攻坚和突破；学术界要加强交流，高度尊重个人的创造性见解和实验结果，采用时要点名申谢，养成良好的学术道德；要经常邀请国际有影响的科学家到国内讲学、工作；要立足长远，选派不超过30岁、政治思想好的优秀人才到国外长期（至少五年）深造；等等。

肺腑之言，感人至深；爱国情怀，溢于言表！

之后，他时常写信与国外一些著名教授、学者取得联系，推荐武汉物理所一大批青年人才到国外学习深造。这些人现在都成为学科带头人，在各个岗位上担负了重要责任。1981年，69岁的王天眷调入中国科学院物理研究所任研究员、博士生导师。1989年，王天眷因病去世，享年77岁。为了永久地纪念他，在叶朝辉等一批科学家的倡议下，通过社会各界集资，于1993年成立了王天眷基金会，设立了王天眷波谱学奖和武汉物理所王天眷奖，以奖励全国范围内优秀的青年波谱学家和武汉物理所的优秀科学家。

终其一生，王天眷身为辛亥革命烈士之后，从战争年代到和平年代，从国外到国内，从革命到科研，两次因战乱失去党的组织关系而三次入党，无论命运何等艰难曲折，始终保持着一颗滚烫的爱国之心，至死不渝。他是一位伟大的科学家，也是一位伟大的战士。如今，在中国科学院武汉物理研究所的院落中，一尊王天眷的雕像，仍在深情关注着他的祖国和同胞。

5. 群雕如山，在历史深处排列

20世纪上半叶，正值中国内忧外患、革命潮涌、烽烟遍野的动荡岁月。在此期间，不少青年学子为寻求“科学救国”之路，漂洋过海赴西方学习近现代科学技术。他们严谨刻苦的治学精神和取得的科研成果，曾为西方科学界广为称道。但是，国家永远是他们最深切的牵挂。九一八事变，七七事变，当日本侵略军的铁蹄践踏着我们的国土，亿万人民惨遭法西斯荼毒的时候，很多学有所成的中青年科学家毅然抛弃功名利禄，慨然归国，为振兴祖国的科技事业和国防工业作出重大贡献。他们是中华民族血肉长城中的坚强基石，是中华民族精神的伟大火炬，是中国科学家的崇高典范，他们组成了绵延在中华地平线上的雄伟群雕。

英雄，永远是引导一个民族、一个国家前进的光辉旗帜。

没有他们，就没有今天，也没有未来。

他们的名字数不胜数。本书在这里提及的是几位学物理的科学先驱，他们是20世纪上半叶中国光学事业的奠基人。书写于此，是为了铭记：他们活成了一条路，让我们走到今天。

◉ 饶毓泰（1891—1968）

江西临川人。1913年赴美留学，1922年获普林斯顿大学博士学位后归国，创建南开大学物理系。1929年赴德国莱比锡大学研究铷、铯原子光谱和逆斯塔克效应，1933年回国任北京大学物理系主任长达19年，成为中国光学学科的创办人。1948年当选南京国民政府中央研究院院士。1955年受聘为中国科学院数理部学部委员。激光问世后，他率领一批青年教师和学者，很快跟上国外光学和光谱学迅速发展的步伐。

◉ 严济慈（1901—1996）

浙江东阳人。1923年毕业于南京高等师范学校，毕业后自费赴法国留学，1927年获法国国家科学博士学位后回国，先后在上海大同大学、南京东南大学讲授物理和数学。抗战开始后，他率领北平研究院物理研究所辗转迁移至云南昆明市郊，为国家保存了一支物理研究队伍。立足之初，他便郑重宣布：“侵略者破坏了我们从事科学研究的条件，使得每个爱国的中国人都不能袖手旁观了。鉴于战时大后方非常缺乏和需要军用通信工具和医疗器械，我决定带领大家共赴国难，尽快研制前线急需的各类器材。”整个战时，他带领全所人员为前线生产了500架1500倍的显微镜、1000多台无线电发报机、300多套步兵用的五角测距仪和望远镜、50多套缩微胶片放大器等，这是中国自己制造的第一批光学仪器。抗战胜利后，国民政府表彰了一批为国家作出贡献的专家和科学家，严济慈是其中之一。1948年当选南京国民政府中央研究院院士和中国物理学会理事长。1955年出任中国科学院学部委员。中华人民共和国成立后长期担任中国科学院物理所所长，为中国物理学事业的奠基人之一。

◉ 龚祖同（1904—1986）

上海南汇人。1930年毕业于清华大学。1934年赴德国柏林工业大学攻读应用光学，毕业时获“优秀毕业生”荣誉和特准工程师称号。1937年在博士论文已经完成之际，得知抗战全面爆发，他毅然放弃学位答辩，于1938年回国。当时日本侵略军从上海一路向内地猛攻，国军节节败退。龚祖同深感忧愤，决定以一己之长，在上海筹建一个小型光学玻璃生产厂，为国防出力。但不久后事发，遭敌伪追捕的龚祖同不得不化装潜逃到昆明，投入中国第一个光学工厂——昆明兵工署22厂的组建工作，半年后即造出大批双目望远镜和其他一些军用光学器材，开创了中国近代光学设计和光学仪器制造历史。1951年，中国科学院决定创办长春光学精密机械研究所，龚祖同出任副所长，倡议成立了光学玻璃试制车间，于1953年成功熔炼出中国第一坩埚光学玻璃，中国光学玻璃工业从此诞生。如今从太空到深海再到人们的日常生活，无处不在使用光学玻璃。龚祖同还是中国红外夜视技术、纤维光学与变折射率光学的倡导者，又是中国高速摄影的创始人。他亲自组建了中国科学院光学精密机械研究所西安分所，为中国核技术中光学装置的设计制造作出重大贡献。1980年成为中国科学院学部委员，1981年获美国光声成就奖，1985年获国家科学技术进步奖特等奖。

◉ 钱临照（1906—1999）

江苏无锡人。1929年毕业于上海大同大学，1934年公费赴英国伦敦大学留学。后在转赴欧洲进行科研之际，忽闻七七事变爆发，当即回国，协助严济慈带领物理研究所迁移昆明，为前线提供了大量急需器材。中华人民共和国成立后，钱临照一直致力于光谱精细结构和晶体缺陷理论研究，同时在中国物理史研究方面作出独特贡献。晚年一直在中国科技大学从事光学和物理学教学工作。

◉ 周同庆（1907—1989）

江苏昆山人。1929年毕业于清华大学物理系，后赴美国普林斯顿大学公费留学。1933年回国后在北京大学、南京中央大学的物理系任教。1952年转入复旦大学，成功研制出中国第一支X光射线管，有力推动了气体放电和真空技术的发展。

◉ 高兆兰（1914—1999）

云南昆明人，杰出的女科学家。1934年毕业于岭南大学，先后获理学学士和物理学硕士学位。1940年赴美国密歇根大学研究院深造，3年后获哲学博士学位，并获得该大学授予的金钥匙。第二次世界大战期间，她成功研制出一种先进的雷达系统，为世界反法西斯战争作出重要贡献，从而名扬海外。抗战胜利后的1946年，她和丈夫——哈佛大学教授冯秉铨思归心切，毅然放弃在美国的优越生活，乘坐一艘小货轮漂洋过海两个多月，终于抵达广州港。她说：“在美国搞科研是给人家锦上添花，回来搞科研是为国家雪中送炭。”中华人民共和国成立后，高兆兰一直在中山大学任教，是中国第一批博士生导师，并担任了超快速激光光谱学国家重点实验室学术委员会主任、中国光学学会副理事长。1976年，教育部委托高兆兰筹备并主持了1978年全国首次激光光谱学高级研讨班。她以数十年的努力成为我国激光研究领域最早的倡导者和组织者之一，也是中国光学、光谱学的主要开拓者和气体激光器的主要研制者之一。

第三章

王大珩，一生的星星雨

> 一个人的心灵高低贵贱，可由他的需求衡量出来。看他要的是什么，便知他的价值。
>
> ——保罗·瓦莱里

1. 与钱三强夫妇“秘密接头”

现在，莎士比亚优雅地站在他们前面。

蓝天高远而澄清，一团团云朵散漫地悬挂在天空和大地之间，这样晴好的日子在英伦三岛是很少见的。莎翁，这位名满全球的大文豪，他的一尊黑色雕像，静静伫立在夏日的爽风中，沉思中略显忧郁的目光，深情凝望着他的故乡——斯特拉福特小镇和周边一望无垠的绿野，还有那条碧波轻悠的埃文河。镇上到处是黑白相间的尖顶阁楼和绵延的平房，白色是粉墙，黑色是木柱。几座教堂耸立着尖顶或穹顶，石头铺设成弯弯曲曲的幽静街道，尽头便是翠绿的草坪、树林和田野。这里是莎士比亚出生的地方，也是他叶落归根的地方，故而几百年来成为世界各地的“莎粉”和游人慕名前来瞻仰的旅游胜地。人们只要进入这个小镇，都会不由自主地放轻脚步，放低声音，仿佛怕惊扰了正在写作和凝思的莎翁。所有人都深爱着他，因为他的那支鹅毛笔让世界变得美丽了许多。

这是1946年7月下旬的一天，天气晴好，三个中国青年专程到斯特拉福特小镇来拜访莎翁。两位男士穿着深色西装和浅色风衣，看上去气宇轩昂，风度翩翩；女孩裹着一条蓝色披肩，深色长裙，高跟鞋，优雅而美丽。三人游览了莎翁的故居之后，租了一只小游船，沿着埃文河顺流而下，一边眺望着两岸宁静的田园风光，一边谈论着莎剧中那些难忘的故事和精彩的对白，同时，他们还谈到了自己的祖国。

中国人无论走到哪里，都带着自己的绵绵乡愁。

三个年轻人。当时的历史不会特别关注他们——就像所有的年轻人一样，谁都无法预测他们的未来；就像所有人的青春，都在匆匆的时光里和你挥手告别。前途、作为、成败，一切取决于你的梦想与情怀。而眼前这三个中国青年，因为他们非同凡响的才华与追求，后来推动了中国科技事业的发展。

他们是王大珩、钱三强和何泽慧，清华大学物理系的同窗好友。不久前，钱三强和何泽慧刚刚结为伉俪。

钱三强方脸宽额，身体强健，性情如火，聪敏过人。1913年出生于浙江绍兴，少年时随家迁居北京，就读于蔡元培任校长的孔德学校。其父是大名鼎鼎的新文化运动的倡导者、语言文字大师钱玄同，古吴越国太祖武肃王钱镠后裔。五四运动中，钱玄同以其遒劲潇洒之笔，横扫满纸的“之乎者也”，力倡白话写作。正是在他的再三催促下，周树人才写出中国第一篇白话小说《狂人日记》并第一次使用了笔名“鲁迅”。钱玄同还大力主张文字改革，倡导小学课本加注音字母，文章加标点符号，使用公元纪年，书写方式改左行直下为右行横排，等。周恩来后来评价说：“没有钱玄同等前辈锲而不舍的追求，也许我们今天还无缘享用汉语拼音和标点符号之恩泽。”钱玄同性情豁达幽默，讲课绘声绘色，学谁像谁，常把学生逗得哄堂大笑。儿子钱三强原名钱秉穹，后来钱玄同见到儿子同学写来一信，自称“大弱”，称秉穹为“三强”，他诧异地问为什么，儿子说：“这个同学身体不好，因为我排行老三，爱好体育，身体强壮，所以他和好些同学都叫我三强。”当爹的哈哈大笑，说：“这个名字起得好，不过不仅要身体强壮，还要争取德、智、体都好，你就改名叫三强吧。”

1936年，钱三强毕业于清华大学物理系。后经吴有训教授的推荐，到北平研究院物理研究所著名物理学家严济慈的手下做助理员。转年经严济慈引荐，赴巴黎大学镭学研究所居里实验室学习。他的导师是著名科学家玛丽·居里的长女伊雷娜·约里奥-居里，在她的直接指导下，钱三强于1940年获得法国国家博士学位。钱三强的杰出才华和攻关能力很快收获了耀眼的成果，1946年春，33岁的他与女友何泽慧等同行合作，发现了铀核的三分裂和四分裂，为人类进一步探讨核裂变开辟了道路。伊雷娜·约里奥-居里骄傲地说：“这是第二次世界大战后，我实验室的第一个重要贡献。”1946年底，钱三强因此荣获法国科学院亨利·德巴微物理学奖，1947年升任法国国家科学研究中心研究员、研究导师，并获得法兰西荣誉军团军官勋章。

何泽慧，身上流淌着大家闺秀的基因，一生优雅、温婉、娴静、心地良善。她出身于苏州名门望族，原籍山西。清朝近300年，这个家族出过15名进士，29名举人，当地人称“无何不开科”。何氏一门国之精英，何泽慧之弟何泽庆，表兄弟王守敬、王守武、王守觉等，都是我国物理学界的先驱，还出了一位植物学家和一位医学家。

何泽慧比钱三强小一岁，她个子不高，明眸皓齿，性情沉静娴雅，颇有大家闺秀风范。1932年，这个梳着两条大辫子的漂亮姑娘以“女状元”的优异成绩考入清华大学物理系，与钱三强为同窗学友，两人在那里相识，被誉为“清华园的金童玉女”。毕业考试成绩，何泽慧第一，钱三强第二。过后钱三强赴法国留学，何泽慧赴德国留学。当时，她听说柏林高等工业大学技术物理系的女主任曾经在中国南京军工署当过顾问，于是她找到这位系主任，希望进入她的技术物理系学习。

金发碧眼、不苟言笑的系主任瞧着这个梳着两条短辫且面带稚气的中国姑娘，一个劲摇头说：“这不大可能，因为我们技术物理系是个保密的系，从来不收外国人，更不可能吸收女性来学弹道专业。”

何泽慧不服，据理力争说：“您是我仰慕已久的一位可敬女性，您可以到我们中国当我们军工署的顾问，帮我们打日本鬼子。我为了打日本鬼子，到这里来学习这个专业，为什么不收我呢？”何泽慧把系主任说服了，她成为第一个就读于该校的外国学生，也是该专业的第一个女性。

1940年，何泽慧获柏林高等工业大学工程博士学位。1943年，她在威廉皇家学院核物理研究所从事原子核物理研究时，首先观测到正负电子碰撞现象，被英国《自然》杂志称为极有价值的“科学珍闻”。

1946年春，32岁的何泽慧从德国来到法国巴黎，与钱三强举办了婚礼，自此开始了共同的科研生涯。不久，在约里奥-居里夫妇领导的法兰西学院原子核化学实验室和居里实验室，夫妻二人合作发现了铀核裂变的三分裂和四分裂现象——何泽慧首先捕捉到世界上第一例四分裂径迹，在国际科学界引起很大反响，被西方媒体誉为“中国的居里夫人”。

1946年7月，英国在伦敦举办了第二次世界大战后第一个高层次的剑桥国际物理会议，已在欧洲科学界崭露头角的钱三强、何泽慧夫妇应邀赴会，没想到在会上与王大珩不期而遇。钱三强和王大珩在北京孔德学校读小学时就是同学，后来又在清华物理系同窗四年，毕业后分赴欧洲留学，交情自然很深。

现在，就让我们来认识一下著名应用光学家，我国光学界公认的学术奠基人、开拓者和组织领导者王大珩。

王大珩，1915年出生于日本东京，原籍江苏苏州，乳名膺东。正是在那一年，日本趁一战德国战败之际，悍然向北洋政府提出臭名昭著的“二十一条”，并于5月7日向中方发出最后通牒。袁世凯难扛重压又不堪其辱，特意让手下将条约内容私下泄露给媒体。消息传出，全国爆发了大规模的爱国反日浪潮，这一天也被北洋政府定为“国耻日”。当时在东京气象部门工作的父亲王应伟特为儿子起了“膺东”这个乳名，意在牢记国仇，发奋图强，超过东洋。王应伟，我国早期地球物理和气象学家，青年时代留学日本。1919年五四运动中，全民族发出“打倒列强，救亡图存”和“要科学、要民主”的吼声，出于一腔爱国热忱，王应伟毅然辞职，偕家人归国，先后就职于北京和青岛的气象部门。

1932年，王大珩以优异成绩考入清华大学物理系，与钱三强、何泽慧、彭桓武、于光远等人皆为同班学友。当时的系主任即为鼎鼎大名的物理学家、教育家，被称为中国物理学“开山鼻祖”的吴有训。王大珩毕业后因学业优良留校任教，获得“史量才奖学金”，同时师从赵忠尧攻读核物理研究生。1936年，他和一些毕业生随老师乘火车南下做修学考察，途经天津站时，一些日本人手持腰刀，将他们整个车厢的乘客全部撵下车，装上日本人的走私货物。这耻辱的一幕让王大珩终生难忘。1938年，王大珩考取了公费生，远赴英国伦敦大学帝国理工学院攻读技术光学，第二年获硕士学位。

没想到这个“第二年”——后来数十年间一直让王大珩津津乐道——机敏过人的钱三强竟然在危急关头救了他和彭桓武一命。那是1939年8月，在英国爱丁堡大学留学的彭桓武一度消瘦得很厉害，感觉肺部不适，每天早起咳嗽不停。医生建议他暂离阴湿潮冷的英国，去温暖一些的地方晒晒太阳，他便约了在帝国理工学院留学的清华学友王大珩一起去欧洲散散心。两人越过英吉利海峡，第一站便到了法国巴黎，正在巴黎大学镭学研究所读研究生的学友钱三强热情接待了他们。

那个夏夜月光很好，钱三强的住所外有一个小花园，花草的芬芳让人迷离。三人开了一瓶XO，在草坪上席地而坐，畅谈许久。他们交流着留学心得，感觉要学的东西太多太多了，而时间又太少太少。又谈到国内正在进行的抗日战争，山河破碎，生灵涂炭，国运危机四伏，忧虑和牵挂之情溢于言表……

那时历史不知道，中国不知道，这三位青年学子后来竟成为中国科学界巨擘之林中的三大名流！

彭桓武，1915年出生于长春，是个早产儿，生下来体弱多病，能活过来实属老天有眼，为中国保留了一个天才人物。其父彭树棠为晚清举人，民国时当过长春县长。在任时他手书了一副对联“衙作禅堂心作佛，民为眷属国为家”镌刻在衙门口以为座右铭。他敬业为民、两袖清风，赢得长春人民的爱戴，人民尊称他为“长春彭”。彭桓武刚刚懂事就显出过人的聪慧，4岁时便能做四则运算。到北京读中学，一年内连升三级。老师教不了他了，只好在家自学。1931年他考入清华大学物理系，与王竹溪、林家翘、杨振宁并称“清华四杰”。他的大学毕业论文《地球单摆的摆动周期是多少？》，这哪是地球人的题目啊，完全是外星人研究地球的课题！1938年，23岁的彭桓武赴英国爱丁堡大学留学，顺利拿到哲学博士和科学博士双学位。后在爱尔兰高级研究所做博士后时，他的导师、著名物理学家、诺贝尔物理学奖获得者埃尔温·薛定谔在给老朋友爱因斯坦的一封信中这样描述彭桓武：“简直不敢相信，这个年轻人学了那么多，知道那么多，理解得那么快！”

1947年，已当上副教授的彭桓武费尽周折，通过朋友坐上一艘运输船辗转回国，后来成为中国“两弹一星”元勋，实属历史之必然。多年以后，有人问起彭桓武，说当年已在英国学术界有了相当高的声誉和地位，为何还要选择回国？彭桓武说：“回国不需要理由，不回国才需要理由！”

有趣的是，这样一位为“两弹一星”作出卓越贡献的大科学家，一辈子也没弄明白军、师、旅、团谁大谁小，一辈子也没弄明白部、局、处到底是谁管谁。他记忆力惊人，在原子弹、氢弹进行理论攻关时，常在小黑板上推导出一长串公式，手中的粉笔从不打绊儿。

到80多岁，数学和物理学上那些繁杂的公式，他都能毫厘不差地背下来，令年轻的学生们惊叹不已。可有人问他，钱伟长戴不戴眼镜？曾与钱伟长共事长达4年之久的彭桓武却答不出来。

真是可爱又可敬的老头儿!

话说回来。在英国受够了阴冷的气候，巴黎热烈而灿烂的阳光让彭桓武和王大珩颇为享受。他们流连数日，想约钱三强一块去德国柏林玩玩，顺便看看清华学友、后来成为钱三强妻子的何泽慧。钱三强当然很想去，但当时研究所的工作非常繁忙，他一时脱不开身。同时他还注意到，在德国，已爬上元首大位的希特勒在全国上下点燃了疯狂的复仇火焰，法西斯主义横行无忌，喧嚣异常，战争的阴影正在欧洲大陆上空升起。钱三强劝阻两位好友说，现在时局复杂多变，战争很可能一触即发，为安全起见还是别去了。但彭桓武执意要去，钱三强劝不住，于是分手前提醒二人说："到了柏林，一旦接到我的电报就立即返程！"

8月下旬，彭桓武和王大珩抵达柏林，何泽慧陪他们参观、划船、看歌剧，休闲的时光过得轻松而愉悦。三天后，钱三强突然打来一封电报："见电速回！"彭桓武和王大珩当即告别何泽慧，匆匆登上西去的列车。到了巴黎，他们惊异地发现，巴黎的许多交通要道和重要场合包括巴黎大学，都集中了大批全副武装的军队。战争显然要开打了，在钱三强的再三催促下，彭桓武和王大珩当天就买了火车票返回伦敦。1939年9月1日，第二次世界大战爆发，9月3日，英法两国对德宣战。他们二人乘坐的这列火车是开往伦敦的最后一趟，如果没有钱三强的电报催他们，二人很可能就身陷于战火之中了。

王大珩在伦敦帝国大学理工学院攻读的技术光学与国防军工密切相关，受到军方高度重视，科研工作非常繁忙。1942年，王大珩经导师推荐，转赴英国谢菲尔德大学玻璃制造技术系攻读博士学位。当时欧洲大陆烽烟滚滚，国内也处于抗日战争的硝烟之中，王大珩深知光学玻璃是军事装备不可缺少的核心物资，其生产技术属于最前沿也最保密的科研领域。祖国正在进行的抗战多么需要这种尖端技术啊！他毅然放弃学业，受聘世界著名的光学玻璃生产企业英国钱斯公司，任研究实验部物理师。在该公司他作出三大重要贡献：其一，通过约300坩埚的玻璃熔炼实验，成功研制出稀土光学玻璃系列，获得两项专利；其二，研究了光学玻璃精密退火技术，使得光学玻璃的透光度和均匀性大大提高；其三，成功研制一种棱镜精密折射测定仪，后成为测量光学材料的经典仪器。凭此三项成果，王大珩在国际光学玻璃界声名鹊起，并获得英国科学仪器协会颁发的第一届“青年仪器发明奖”。

有趣的是，王大珩去英国专利局申请专利的时候，工作人员让他把手放在《圣经》上，宣誓自己讲的都是真实的。王大珩本想申明自己是无神论者，但又一想，为了保障自己的权益，那就“随大流吧”，神明不保也有人保。作为建树多多、名声在外的青年光学玻璃专家，1946年他接到剑桥物理大会的邀请。没想到，在会上他与清华同班同学且正新婚燕尔的钱三强、何泽慧夫妇不期而遇，三人相拥大笑，快意非凡。会后，三人相约前往斯特拉福特小镇瞻仰莎士比亚故居，以叙同窗之谊。

那一天，蓝天丽日，清风徐来，一叶轻舟漂在埃文河上，两岸风光如诗如画，自是令人心旷神怡。三人都出自书香门第，饱读诗书，文理兼优。赴欧留学以后，为锻炼自己的英语水平，有空就抱着莎士比亚的原著猛啃，结果他们被莎翁那些经典名句迷住了。

王大珩划着小船，说起在小镇酒吧品过的红葡萄酒，他脱口来了一句莎翁名言：“酒——以水的状态流淌，以火的性格燃烧！”

说起爱情，钱三强同样背了一段莎翁的名句：“要和一个男人相处得快乐，你应该多多了解他而不必太爱他；要和一个女人相处得快乐，你应该多爱她，却别想要了解她！”

何泽慧也来了一句：“真正的爱情是不能用言语表达的，行为才是忠心的最好说明。”

小船顺流而下，他们说起自己的家乡，说起家乡的特色小吃，说起上海生煎、北京六必居、西湖醋鱼、四川火锅、南京油炸臭豆腐，说得口舌生津。钱三强一向是个吃货，他说：“出了国才能体会到，不要说君子大义了，就是想起一碟碟五颜六色的小菜，你都不能不爱国。”何泽慧从小提包里掏出一本小册子，纸张和印刷都很粗糙，书名是《论联合政府》，作者毛泽东。她说：“这是一个朋友前些天从国内捎来的，三强还没看完，我就抢过来了。”

王大珩拿过来，入神地翻看了几页，然后说：“二战胜利了，日本鬼子无条件投降了，现在国共两党打得不可开交，您二位觉得未来形势如何？”

钱三强说：“天下之势决定于人心向背。蒋委员长因为抗战有功，名满天下，元帅照还上了《时代》杂志封面。但他的政府太烂，大员们大发国难财，搞得举国怨怒，我看天下早晚是共产党的。”

王大珩说：“大战之后，国家百废待兴，到处缺人。前些天，我接到吴有训教授一封信，期望我早做回国打算，您二位怎么想？”

何泽慧笑说："我们已经与母校联系了，准备去物理系当教书匠。"

"那好，"王大珩兴奋地说，"咱们一言为定，回国去！"

钱三强又用英语背了莎翁的一句名言："在时间的大钟上，只写着两个字：现在！"

三人击掌约定。

王大珩笑道："咱们本来是来斯特拉福特小镇游览的，没想到成了秘密接头。"

响亮的笑声回荡在静静的埃文河上。

1948年，王大珩、钱三强夫妇分别从英国和法国先后回国，开始了他们报效祖国的壮丽生涯。后来钱三强对学生回忆起王大珩为国家之急需而放弃攻读博士学位的事迹，言语充满感佩。他说，20世纪二三十年代的中国十分崇洋，当时在国内大学当教授的，非得有外国博士学位，没有的顶多当个副教授。他还举了著名文化大家刘半农的例子，因为他是"土包子"，常被人看不起。刘半农一气之下远走法国拿到文学博士学位，回国后才得到一个教授位置。钱三强评价说："大珩不是不知道没有博士学位对自己未来的不利影响，但他为了国家需要，毅然选择到英国钱斯公司去学习技术，在那时候真是十分难得。"

2. "再穷也要有一根打狗棍"

留学期间，王大珩一直与自己尊敬的导师吴有训保持着密切联系。1948年，正当他打点行装准备回国时，英国钱斯公司打来电报，邀请他回公司任职，并许以优厚的待遇，但他还是坚定地选择了回国。

事实上，祖国和爱情同时召唤着他。

他的女友顾又芬出身诗书之家，毕业于上海第一医学院，正在上海等他。情侣相聚，自是十分欢愉。这期间，吴有训教授通过地下党组织向他传递口信，说党准备在东北解放区建一所大学，你愿不愿意去？王大珩说："去！"那时国内还是一片战乱，解放战争正在排山倒海向南推进。1949年3月28日，王大珩和顾又芬转赴香港，然后借道朝鲜抵达解放区大连，王大珩当即投身于大连大学及其物理系（大连理工大学前身）的创办工作，顾又芬则进了大学附属医院当医生。大连大学是中共创办的第一所正规大学，初期只有18名教职员工，除了几栋没收来的洋楼别无他物，没有桌椅黑板，没有宿舍，更没有仪器设备。王大珩和师生们跑遍了旧货市场，能修的修，能做的做，一年之内便有了相当规模，并建成两个能容纳130人的物理实验室。大连大学两年之间招收了580余名大学生，为新中国培养了一批急需人才。

在那个充斥着"洋铁、洋钉"的时代，国家的一切都在草创阶段。从科研到教育再到企业都十分缺少科学仪器，这严重阻碍了国家发展，各行各业纷纷告急。1951年，中国科学院决定调集一批科研人员并招收一批大学生，在长春创办一个大型科学仪器馆（1976年更名为中国科学院长春光学精密机械研究所，简称长春光机所），经时任中科院计划局副局长钱三强推荐，36岁的王大珩离开大连大学，始任副馆长，后任馆长。中科院人事局副局长李明哲担任党委书记。

历史证明，这是我国的一个重大决策。至今仍处于世界先进水平的中国激光事业，就是从长春科学仪器馆一间“土法上马”的实验室和那里的一口“大坩埚”起步的。

成立之初，馆内设了三个实验室：一是物理光学实验室，由吕大元负责；二是机械实验室，由张静安负责；三是光学玻璃实验室，由龚祖同负责。此外，仪器馆还在长春和上海办了两个实验工厂。那时王大珩他们有什么呢？除了从四面八方召来的大学生和极少数“海归”，还有从四面八方收集来的旧洋货，可以说只有困难、困难、困难。

但初创的中国是何等的朝气蓬勃、意气风发啊！尽管一穷二白、一无所有，但中华民族伟大的奋斗精神、献身精神和创造精神像火山一样爆发出来，日新月异地改变着中国的面貌。王大珩率领全所科研人员白手起家，夜以继日，埋头苦干，创造了一个又一个惊人的奇迹！

历史很难留下细节、血汗和歌哭，只会把那些伟大的创造和成就留在自己的长廊里。王大珩在长春光机所干了30多年，直到白发苍苍，现在就让我们来看看长春光机所向国家奉献了哪些奇迹吧！

其一，到1958年，长春光机所干出了震动全国科学界的“八大件一个汤”。“八大件”是高精度经纬仪、万能工具显微镜、大型石英摄谱仪、中型电子显微镜、大型晶体谱仪、光电测距仪、多倍投影仪、高温金相显微镜。“一个汤”是光学玻璃研究室主任、著名物理学家龚祖同率领一班人马，研制出的我国的第一坩埚光学玻璃。以此为发端，中国光学玻璃工业大踏步发展，基本满足了国家、军队和全社会对各类光学仪器的需要。

其二，美国汤斯发明出世界上第一台微波激射器并发表了相关论文之后，就引起王大珩等一些中国学者的关注。在遭受西方国家严密封锁的情况下，他们尽一切可能跟踪国外的科研动态，并开始了自己的理论研究和探索实验。1960年，美国的梅曼发明出世界上第一台红宝石激光器。第二年，在王大珩的直接领导下，长春光机所王之江（大连大学物理系毕业，王大珩的学生）率领团队研制出中国第一台红宝石激光器，仅比美国人晚了一年。1964年7月，邓小平前往长春光机所视察，王大珩向他汇报说，我们的红宝石激光器仅比美国晚了一年，邓小平高兴地称赞："好，好，大长了中国人的志气！"

其三，第二次世界大战后期，美国人在日本投下两颗原子弹，其巨大的杀伤力引起各大国的广泛关注，蒋介石当即下令，命军政部部长陈诚和次长俞大维秘密召集人才，筹划研制原子弹。俞大维建议，由西南联合大学物理系教授吴大猷担任原子弹计划的核心专家，由他负责召集和培训人才。蒋介石还承诺，美国退还的庚子赔款，可以拨付作为资助人才赴美国深造的经费，至于人员名单，由吴大猷进行选拔。

不久，在吴大猷和华罗庚带领下，包括杨振宁、李政道、朱光亚、唐敖庆在内的一批研习物理学的优秀学子，于1946年9月踏上了留学美国的旅途。没想到，美国政府以原子能技术对外保密为由，拒绝接收这些中国学子。吴大猷和华罗庚不得不请这些学子自寻出路，留学费用则按原来承诺，由政府负担。于是唐敖庆去了哥伦比亚大学化学系攻读博士学位，李政道和朱光亚选择到密歇根大学学习核物理。此后，国民政府秘密组织的原子能研究仍在进行，核心人物包括俞大维、曾昭抡（曾国藩曾孙）等11人。不过随着解放战争开打，蒋介石将原子弹研制计划“从缓办理”。再后败退台湾，该计划停止。

中华人民共和国成立不久，朝鲜战争打响，美国人一再叫嚣要往中国扔原子弹。1958年5月，在中央军委的一次会议上，毛泽东以他惯常的幽默口吻说：“原子弹就是这么大的东西，没有那东西，人家就说你不算数。那么好吧，我们就搞一点吧，搞一点原子弹、氢弹，我看有10年功夫完全可能。”当时尽管中国的经济实力有限，但还是挤出一些资金，召集了一批科学家隐名埋姓，秘密投入研制工作，20多位“两弹一星”元勋就这样应召而至，连家人都不知道他们去哪里了，也不知道他们在干什么。紧跟着是三年困难时期，国家经济遭受重创，全国人民包括科学家们连肚子都填不饱了。有人建议说，搞原子弹投入巨大，是不是可以暂时放一放？张爱萍将军拍案而起，吼道：“原子弹必须搞出来，再穷也要有一根打狗棍！”周总理特意从军队调来一批军粮和黄豆，送到青海、新疆的核试验基地，以解饥馑之困。

20世纪50年代中苏合作的“蜜月期”，苏方答应给中国研制原子弹提供一些技术帮助。但1959年中苏关系破裂，苏联专家带着机密图纸全部撤走，中国只好自己干。1962年，制备原子弹技术已取得全面突破，实验前，在爆炸靶场建立完整精密的测试系统是必不可少的。其中一项，是在原子弹爆炸过程中，通过一批高速摄影机从各个角度摄取爆炸初期产生的火球画面，从而取得火球直径随时间扩张与变化的规律，这是计算原子弹爆炸威力的重要数据。那时的中国，有个照相机就算奢侈品了，哪来的高速摄影机啊？

这个极为迫切的课题任务交给了王大珩领导的长春光机所。那年初春，一批专家汇聚一堂，商讨有关事项。在这次会上，王大珩与钱三强又一次相逢，两人相拥大笑。钱三强说："老同学，看来咱们当初在莎翁鼻子底下'秘密接头'后，任务是一个接一个啊。"王大珩说："是啊，今天我们终于可以在一个战壕里并肩作战了！"两人的对话把周围人说得莫名其妙，时任国防科委核试验基地研究所所长、人称"程司令"的程开甲（英国爱丁堡大学哲学博士，与彭桓武同校，1950年归国）在旁边幽默地说道："你们两个有什么不可告人的秘密？坦白交代！"钱三强遂把1946年的莎翁故居之行和相约回国的事情说了一遍，大家深为两位科学家的爱国情怀所感动，纷纷鼓掌赞叹。

事实上，王大珩和钱三强、何泽慧夫妇回国后，在北京及各种高层会议上已多次碰面。最高兴的一次则是1955年在中国科学院大会上，两人同时被授予学部委员。1948年夏，钱三强、何泽慧抱着7个月大的女儿回国，当即积极投入筹建北平物理研究所的工作。中华人民共和国成立后，钱三强先后出任中国原子能研究所副所长、所长。何泽慧则领导一个团队，积极开展中子物理与裂变物理的理论研究和实验准备。1958年，中国第一台反应堆及回旋加速器建成后，何泽慧长期担任中子物理研究室主任。夫妻二人把毕生精力都献给了祖国的核能事业。1956年，钱三强率领40多位科学家（包括刚刚归国、中途加入的钱学森），前往苏联考察核工业，同年出任主管核工业的三机部副部长。当时他是部领导中唯一的核专家。历史公认，钱三强作为我国原子能事业的奠基人、创建者、组织者和杰出的领导者，为中国原子能事业的发展，特别是为我国第一颗原子弹腾空而起，作出了不可替代的历史性贡献，被誉为“中国原子弹之父”。令人遗憾的是，就在1962年那次会后不久，一向嫉恶如仇、敢于直言的钱三强因对当时的一些极左思想做过批评而遭到排挤，被迫离开了核能物理领导中心，直到“文化大革命”后才被重新重用。巧合的是——或许正是天意吧，1964年10月16日我国第一颗原子弹爆炸之日，恰好是钱三强51岁的生日。

3. 蒋筑英——未被披露的秘闻

改革开放初期，通过媒体的广泛宣传，我们早已熟悉了这位英雄的名字。但进入上海光机所采访，我才确切地知道，蒋筑英是为中国激光事业捐躯的第一人，同时也了解到当年未曾披露的一些秘闻。1938年，蒋筑英生于杭州。中华人民共和国成立后，身为旧职员的父亲被错判送进监狱，少年蒋筑英则被定为“反动官僚”家庭出身。可以想见，他的身心曾遭到怎样的重创。尽管他学业优秀，表现优良，但不可能被列为重点培养对象，也不可能进入重点大学和保密专业。幸而，1956年国家政策有了重大转折，那一年国家提出了“向科学进军”的口号，并制定了大学扩招、广收人才的宽松政策。蒋筑英正是赶上了这个天赐良机，如愿考进北京大学物理系。因为家庭困难，他一直享受助学金直到毕业。上海光机所的范滇元院士当时是他的班长，范院士说，他最为喜欢和敬重的是，蒋筑英背负着这么沉重的政治包袱，性情却十分阳光开朗，是系里活跃的“文艺骨干”，能唱能跳，一把小号吹得出神。上课也不怎么用功，还动不动旷课，忙他的文娱活动去了，要不然就消失在图书馆沉浸在文学名著中。不过蒋筑英特别聪明，有过目不忘的本事，考试前熬夜突击几天，成绩居然还在中上游。寒暑假没钱买车票回杭州，他便泡在图书馆里。当时北京大学实行6年制，蒋筑英充分利用10个假期，竟然掌握了英、俄、德、日、法五门外语。

1962年毕业后，酷爱光学的蒋筑英选择了长春光机所，师从所长王大珩攻读硕士学位。经过一段时间接触，王大珩十分喜爱这个思想敏锐、多才多艺的阳光青年。当时，国外光学界已开创出一个新领域，即光学传递函数理论并开始应用于生产实践。这是一门实用性很强的基础技术，在中国还是空白。王大珩对蒋筑英说："填补这个空白，就从你开始吧。"一个完全陌生的科学新领域，自是雾锁云封，关山重重。从此蒋筑英率领一个小组开始了崎岖的攀登之路，也就是从图书馆到实验室的"两点一线"之路。肩负如此重大的使命，活泼好动的蒋筑英变得沉稳多了，走路不再吹小曲而是在沉思，匣子里的小号也分外寂寞了。难点太多，突破太难，屡战屡败，有的小组成员想打退堂鼓。蒋筑英说："科学研究的道路从来都不是平坦的。居里夫人把自己关在小木屋，节衣缩食，废寝忘食，四年之后才发现镭。我们还没搞到一年呢，怕什么！"经过700多个日日夜夜的奋战，1965年，蒋筑英小组终于设计并制造出中国第一台光学传递函数测量装置。有日本学者前来参观后，惊叹说："想不到你们这么早就研制出了这样高精度的装置。你们应当把它报道出去，让全世界都知道中国人的才能！"这一年，蒋筑英才27岁。突破的取得，使他信心和干劲大增，此后他又取得了一个又一个重要成果，发表了近20篇论文。他撰写的《关于摄影物镜光谱透过率》，对中国电影、电视事业具有重要的理论指导意义；他的研究成果使X光射线的检测精度达到一根头发丝的十万分之一。

1979年，长春光机所派蒋筑英去联邦德国进修。学习期间他省吃俭用，积攒了不少外汇。那个时候，凡出国留学或访问的人归来，带回一台大彩电是最令人艳羡的事情。蒋筑英却给所里买回一台英文打字机、一部录音机、二十个电子计算器和一些光学器材部件，剩下的钱全部交给所里。

1982年，蒋筑英常感腹部疼痛，但他没放在心上，再加上工作忙也没时间去医院。6月的一天，在出差之前，他把新建的实验室打扫干净，修好院里被破坏的柏油路面，又帮同事修了家里的下水道，然后忍着腹痛飞赴成都，当晚他召集工作人员开会到深夜11时。次日一大早，他换乘两次公共汽车，步行三段路到达出差单位，随即开展工作。6月14日深夜，他因腹痛难忍被送进医院。经诊断，蒋筑英因长期过度劳累，积劳成疾，患有化脓性胆管炎、败血病和急性肺水肿等多种疾病，于6月15日下午5时去世，年仅44岁。蒋筑英是中国光学界的杰出人才，是为中国激光事业牺牲的第一人，王大珩含泪在追悼会上发表了沉痛致词，高度评价了蒋筑英的杰出贡献和高贵品格。蒋筑英的英年早逝引起全国震动，《光明日报》等各大媒体对蒋筑英的感人事迹作了大量报道。之后，中央为改善中国知识分子的工作和生活条件采取了多项有力措施。

4．“大教堂里的苍蝇”和“会下蛋的金母鸡”

话题回到高速摄影机。

为迎接我国第一颗原子弹的轰天震响，王大珩率领长春光机所的团队，夜以继日、马不停蹄地投入了高速摄影机的研制工作。王大珩后来回忆说：“那时我们哪有美国的财力啊！要啥没啥，结果残存在城市角落里的旧货市场——而且还是违法的——就是我们的科研材料基地之一，没零件就跑到那里翻找，回来修修改改对付着用。”仅仅一年之后，样机通过鉴定。两年后，在原子弹爆炸前如期制造出10台3000次/秒高速摄影机，由王大珩亲自押送这批“宝贝”火速运往实验现场。爆炸当日，这批高速摄像机顺利拍下一批火球演变的壮丽画面，获得极为宝贵的实验数据。两天后，王大珩从基地归来。当天晚上，他邀集几位核心骨干到他家里小聚，夫人顾又芬（后为长春白求恩医科大学著名儿科教授）炒了几个小菜，备了一瓶红酒，大家轻声细语（那时所有有关原子弹的工作都严格保密），忆及两年来的艰辛努力，谈到国内外的强烈反响和从此国威大振，欢喜之情溢于言表，王传基、王金堂等几个年轻人喜极而泣，哽咽难言。

1965年，中国第一颗人造卫星“东方红”进入方案论证阶段，王大珩出任地面设备组负责人。1967年10月，52岁的王大珩被临时调往北京，担任国防科委光学研究院筹备处的主管副主任。他接到的第一个任务，就是组织力量，研制我国第一个可回收的对地观测用的观测系统。

在“两弹一星”这个领域，光学技术是探测、测量、观察、记录、通信的重要手段，虽然看起来似乎不比主体显赫，却是不可或缺的“配角”。没有小而灵的光学设备跟着上天，卫星就像断了线的风筝，有影无踪，有去无回。但对于对地观测卫星来说，整个观测系统就是堂堂正正的主角了。任务紧急而重大，可“文化大革命”

中的时局乱成一团，筹备处无人、无办公室、无科研场地、无设备、无加工基地，面对这个“五无”局面，两手抱空拳的王大珩还得加上第六个“无”——无法开展工作。看来只有一个办法，召集长春光机所的旧部。电话打过去一问，光机所已被迫停止工作，大部分科研人员星流云散，不知去向。

那就大海捞针一个个找吧。终于，十几个科研骨干被召到北京，王大珩在社会主义学院借了一批房子，又把北京工业学院航空摄影教研室和公安部811厂的一批重量级设计人员拉来入伙，工程组就此组成。工程组于1968年进驻北京218光学仪器厂，开始进行样机设计。冒着极大的政治风险对工程组全体人员从严管理，带头组织攻关，经历八年奋斗，对地观测卫星终于在1975年飞上天！

王大珩颇具大家风范，胸怀宽广，目光远大，从善如流。所有与他交往过的人，都记得他那真诚和善、能穿透人们心灵的笑容和广博的学识。他既是多个科技领域的通才，也是公认的帅才。从思想到行动，始终如一地实行充分的学术民主，是他最伟大的品格。在许多场合他都讲过：“我们绝不能做古希腊神话中的那个凶恶的店主普罗克斯泰斯，此人硬要让入住的旅客跟自己的床铺相合，长者砍足，短者拉长。要使我们的科学事业繁荣起来，必须让每个人自由地思想、说话和创造。”他还做了一个幽默的比喻：“长春光机所就像一座大教堂，我们不过是里面的几只‘苍蝇’，如此巨大的空间，足够我们自由飞翔了。即使你落在耶稣的鼻子上，也不会有人责怪你。”

在他科学而又民主的领导下，长春光机所很快发展成有上千人、多门类的中国应用光学科研高地，为国家培养出大批人才，很多业务骨干后来都成为光学领域的顶梁柱和学术带头人。

那么，王大珩堪称伟大的贡献是什么呢？

他是一只会下蛋的“金母鸡”，他领导下的长春光机所成了一个惊人的“孵化器”。

且看，后来从长春光机所分流出多少厂、所、学校和杰出人才吧！

1949年，王大珩创办大连大学物理系，在那里执教两年。后在他的关心和一以贯之的支持下，变身为大连理工大学。1991年，该校举办了一个高层次的应用物理学术会议，15位首届毕业生应邀与会，他们取得的重大科技成果有30多项获国家及省部级科技进步奖。

1954年，组建上海光学仪器厂和长春材料试验厂，后来，两者皆成为机械部系统骨干企业。

1958年，创建长春光学精密机械学院，王大珩兼任院长。这所学院是当时国内唯一专门培养光学和精密机械研制人才的大学，现称长春理工大学。

1962年，分建西安光学精密机械研究所。时任长春光机所副所长的龚祖同出任所长，率50余人迁往西安，主要从事高速摄影及光子学技术研究。

1964年，分建上海光学精密机械研究所，王大珩兼首任所长，专门从事激光科技研究，并成立了后来对国防和民生产生重大和长远影响的激光核聚变研究实验室。同年，调派一批科研人员，支援中国科学院科学仪器厂。

1967年，调派一批科研人员支援航天部门，从事空间观测工作，后发展成专业所。

1970年，分建大邑光电所，即今天的成都光电所，从事国防光学和光机电一体化的精密光学机械研制工作。同年，分流一批科研人员成立了安徽合肥光机所，从事大气光学和激光科技研究。

1978年，原黑龙江工学院在十年“文化大革命”的冲击下，校舍破坏，师资流失，几近瘫痪。国家决定重建并更名为哈尔滨科技大学（现哈尔滨理工大学），王大珩任校长。5月24日，王大珩走马上任，组织领导班子拟定了全面的重建方案。自此这所大学走上振兴发展之路，如今成为黑龙江的一大科教重镇。

1979年，王大珩倡议并作为主要发起人之一，成立了中国光学学会，当选第一、二、三届理事长。有了这个高层次的、可以组织广泛国内外交流的平台，中国光学理论和技术获得长足发展并大步走上国际舞台。

20世纪70年代，正值国际上遥感技术兴起，王大珩以敏锐的科学洞察力，意识到这将是很有发展前景的新领域。他多次率团出国考察一些相关公司企业，归来后兼任中国科学院空间中心主任，在遥感技术发展规划、地面站选点建设、装备器材、安全保护等方面提出许多重大指导性意见，系统性地展开了遥感技术试验研究工作。1980年，他主编出版了《长春遥感试验论文集》和《长春遥感试验典型图象分析》，为中国遥感技术的发展奠定了基础。

上述各项，有的是王大珩倡议，有的是国家决定。他说：“我不过是时代的幸运儿，只是尽了一个科研工作者的绵薄之力。”回首数十年的风雨里程，长春光机所和它分建的西安、上海、合肥、成都四个光学精密机械研究所，组成我国五大光学基地，为国家培养了一大批光学技术骨干，形成一支在应用光学与光学工程科研领域可跻身世界之林的精英队伍，取得举世瞩目的成就。

毫无疑问，这些中国的光学科研机构，它们的创业史上都闪耀着一个伟大的名字：王大珩！

5. 战略科学家的“单口相声”

王大珩襟怀阔大，目光高远，是一位具有远见卓识的战略科学家，他对国家的现代化建设特别是科学事业的发展，提出了许多具有重大价值的建议并最终形成“国家行动”。

20世纪80年代初期，美国总统里根抛出“SDI计划”（星球大战计划），紧接着西欧提出“尤里卡计划”。两大计划都投入巨资以实现在高技术领域的大幅领先。据说，经济窘迫的苏联为避免落后，也在军事科技方面投入大量资金，结果活活被拖垮了。不过，后来的历史表明，各大强国的这一轮行动，出乎意料地在全球范围引发了新的科技革命浪潮。值得庆幸的是，一直密切关注国际科研动向的王大珩对此很快作出敏锐反应。1985年，他组织团队对美国的“SDI计划”进行了深入研究和解析。1986年3月3日，他主动联络了王淦昌、陈芳允、杨嘉墀三位著名科学家联名上书中央，提出了《关于跟踪研究外国战略性高技术发展的建议》。两天后，邓小平在这份建议书上批示：“这个建议十分重要……此事宜速作决断，不可拖延。”国务院组织200多位著名专家学者进行了分项分类、充分民主的专题论证，王大珩作为该计划的首倡者，亲自参与组织和指导了这次规模空前的研讨。1986年10月，中央政治局召开扩大会议，批准了《国家高技术研究发展计划纲要》，11月18日，中共中央和国务院批转了这一文件，这就是后来闻名全国的“863”计划。其主要目标是选定了生物、航空、信息、自动化、新材料、能源、激光等七个高技术领域，跟踪世界先进水平，缩小同发达国家的差距。

这是我们国家在改革开放的战略发展期，在多个战略性领域做出的战略性决策，是一次具有全局性和长远意义的“国家行动”。“863”计划分门别类落实到全国各大科研机构和一些大学科研基地，取得累累成果，对于推动我国现代化建设特别是高科技事业的迅猛发展，加快赶超世界先进水平，起到重大而深远的影响。

1992年春，77岁的王大珩出于数十年来的科研实践经验，深感建设一个现代化的强国，科学事业中的基础理论研究和工程技术发展缺一不可，于是他联名张光斗、师昌绪、张维、侯祥麟、罗沛霖五位学部委员（后改称院士），向中央呈送了《关于早日建立中国工程与技术科学院的建议》。中央领导很快作出批示，要求中科院组织各方专家讨论，征求意见，策划方案。没想到征集上来的意见看法不一，甚至要不要单独建院都成了问题。王大珩忧心如焚，曾利用一次会议机会当面向时任中共中央总书记江泽民力陈自己的建议，同时收集了瑞典、美、英、法、澳、日等14个国家工程院的详细资料，印成上下两册，广泛发送给中央领导和相关部门参阅。1994年6月，中国工程院终于成立，从此我们有了两院院士。

20世纪80年代末，针对世界能源短缺日益突出的问题，王大珩、王淦昌、于敏三位科学家联名上书中央，建议开展激光核聚变研究。该建议被国务院采纳，列入“863”计划。

2001年初，86岁的王大珩审时度势，提出我国要实现自制大飞机，不久，时任国务院副总理温家宝前往王大珩家里听取意见。大飞机，一般是指最大起飞重量超过100吨的运输类飞机，包括军用大型运输机和民用大型运输机，也包括一次航程达到3000公里的军用飞机或达到100个座位以上的民用客机。早在1970年，中国有关方面就雄心勃勃开始了代号为“708工程”的大型喷气客机的研制，来自全国航空工业300多个单位的各路精英被调集参与研制任务。该型飞机被命名为“运−10”，1980年9月26日首飞上天，其飞行最远航程8600公里，最大时速930公里，最大起飞重量110吨，最高升限超过11000米。值得称道的是，该机曾在被称为“空中禁区”“死亡航线”的西藏连续7次试飞，均获得成功。中国由此成为继美、苏和欧盟之后，第四个能自己造出100吨级以上飞机的国家或组织。但由于经济技术等多方面原因，80年代中期，“运−10”项目被迫下马，中国大飞机制造业自此举步不前。经王大珩多次强烈建议，自制大飞机作为“国家重器”和国家综合实力的象征，重新引起中央高度重视。十余年过去，如今中国大飞机已经有了著名的“三剑客”，即已经问世的大型运输机运−20和水陆两栖飞机AG600，以及已研制成功的大型客机C919。

1999年9月18日，84岁的王大珩先生参加中共中央、国务院、中央军委召开的表彰为研制“两弹一星”作出突出贡献的科技专家大会，与他的诸多好友如钱三强、王淦昌、钱学森、程开甲等，共同荣获了“两弹一星”功勋奖章。

一个科学家在自己的专业领域作出重大贡献就足够伟大了。而王大珩先生一生高瞻远瞩，勇于担当，从容淡定，涉猎广泛，使他在多个领域都发挥出超人的聪明才智，作出多项与国家命运有关的重大贡献。他把自己的一生变成一场灿烂的星星雨，每颗星星都在中国科学事业的夜空划出一道亮丽光芒。

微笑是王大珩的历史影像。他总在微笑。在困难面前，在失败面前，在成功面前，在同事面前，在年轻人面前，他和蔼的微笑，云淡风轻的微笑，感染着所有人。看到他的微笑，人们就充满信心，觉得什么困难都不是事儿。他也喜欢和大家一起共事，共造欢乐。逢年过节，机关每有什么联欢会，请他出个节目是必不可少的。他演唱的爱国歌曲《松花江上》《渔光曲》深情动人，仿佛他少年时候经历的旧中国的那些苦难都融汇在悲怆的歌声里了。不过，他的拿手好戏是自编自演单口相声，回回博得满堂彩。有一次北京光学学会举办新年茶话会，已经行动不便的王大珩托人捎去一盘磁带，是他新编的一段单口相声。一开头就自我介绍说："我是你们大家的老王头儿，给你们当差看门儿几十年，好想你们哟！"全场掌声雷动，很多人大笑不止，更有一些人流下了热泪。他们为王大珩的卓越一生和博大情怀深深感动了。

多么可敬可爱的"老王头儿"啊！

大家气象！

2011年7月21日13时许，"两弹一星"功勋奖章获得者，中国科学院长春光学精密机械与物理研究所原所长，中国科学技术协会副主席，中国科学院院士，中国工程院院士，国际宇航科学院院士，著名光学家，中国近代光学工程的学术奠基人、开拓者和组织领导者，杰出的战略科学家、教育家王大珩先生在北京逝世，享年96岁。

他的终生挚友，著名核物理学家、中国原子能科学事业的创始人、“两弹一星”元勋、中国科学院院士钱三强，于1992年6月28日逝世，享年79岁。

钱三强的夫人何泽慧，杰出的核物理学家、中国科学院学部委员，于2011年6月20日逝世，享年97岁。为纪念何泽慧的杰出贡献，中国首颗X射线天文卫星特别起名“慧眼”。

2007年2月28日，杰出的物理学家、中国科学院院士、英国爱尔兰皇家科学院院士，92岁的彭桓武因病辞世。依照他的生前愿望，遗体器官捐献给医院进行医学研究，毕生的工资积蓄近50万元捐赠给中科院理论物理研究所。他还留下了一份亲笔签字的《彭桓武遗嘱》：“丧仪从简，不举行任何会，骨灰不存任何公墓。骨灰与夫人刘秉娴骨灰合并，由遗嘱执行人按遗愿归返自然。‘两弹一星’金质奖章赠给国家军事博物馆。书赠理论所图书馆。请注意，玻恩签名赠予我的一本*Atomic Physics*有纪念意义。上网的电脑及相连的打印机各附件与桌和转椅，应归还理论所，并告知公司停止上网。”

天哪！老人家弥留之际，把公私之事区分得如此清楚，一尘不染，这是怎样的崇高与伟大啊！

风范永在，镜鉴后人！

巨星高悬，光耀中国！

第四章

上海光机所——神秘的“8211信箱”

> 有心钻研理论物理学的人，最理想的职业是做灯塔管理员。
>
> ——爱因斯坦

在这里，所有人都沉默寡言，总在沉思着。

在这里，很少有人朗声大笑。高兴了，获大奖了，只是淡淡地无声地笑笑，然后归于平静。

在这里，一切都是静悄悄的。

在这里，每个人都保守着自己的秘密，家人都不知道自己在干什么。

2019年1月3日夜，寒风如刀。我像一个黑衣外星人，拖着行李潜入上海光学精密机械研究所。我之所以称自己是“外星人”，是因为对这个研究所的所有地球人的研究领域，我一无所知，眼前一片空白，他们皆是我的老师。

不过相对于外面的世界，这里的人们也像外星人。除了他们的办公室、实验室、电脑、大堆的中外书籍科学期刊，大门外滚滚红尘、灯红酒绿、人间烟火乃至人生沉浮，似乎与他们毫无关系。他们特别不希望被别人打扰。他们最讨厌的东西就是礼送上门的各种大红请柬——除了科学会议。

其实，我们是地球人，他们是宇宙人。

我一再追问一位中年科学家："除了专业，你还有什么业余爱好？"他抓着头发，苦恼着脸想了半天，末了说："搞航模算不算业余爱好？中学时我得过第一呢！"我哈哈大笑。天哪！航模第一都算业余的玩法，此人肯定是浑身由定理、公式、零件、齿轮和螺丝钉组合成的"数理人"了。

时间久了，采访的人多了，我终于进入他们看似极其单调枯燥的生活，进入他们波澜壮阔、气象万千的内心世界。我发现，在光机所一栋栋科研大楼里，其实到处都是"疯子"——痴迷于浩瀚星空和原子粒子的"疯子"，默然无语、表情严肃的"疯子"。他们思维的起点是宇宙大爆炸，终点是宇宙最后的塌陷。他们是常常在实验室喃喃自语的家伙、常常与想象中的对手争得面红耳赤的激辩者、吃饭时用筷子在桌面画图的梦想者。

他们生下来就是天才，读起各种公式和定理比诗歌还陶醉，比星空还灿烂。

他们拥有足够大的大脑，可以装下整个宇宙。

他们都期望在自己的手上，用一个方程式终结真理，尽管那是一个遥遥无期的终点，并且不得不永远面对量子力学中那个令人沮丧的"测不准定理"。

他们在经历了一千次、一万次失败之后，或许——是的，或许会迎来一次成功。而这一次成功，就可能大大地推动社会进步，重塑人类生活，改变世界面貌。

他们共同组成了一幅长长的风光无限、奥秘无穷的画卷。在这个科学决定一切、科学决定成败、科学决定命运的时代，我们必须试着去读懂他们——一群可爱可敬、温文尔雅的“疯子”。

1. 巨人的目光如此辽阔

1960年5月，美国的第一束激光横空出世。

一年以后，中国的第一束激光迸射而出。

这个世界，多了一道美丽的风景。

尽管我们经历了资金严重不足的三年困难时期，经历了十年浩劫，中国科学家依然以坚忍不拔、舍我其谁、为国争光的奋斗精神，在激光科研领域创造出许多优异成果。

1962年，干福熹团队研制出钕玻璃激光器，刘颂豪团队研制出掺铀氟化钙激光器。

1963年，邓锡铭团队研制出氦氖气体激光器，王守武团队研制出77K半导体激光器，林俊琛团队研制出红外激光器。

1964年，邱明新团队研制出两种新型激光器。

激光的神奇作用被越来越多的人所认识。

那几年，经过科学家介绍，世界各大国都意识到激光在未来战争中的强大杀伤力。1963年12月16日，毛泽东在中南海听取了时任国务院副总理兼国家科委主任聂荣臻有关“十年科技发展规划”的汇报，说到“死光”的出现和它在科学、军事和工业技术的广泛应用，毛泽东表示我国要专门成立组织去研究激光。

随即，国家作出四项重大决定：

第一，成立全国激光技术领导小组，张劲夫任组长。

第二，组建中国科学院上海光学精密机械研究所。

第三，把激光技术研究纳入《1963—1972年科学技术发展规划纲要》，并将“以激光反导为长远目标，以发展高能激光器为主攻方向”作为上海光机所的首要任务。

第四，积极组织国内外学术交流和科技情报的研究。

这些重大决定，为中国激光事业发展开辟了广阔的前进道路。

“激光”一词的英文为“LASER”，是美国人抽取“受激发射的辐射光放大”一组英文词汇的第一个字母创造的新词，中文曾译为“镭射”。不过，我国军界和科技界一些人称激光为“死光”——它显然来自国外媒体对这种可致人于死命的强光的渲染。后来有关领导和科学家在研究相关事项时，总觉得“死光”这个名字太吓人，也不很确切，于是写信给钱学森，期望他给起个好名字。钱学森斟酌再三，于1964年10月致信有关人员，建议定名为“激光”，严济慈先生拍案叫绝，大家也一致赞同。激光的名字就这样确定下来。

1963年12月30日，上海光机所筹备组成立，确定王大珩兼任所长，长春光机所党委书记李明哲兼任副所长，高志博、黄武汉、邓锡铭任副所长。为获得上海各方面的大力支持，长春光机所派出王之江、孙功虞和牛汉民三位专家作为“先遣队”到上海造了一番舆论。那时上海大多数人完全不知道什么是激光，更不知道它的前景。王之江特为当地科技界作了一场专题报告，还在衡山饭店、锦江饭店、上海大厦演示了用激光在刀片上打孔和隔空通信等，令上海人眼界大开，惊叹不已，纷纷期望他们尽快来沪建所，把多彩的激光射向上海的夜空。

转年春，长春光机所从事激光研究的200余人，北京中科院电子研究所50余人，连同部分仪器设备，分期分批迁往上海嘉定县（现嘉定区）。上海市委、市政府对组建这一科研机构深表欢迎：一是让出原华东电子测量研究院和华东力学研究所的全部用房，作为光机所筹建基地，两个单位近40个专业人员并入光机所，全所总计297人；二是划出本市两个光学仪器厂，作为光机所的试制工厂。王大珩高兴地说：“兵马未到，粮草先行。北京、长春两支科研力量合并于上海，堪称人杰地灵也！”

第二年，光机所又招收了130多个大、中专毕业生，队伍迅速壮大起来。

那时，上海光机所作为我国第一个激光研究基地，属于军事要地，门口有军人把守，对外严格保密，所有人员不得对外人（包括自己的家人）泄露单位的性质和个人工作内容。故而光机所最初的通信地址被称为“8211信箱”。出身上海的工作人员和研究生给家人写信，哪怕家就在对门的小里弄里，落款也得写“8211信箱”，搞得家人云遮雾罩，以为这个“信箱”在很遥远的地方。后来为便于对外交流，又先后更名为“中国科学院六五一六所”“中国人民解放军第一五〇五研究所”“中国人民解放军南字829部队”等，从所名的转换就可以看出它的神秘性。

神秘感就是光荣感和责任感。

调来的人都很年轻。兼职的所长王大珩也才49岁，副所长黄武汉45岁，邓锡铭34岁等。

那是激情燃烧的岁月。所有进入这扇大门的人都深感光荣和神圣，都知道这是组织的信任，都深深意识到肩上责任的重大。在这里，他们挥洒青春，追逐梦想，把一生奉献给我国的激光事业。

时间紧迫，责任重大，再加上那个时代也不讲究装修，一切从简从快。大家都明白，千里迢迢来上海建所，就是为了科技报国、造福人民，必须争分夺秒、抓紧工作。仪器设备一安装就绪，很多科研项目立即上马，两个半月之后便取得10项成果。忙完了，站在楼上的窗边一望，才发现外面一望无际的耕地已经长出绿油油的庄稼和蔬菜，原本稀疏的树林也繁茂起来，哦，夏天到了！

2. 黄武汉——从香港童工到科学家

瘦弱的13岁少年黄武汉，哭着回家了。

油灯下，大姐黄蕊秋掀开他的衣服，用清水为他擦洗着血淋淋的后背。白天在香港工务局电器厂的车间，他失手摔坏了一个零件，遭到车间工头的痛打，鞭子抽得啪啪响，他号哭着满地打滚，周围几十个童工也被吓哭了。在他家这片贫民窟的不远处，就是香港光怪陆离、灯红酒绿的商业区，摩天大楼高耸夜空，洋人洋车横行街市。一个天堂，一个地狱，就这样紧挨着。大姐说："你还小，忍着吧。等长大了，我们再和那些洋鬼子作斗争。"那时黄武汉不知道，姐姐已经是中共地下党员了。

黄武汉父母早年都是广东南海县佛山镇（今广东佛山市）的农民，一次大台风把整个家掀翻了，两口子不得不带上两个孩子流落到香港打工，住的是贫民窟里木板加纸板的矮棚房，吃的是从饭店捡来的菜叶子和剩饭。父母都不识字，但他们懂得，孩子没文化就无法挣脱苦海，他们节衣缩食，勉强支持黄武汉读了三年小学。这时家里有五个孩子了，负担太重，13岁的黄武汉只好中断学业，进入香港工务局电器厂当童工。三年的课堂为这个少年打开了一个梦幻般瑰丽的知识殿堂，失学又给他带来了极大的痛苦。看看街上那些背着书包上学堂的学生，那些体面的有文化的白领和绅士们，再看看自己褴褛的衣衫和一双泥脚，他深感耻辱。求知的渴望像烈焰一样日夜灼痛着他幼小的心灵。后来他回忆说：“那时候我喜欢一切带字的纸，车间里的设备说明书，街边扔的废报纸，垃圾箱里的旧书，我都拿在手里反复读，不认识的就问别人。”“我发现人类社会有一个基本倾向，就是对求知的人，大家都不会拒绝。”大姐发现这个弟弟如此好学，便介绍他到工人夜校去学习。每天在工厂做工10个小时以上，那是怎样的疲惫啊！黄武汉却劲头十足，白天埋头干活，夜晚跑到夜校上课。他天资聪颖，过目不忘，一听就会，而且特别喜欢数理化。两年后，他夜校毕业，又考入香港工程学院夜校部继续进修。从初级班到高级班，经过四年苦读，一举获得电机工程专业的毕业证书。黄武汉凭着这纸证书和出色的操作能力，经笔试和面试，被聘为香港邮电系统电讯厂的技术员。

科学家如果不是“疯子”，一定成不了科学家。就是这种发疯般的苦读，让黄武汉鲤鱼跳龙门，泥鳅翻大浪，一个童工出身的打工仔终于跨入香港的白领阶层。不过，他追求的不是地位和脸面，而是学习、学习，一直学习！两年后，黄武汉又获得英国工程学院无线电工程专业函授部颁发的毕业文凭。

1941年，日本侵略军占领香港。许多爱国人士愤而离港，曾和黄武汉一起学习文化和无线电知识的一些工友或回到内地参加抗战，或加入中国共产党领导的广东东江游击队。经大姐牵线，黄武汉也回到内地，先在中山大学电机系实验室工作了一段时间，后随着逃难人流进入重庆国民政府航空委员会下属的成都电信器材修造厂。这家修造厂在当时专事飞机设备的修理，满怀爱国热忱的黄武汉夜以继日投入工作，很快成为该厂的业务骨干。那时战况空前惨烈，小小的中国空军屡遭重创，修理工作十分繁重。但时间久了，黄武汉发现，工厂主管对抗战救国并不那么上心，业务管理之混乱，官僚作风之严重，令他十分吃惊，连领一颗新螺丝钉也要层层报批。他还看到，这个航委会的一些要员只是把“支持抗战”挂在嘴上，私下跑单帮、搞投机、倒卖军火、中饱私囊、大发国难财的比比皆是。黄武汉不想干了，但一时又找不到别的出路。

机会终于到来。

1945年初，重庆国民政府计划从年轻的工程技术人员中招考一批公费赴美实习生和赴英留学生。黄武汉经过精心准备，一箭双雕——同时考取了赴美和赴英留学资格。经过认真斟酌，他选择了去英国。这年盛夏，26岁的黄武汉满怀憧憬，漂洋过海来到英国邮电总局电讯研究所。那时，第二次世界大战带来的饥饿和灾难随处可见，食品普遍匮乏，每人每月面包定量，且只配给两个鸡蛋。国民政府发给的公费有限，除了学费，吃住都成问题，黄武汉只好一边打些短工补贴费用一边学习。一天两个面包两杯茶，是他的全部营养。苦也罢饿也罢，对于一个热心攻读的爱国青年来说，都是可以忽略不计的。从学习中他很快得知，第二次世界大战中德军飞机之所以一直无法突破英军防线，英军堪称世界一流的无线电技术特别是微波雷达起到了关键作用。这正是祖国最紧迫的需要啊！黄武汉忘我地投入到电讯研究和工作之中。起初，那位留着大胡子的研究所主任得知黄武汉只有一个通过函授得到的英国工程学院的文凭，很有些瞧不起他，常分派给他一些打零工的活计。但不过半年时间，黄武汉以自己的苦干精神、治学精神和出众的才华，彻底感动和征服了这位英国绅士，在同期留学生中第一个获得电子技术工程师职称。过后，这个主任又亲自写信，推荐黄武汉进入世界著名的剑桥考文垂研究所专修电子学技术。黄武汉十分珍惜这个机遇，把时间和精力几乎都交给了图书馆和实验室，其间发表了多篇论文。两年后，香港大东电报局领导在英国相关理论刊物上读到黄武汉的论文，特别来电聘请他出任无线电公司工程师，主持微波技术的研究。黄武汉思乡心切，遂应召回国。

从一个童工摇身一变而成为留洋归来的工程师，他的生活和未来显然已经铺展开一条功成名就、华衣锦食的红地毯。有一次赴上海出差，一个偶然的机会，黄武汉从朋友处获悉他于1945年考取的赴美实习的资格仍然有效。又一个学习深造的机会到来了！1948年初，他毅然辞职离开香港，远赴美国国际电报电话公司实验室继续进修微波技术，一年后重返香港大东电报局，升任责任工程师。一个华人能占据这个要职，不仅在该公司中绝无仅有，在香港也属罕见。

响当当的青年学霸！

通过自学奋斗出来的杰出的电子学专家！

傲立于香港工程技术界的人中翘楚！

所有这一切赞赏对于黄武汉来说都是当之无愧的。

香港与内地始终血肉相连。1949年春，黄武汉参加了进步团体

“中国科学工作者协会港九分会”并当选理事。随着开国大典的隆隆礼炮响彻中华大地，在港英军警的严密监视下，他抱病出席了港九同胞举行的庆祝大会，并以科技界代表的身份发表了激情洋溢的演说，公开表达了愿为中华人民共和国贡献力量的意愿。之后，港九分会被港英当局查封，但黄武汉依然不改初衷，时刻寻机兑现自己的诺言——“要为中华人民共和国作贡献”。那时他因长期埋头苦读积劳成疾，患了肺病，身体虚弱，但他还是接受了中南军政委员会的邀请，奔波于香港和内地之间，为当地邮电部门筹建电子设备厂。同时利用自己的实验室，为广州公安部队研制了两套探测武器的轻型电子装备。朝鲜战争爆发后，黄武汉又为华南有关主管部门设计了战时有线广播体系技术方案。

所有这些努力，意味着一颗早有准备和热望的赤子之心，正在向祖国倾注自己的全部忠诚和才学。

中华人民共和国成立不久，党中央和国务院便着手组建了中国科学院。1953年春节过后，黄武汉接到了中国科学院发来的聘书，邀请他去北京物理研究所出任微波实验室主任。此时，他的肺结核病日渐严重，需长期静养、治疗和调理。但党和国家的召唤令他十分兴奋，他决定尽快启程，并让妻子凌君达辞去香港大学教职，带两个孩子一起去北京。凌君达十分担心丈夫虚弱的病体，但最令她忐忑不安的是万一走漏风声，很可能遭到港英当局的阻拦甚至暗算。经周密谋划，两口子带上孩子，于1953年3月以回老家佛山省亲养病为由，瞒过港英当局，只拎了一只皮箱踏上新的征程。途经广州时，全家与时任广东省妇联主任的大姐黄蕊秋欢聚一堂，第二天直奔北京。

抵京后，黄武汉一家被安顿在中国科学院西四招待所暂住。这是几家共居的一个老四合院，房屋破败，室内无厕所无上下水，在物质条件上同他昔日的香港住宅无法比拟，但黄武汉毫不在乎，仅休息了一个星期就抱病去中科院物理所上班了。所领导劝他再休养一阵，他执拗地说：“国家正在用人之际，我是研究室的主任兼研究员，上了任不干活怎么行？”

在物理所，在黄武汉的领导下，我国开展原子能研究所急需的电子学仪器和多种实验装置迅速到位，有的是采购来的，有的是自制的，有的是改装的。其间，理工科出身的妻子凌君达也加入他的团队，成为他的得力助手。

他研制成功的专用交流稳压电源设备，性能优于国外同类产品，获得研究所颁发的首批科学奖。

在微波加速器的研制工作中，黄武汉充分发挥自己的才智，带领科技人员取得奠基性的重大突破。

作为知名专家，他全程参与了国家《十二年科技规划》的制定工作，成为该规划中拟建的电子学研究所筹备组领导成员。

在电子学研究所，他义无反顾挑起了微波技术研究室和量子电子学研究室主任的双重担子。20世纪50年代后期，国际电子学界在通信技术领域，掀起了一股利用新技术进行信息传输研究的热潮，美国贝尔实验室和苏联科学院都取得突破性进展，而我国苦于基础薄弱，尚处于空白阶段。黄武汉认定这是实现现代通信的一项重要技术，经他精心研究，勾勒出一套研究方案。国家科委采纳了他的建议，将其列为国家重点项目，代号“301工程”，并任命他为北京中心研究室主任。很快，人们欣喜地看到，在黄武汉的直接指挥下，一个奇妙的实验基地建起来了：在电子学研究所的大楼走廊上方，架设起数十米长的螺旋波导和介质膜波导实验线。与此同时，在大楼外面的地下埋设了地下介质膜波导实验线，用螺旋波导作弯头，长度达1千米。实验开始后，很快传来振奋人心的消息：波导的每公里衰减量仅为3分贝左右，电场图不圆度仅为百分之几。通过波导线，成功地进行了电视、电话和传真通信实验，并摄下接收图像照片。这一实验表明，我国这项技术的水平当时仅次于美国，与苏联则并驾齐驱，已步入国际同行的先进行列。

几乎与此同时，黄武汉密切关注到国际微波技术的最新动向。1958年初，他在《参考消息》上读到一则科技动态：美国成功研制了一种基于全新原理的微波放大器——量子放大器。这短短数十字的新闻，瞬间点燃了黄武汉的思想火花。尽管他对这一领域少有涉猎，但他敏锐地意识到，这种新型电子学器件的诞生，预示着一门极具生命力的崭新学科——量子电子学将会获得迅速发展。他当即向研究所和中科院领导积极建议，迅速组织力量，开展相关研究。不久成效立见：1959年国庆前夕，在黄武汉的直接领导下，研究团队首次在液氦温度下获得10厘米波段的量子放大结果，接着又在液氮温度下取得了3厘米波段的红宝石量子放大结果。黄武汉就此撰写了专著《微波固体量子放大器》，由他编著的《量子顺磁放大器原理》一书也由科学出版社出版。至此，中国的量子电子学研究犹如一朵春花，灿然开放在中国科研高地，为后来者开辟了一条探索之路。

那些时日，正如他当时常说的，“那是我心情最为舒坦、精神最为亢奋的时期”。入党之后，在给大姐黄蕊秋的信中，他自豪地说：“作为香港殖民地的一个童工，今天的我终于真正成为中国工人阶级队伍中的一员了！”

1963年9月，王大珩上书中科院，提出“加强受激光发射研究，建立专门的研究机构”的若干建议。10月28日，国家计委副主任安子文约黄武汉谈话，听取他有关如何开展激光研究和跟踪国外量子电子学研究的建议，上海市委书记曹荻秋等人在座。黄武汉所谈的设想和前景令在座领导和同行深受鼓舞，曹荻秋当场表态：“上海是工业化程度比较高的城市，我们欢迎把新的研究机构放在上海嘉定，那里环境比较安静，腾出几栋旧楼房也容易。”

万事俱备，东风已来。1964年春，根据毛泽东主席的指示精神和中科院的决定，从长春光机所和北京电子所分流出部分专业人员，赴上海筹建中科院上海光学精密机械研究所，专事激光开发研究，主攻方向为国防技术应用。黄武汉奉命率领电子所分流出来的50余名科技人员（包括他的妻子凌君达）奔赴上海，以主管副所长（王大珩兼任所长，但依然坐镇长春）身份，与另一位副所长邓锡铭担负起了筹建上海光机所的重任。

新所新任务，一切需要从头开始。黄武汉以宿舍为家，天天起早贪黑——用他的话说：“左脑想科研，右脑想工作。”工作人员说：“黄所长就像一团火，到哪儿哪儿着。面对他的激情和催命似的工作要求，你无法不被感染！”仅仅一年有余，全所从科研人员到设备仪器整体就绪，很快呈现出理论研究和应用研究齐头并进的崭新局面。

3. 在笔耕中，追随导师的足迹

此刻，温文尔雅、一头苍发的楼祺洪先生坐在我面前，深情回忆着他所熟悉的导师黄武汉的一切。

楼先生出生于1942年，祖籍浙江慈溪，祖父早年离家赴上海开了一个小炼油厂，主做蜡烛，生意做得勤勤恳恳，有模有样。1950年，父母应亲友之邀，前往香港工作。8岁的楼祺洪跟随祖父留在上海，小学毕业后考入上海五四中学。

学校的变迁，可以反映一个国家的文化史和思想史的发展。上海五四中学是一所百年名校，由清华学堂首任教务长胡敦复联络平海澜、吴在渊等11名教授创办于1912年，后来上海大同大学附中和圣约翰大学附中又合并进来，遂成规模。该校是名副其实的“国家人才的摇篮”，先后培育了两位副总理、31位中国科学院院士和中国工程院院士，出了史良、贝聿铭、傅雷、周培源、丁石孙、于光远、华君武等社会名流。

生活在这所名校自强、静修、为国的氛围里，让楼祺洪养成了沉静的性格和终身学习的习惯。1959年高中毕业后，他如愿考入时在北京的中国科技大学。1963年下半年到1964年下半年，在准备毕业论文期间，黄武汉成为他的指导老师。黄武汉对青年学子认真负责、循循善诱的精神，令楼祺洪深为感动并让他受益一生。五六十年代，国家为著名科学家和高级知识分子在中关村北四环一带建了几栋“高知楼”，灰瓦青砖，绿荫掩映，环境静谧，黄武汉就住在那里。他常把几位亲自指导的学生叫到家中“开小灶”，客厅的墙上挂一块小黑板，边写边说。讲红宝石的晶体结构，讲激光，讲“群论”，不时还幽默一下，常逗得楼祺洪他们哄堂大笑。时间晚了，还要留他们吃一顿便餐，那种关爱让他们至今难忘。因为导师指导有方，楼祺洪的毕业论文《红宝石的能级计算》在英文版《中国科学》上得以发表。对于一个刚刚毕业的大学生来说，这是相当优秀的成绩了。

不过在当时，重要部门特别是保密单位对用人的审查是极其严格的。因为楼祺洪的父母在香港居住，即有所谓的“海外关系”，他自然失去了报考涉及尖端技术和军事科学的研究生的资格。

楼祺洪一度很茫然也很苦闷。

一向爱才的黄武汉说：“那你就跟我去上海光机所吧。”

能够跟随导师继续学习，又可以回到老家上海，楼祺洪自然很高兴。1964年，他和大学同学、女友曹姗姗来到筹建中的上海光机所。曹姗姗出身苏州名门望族，世代从医，其祖上曹沧洲曾在清王朝应召入宫当过御医，晚年回乡继续行医，有“悬壶济世，妙手回春”之美誉。迄今苏州还留有曹沧洲故居，已成观光一景。

历史证明，黄武汉为楼祺洪开辟了一条实现科学梦想的光明之路。

此后多年，楼祺洪成了黄武汉的助手。朝夕相随，他目睹和亲历了黄武汉在科研上的忘我投入和所创造的累累业绩。他记得，每进入一个新领域，黄武汉都广泛阅读和深入研究国内外的相关文献，做详细笔记，然后和大家一起讨论，寻求创新路径。每次参加国际会议归来，他都召集大家开会，介绍国际科研最新动态，激励年轻人更快跟上国际科学发展前沿。

楼祺洪说：“后来我作为研究员和博士生导师，又带出了一批批优秀人才，所有好办法好经验，都是从黄先生那里学来的。中国的一代代科技人梯，也就是这样形成的。”

1960年，美国梅曼首次成功研制了红宝石激光器。一年后，中国长春光机所造出了自己的红宝石激光器。当时在北京电子所的黄武汉获知这个信息，立即以其敏锐的洞察力和预见性，毫不迟疑地扑向激光技术领域并力图独辟蹊径。调任上海光机所副所长以后，他通过与北京邮电学院和大连化学物理研究所的协同攻关，创新性地开拓了激光通信应用和化学激光研究两大领域。1965年，他编著出版了《激射光通信与雷达技术》一书，其中许多创新性见解给予同行很多启示。1967年，由黄武汉主持，成功研制了我国第一台化学激光器——光分解碘化学激光器。这种激光器被国内外一致公认是最有前途的高能量激光器之一。

说到“文化大革命”，楼祺洪的神色黯淡下来。那时他才24岁，因为父母在香港，有所谓的“海外关系”，他整天捧着一本英文版的《毛主席语录》不敢乱说乱动。而他的导师黄武汉却不可避免地遭遇极大冲击。出身香港最底层的劳工阶层，通过苦读自学成为高级白领，抗战期间曾在重庆国民政府旗下的航委会工作，又先后去英国、美国留学深造，从事科学研究期间不断翻阅大量国外文献……如此复杂的经历自然逃不过那些可怕的罪名和疯狂的批斗，严刑拷打和长期关押让他完全丧失了读书和工作的权利。生性刚直的黄武汉心碎了，梦也碎了。在污辱和尊严之间，他选择了尊严。1968年7月16日，他含愤离开了他无比挚爱的事业。

痛哉！这正是一个科学家最能出成果的黄金期。

黄武汉，作为我国微波技术、量子电子学和激光技术三个新学科的拓荒者，作为上海光机所优秀的领导者，他的奉献和功绩将永远为历史所铭记。他是坚实的基石。他通过一次又一次的拼搏与成功，把自己的一生走成了一条路，让后人得以继续前进。10年之后的1978年3月，中国科学院上海分院隆重举行了黄武汉同志骨灰安放仪式，为他平反昭雪，恢复名誉。

历经十年磨难，终于盼来了改革开放的春天。1979年初，中科院下发通知，在全系统统考英语，以备进行国际交流。时年37岁的楼祺洪早已把英文版的《毛主席语录》背得滚瓜烂熟，结果一举进入前三名。1980年8月，他和风华正茂的几位中青年学者被派往美国加州大学进修两年。临行前，国家发给每人500元定做两套西服，楼祺洪欢天喜地跑到上海友谊商店成衣部量身定做。小时穿布褂，长大穿中山装，这是他有生以来第一次穿上一套崭新笔挺的深灰西服，再系上斜格红领带，对镜子一照，哇，做人一向低调的楼祺洪也不得不暗自惊叹，我咋这么帅呢！

历史是由细节组成的。西服成为中国改革开放的象征之一，实在让人始料不及。楼祺洪气宇轩昂、精神抖擞地飞往美国。果然，那边很多来自亚洲其他国家和中国台湾地区的学生和职员，一见楼祺洪他们就颇感兴趣地上下打量一番，然后很礼貌地问：“你们是中国大陆来的吧？”楼祺洪很奇怪，他们怎么一打眼就知道我们来自中国大陆？后来混熟了，他们才道出内情：“你们的西服已经是二三十年前的老款式啦，早落伍了！”

从那以后，楼祺洪把那两套西服压了箱底。

西方国家高楼林立、高速纵横、高效生产的现代化给他以极大的冲击和震撼。学成归国，目睹中国之现状，没有别的选择，只有发奋、发奋、再发奋！楼祺洪以导师黄武汉为楷模，投身于激光物理及激光技术领域研究的第一线，以埋头苦干的精神一路向上，从助理研究员、副研究员、研究员、研究室主任、副所长。1990年至1991年在日本工业研究所任客座教授，1991年被国务院学位委员会批准为博士生导师。其间他主持或承担过国家重点攻关项目、中科院重点项目、国家自然科学基金项目和上海市科委项目等多项课题，先后获中科院自然科学奖、科技进步奖，上海市科技进步奖等8个奖项。在准分子激光器、高功率光纤激光器、陶瓷激光器、激光与物质相互作用等领域，他皆有重要建树。走上科研道路以来，楼祺洪在国内外学术刊物及国际学术会议上发表论文300余篇，1988年成为全国发表论文最多的前十名科学家之一——这个量足够大也足够光荣了。对科学家来说，有独特发现、独特创见、独特科研成果的论文就是生命的高度、思想的深度、冲向科学前沿的计速器，犹如江湖上的“凌波微步”，身形一闪，已至百里之远。

“准分子”是一个有趣的概念，指一些不稳定的非常“短命”的分子。当激光混合气体受到外来能量的激发时，会引起一系列物理及化学反应，从而形成转瞬即逝的分子，其寿命仅为几十毫微秒。准分子激光是一种脉冲激光，转瞬即逝，具有能量高、光速均匀等特点，目前广泛应用于激光光刻、激光退火和激光医疗等领域。20世纪80年代中期，巴基斯坦急需一台特种准分子激光器，向西方国家求购不得，转向中国求助。光机所领导知道楼祺洪的最大优点是埋头苦干、干则必成。任务交给他，最后时限也交给他了。楼祺洪召集自己的团队成员开了一个动员会，他们大部分都是刚出校门的研究生，放眼一看，个个朝气蓬勃，仔细一看，个个是“空洞的眼神，无助的灵魂”，完全不知怎么干。楼祺洪的最大缺点是不会发火，他笑着对大家说：“这件事干成了，咱就为国争光了；干砸了，咱就为国牺牲吧。”

整整7个月，加班加点，突击研制，楼祺洪差点把回家的路忘了，特种准分子激光器成功问世，之后，由楼祺洪、上官诚、董景星、魏运荣四人乘飞机空运至巴基斯坦首都伊斯兰堡。东道主给他们订了头等舱，四人有生以来第一次享受了贵宾待遇。十几天后，激光器安装调试成功，被誉为巴基斯坦“原子弹之父”的卡迪尔·汗先生特地前往实验室参观，高兴地对楼祺洪他们竖起了大拇指。

楼祺洪先后获40余项发明专利。他领导团队设计的激光指示器被上海一家光电子公司采用，应用于轮胎制造的标线定位，产值已超数千万元。

进入新世纪，一个新的学术领域在国际激光界崭露头角，即光纤激光器。短短十几年，它已使人类通信和信息传输发生了翻天覆地的变化。楼祺洪敏锐地意识到它的发展前景，很早就开始与上海光机所王之江院士展开合作，对开拓光纤激光器功能进行了深入研究。当时国内开展这方面工作的科学家为数不多，且功率水平不到1瓦。仅用三四年的时间，楼祺洪和王之江通力合作，就使我国光纤激光器的连续输出功率从1瓦上升到1000瓦，并在国际著名的光学期刊《应用物理快报》《光学快报》《光学通讯》发表多篇学术论文。

2007年12月4日，楼祺洪收到一封来自美国光学学会一位责任编辑的电子邮件，文中称：“我受光学和光子新闻（*Optics & Photonics News*，OPN）编委会的委托写信给你。OPN是美国光学学会的月刊，这本杂志有14000名包括科研工作者和工程师在内的专业人员阅读。编委会希望你在OPN撰写一篇论文，论文的方向是高功率光纤激光器。如果您能在2008年2月15号之前投稿，您的文章将刊登在OPN的5月号中。选择这个时间，是因为我们期望在5月份召开的CLEO/OELS国际会议上能将此刊发给与会者。恭候您的回音！”

楼祺洪很快撰写了《光纤激光器及其相干组束》一文，2008年5月如期刊出，并配发了整版的作者照片。该论文刊出以后，立即得到国际同行的广泛关注，最早提出光纤激光相干组束理论的一位美国博士特别发来电子邮件表示祝贺。此后有四批国外学者带着相关杂志先后造访上海光机所，指名期望参观楼祺洪的实验室。

在从事科研创新的同时，楼祺洪倾注极大热情和心血，为我国科教战线培养了许多学风严谨、勇于探索、开拓创新的高层次光学人才，其中有博士和硕士研究生40余名，多名学生获得各类科学奖项，他本人也获得上海光机所“优秀导师”称号。他带的一位硕士研究生后来去香港科技大学读博，楼祺洪利用去香港出差的机会约她一起用餐，顺便了解一下她的学习状况。女孩当时很苦恼，诉说了在学习上的诸多困难。楼祺洪激励她说，学习从来都是艰难中的奋斗，你要想得到别人的尊重，必须增进和显示你的实力，在科研中做出成绩。他还送了她一本2008年5月号的OPN杂志。女孩回校后，将这本杂志送给她的指导老师看了。第二天一早她打电话给楼祺洪说，她的指导老师期望楼祺洪去香港科技大学作一个学术报告。第二天，楼祺洪应邀前往该校报告厅，作了题为“关于光纤激光的进展”的报告，令那里的师生大开眼界。从此那位女学生坚定信念，刻苦治学，科研水平进步飞快。指导老师对她也分外器重，特别指导她撰写论文，并推荐给美国召开的国际会议，校方提供了参会费用。三年后，这位学生来信告诉楼祺洪，她已通过博士学位论文答辩，并请楼先生为她写一封推荐信，希望到美国加州大学圣地亚哥一个分校读博士后。她终于心想事成。

晚年，楼祺洪依然继续着自己的科研事业，他编著的《高功率光纤激光器及其应用》一书，被中国物理学会评为2011年最值得推荐的物理学十部新著之一，2015年获中国科学院光电研究所“突出贡献奖”。他的夫人曹姗姗也很优秀，长期在中科院应用物理研究所担任领导职务。近些年，年过七旬的楼祺洪以“抢救历史”的精神笔耕不辍，在老所长干福熹先生的提议下，他在所内科学刊物上专辟出《钩沉》栏目，写了不少回忆文章，也邀请各方人士撰写了不少有关光学界名人和上海光机所历史的文章。里面提到的国内外光学界和上海光机所早年那些事，现在的年轻人都一无所知，纷纷跑来要刊物看。

黄武汉先生的生涯和事迹，我就是从楼祺洪的文章中得到信息的。

“导师之恩，永志不忘。”

第五章

王之江和中国第一台激光器

> 最高明的老师就是让你学会方法。
>
> ——王之江

王之江这辈子活得简单明白：童年时很活泼，青壮年时很低调，老年时很牛气。你看他在小区散步的姿势，挺胸昂首，迈着四方步，活像舞台上得胜回朝、牛气冲天的老帅。

1. 邻居老薛家的“猫”是死是活

蔚蓝无边，海天一色，白色的鸥鸟不时掠过大连大学的窗口，发出嘎嘎的鸣叫。

1950年，这里的一切都带有草创的痕迹。新刷的墙壁，油印的教材，拼凑起来的板凳、课桌、黑板，一切是旧的，一切也是新的。

35岁的物理系主任王大珩，声情并茂地在给数十名学生授课，牛顿的力学，爱因斯坦的相对论。他激情满怀地说：“物理改变了世界，未来这也是你们的使命！”所有学生都记住了这句话。

授课时，王大珩注意到，一个面容清俊、身材不高却很强壮的学生每次上课都坐到前排，听课全神贯注，笔记做得飞快，向他提问次数也最多。这个学生曾当堂提出一个有趣的问题：“被奥地利物理学家埃尔温·薛定谔关进箱子的那只猫，我们必须打开箱子才能知道它的死活吗？是否可以通过计算药量来判断猫的死活？”“薛定谔的猫”是薛定谔进行的一个思想实验。他的假设是：密封的箱子里有一瓶碎裂的放射性毒药，随着时间推移，药性一半在释放，一半在衰变，那么猫是死是活，人们打开箱子才能知道。这个实验反映了量子力学中令所有科学家苦恼的“不确定性原理”，也称“测不准原理”。

王大珩回答这位学生说：“‘薛定谔的猫’只是一个思想实验，用来说明不确定性原理的存在，而非纯粹的物理实验。这正像哈姆雷特王子的纠结与追问：生存还是死亡，永远是个问题。”

因为这些刨根问底的追问，王大珩记住了这个学生，王之江。

1951年，中科院在长春筹建国家仪器馆（光机所前身）。经钱三强举荐，王大珩奉命前往出任馆领导。临行前他对王之江说：“毕业后就去我那里吧。”

王之江感激地说：“我愿意追随老师。”

1930年10月，王之江出生于江苏常州。父亲少年时从一家布店的学徒工干起，凭着他的勤劳和智慧，后来当了老板，成为常州工商界名流。

你没有在人群中消失，证明你飞得不够高。王之江和父亲一样，少年时代就从人群中消失了。常州中学，省内外赫赫有名，王之江后来回忆："金品老师的几何，冯毓厚老师的代数，张式之老师的化学……上他们的课，既得到了训练，更有艺术的享受。"王之江提到的这几位老师，后来都成为江苏省知名教授。

名师出高徒。王之江所在的1948届三个高中毕业班，后来出了四个院士：王之江、侯云德、薛鸣球、周叔莲。

1949年，解放战争还在进行。19岁的王之江对解放区心向往之，于是辞别了江南大学，考入大连大学，一年后转入新创办的物理系，成为王大珩的首届学生。钱三强夫人何泽慧的弟弟、才华出众的何泽庆时在该系当助教。在这里，两位师长的教诲让王之江终身难忘，受益匪浅。一个是王大珩讲的"物理学改变世界"，让王之江对物理学始终充满敬畏和不断追问的激情。一个是何泽庆对学习方法的高度重视，他总是让学生把自己的学习方法用书面形式总结出来，然后相互交流，他说："'工欲善其事，必先利其器。'知识是学不完的，老师也是教不完的。你只有掌握了好的学习方法，才会让自己变得聪明起来，在最短的时间内学到最多的知识。"王之江说，何泽庆教授让我养成了手不释卷、终生学习的习惯。令人痛惜的是，何泽庆因先后遭遇"反右运动"和"文化大革命"的冲击，身心备受摧折，不幸英年早逝，否则他肯定是一位物理学大家。

1952年，王之江毕业后被分配到长春光机所，王大珩把他分到物理研究室做光学设计工作。王之江面露难色："我没学过光学设计啊。"王大珩递给他一本英文原版教科书《应用光学》："那你就从头开始。"

王之江偏爱抽象思维，一向渴望追随物理大家，崇尚理论物理，喜欢冥思苦想。诺贝尔物理学奖授予第一个提出"红外和光学量子放大器”理论的汤斯、肖洛和两位苏联科学家，而没有授予第一个研制出激光器的梅曼，就表明在科技界，首创性的思想和理论是最重要的。王大珩让他做具体而繁琐的光学设计，王之江自然有些不情愿。但是，那个时代的青年在祖国需要面前是不会有丝毫犹豫的——他立即全身心投入这项工作。后来他终生感激导师王大珩，在他的人生起点，把他放到中国光学设计的起点上，造就了他的非凡一生。这项工作确实繁琐得要命，光学设计的关键是做光线计算，即对光线经过透镜后所发生的光路变化进行精确计算，仪器设计才会有成功的基础。就像照相机的镜头如果透光不准确，照出来的人和物一定成哈哈镜的模样了。故而，世界上所有的光学设计室都设有数十名专职的光线计算员，而王之江领导的光学设计室最初只有他一个光杆司令。春去秋来，日升月落，矮矮的个子，青涩的样子，深深的影子，埋头在设计室的台灯下，像中学生做几何作业一样，不知疲倦地在纸上画来画去。从1952年到1956年，这个光学实验室变得生机勃勃了：一批骨干力量成长起来，光线计算员发展壮大到近30人，数十种设计产品也大获成功。由王之江主持设计的照相物镜系列、平面光栅单色仪、长工作距反射显微物镜、非球面特大视场物镜、150大型电影经纬仪物镜、多倍投影仪等新型光学仪器，均达到国际先进水平。国内一穷二白，国外严密封锁，在如此闭塞和艰难的条件下能冲到国际先进行列，太不容易了！

王之江早早地成名了。那会儿光学产品渐多，但懂光学设计的人少之又少。全国各行各业凡有光学设计任务的，都去找中科院，中科院则一律介绍到长春光机所王之江光学设计室。他那里俨然成了20世纪50年代全国光学设计的中心，人来人往，车水马龙，热闹非凡。为适应国家建设需要，颇具战略眼光的王大珩决定面向全国，开办一个光学设计训练班，每次招收50人左右。这个班共办了四期，从1958年到1959年历时两年，总数达200人以上。来参加培训的有浙江大学、清华大学、北京工业学院、哈尔滨工业大学、上海光学仪器厂，以及南京、云南、西安等各大厂家的专业人员，可以说，他们都是王之江的学生，后来皆成为当地光学设计的专家，其中薛鸣球还当选了中国工程院院士。

这是中国光学史上具有里程碑意义的一件大事。王大珩是主要策划者，王之江是唯一指导者——这时候他才二十八九岁。两人的努力为中国创造了从普及到提高的一片光学高地，我国现在的光学设计能居于世界前列，人才储备无疑大都出自长春光机所所办的这个训练班！

二人出马，天下甫定。

之后，王之江在授课讲稿和论文的基础上撰写出版了专著《光学设计理论基础》，其中提出多项独创性理论设计思想。该书于1979年获全国科学大会奖，至今仍是我国光学界主要的专业论著。

2004年，时任上海光机所所长朱健强看到计算机已被广泛应用，意识到如何运用计算机进行光学设计成为新课题。他向74岁的王之江院士建议，能否由先生领衔，开办一个“计算机应用与光学设计”讲习班，王老欣然从命。此班连续办了十年，培训人员遍及全国，王之江用自己新编写的讲义主讲了两年——又是一回桃李满天下。一个人，能在全国光学设计界起到这么广大而深远的引导作用，我们用什么语言才能形容呢？因为他的低调，又有多少人知道他老牛耕地般的巨大贡献呢？

临到晚年，老牛自然牛了。

不过，真正让王之江名垂史册的贡献是推动了中国第一台激光器的诞生。

2. 中国第一束激光横空出世

1958年，美国的汤斯和他的妹夫肖洛在《物理评论》杂志上发表论文《红外与光学量子放大器》，首次提出微波激射器推广到红外与光波段的可能性，引起各国物理学界关注。长春光机所王之江等一批青年科技人员对此产生强烈兴趣，并自发组织了一个理论技术探讨小组，就如何实现这一创见展开深入研讨。这不仅是主动跟踪国际科技前沿的一种自觉，更是响应光学技术发展的急需。在多年的实践中，王之江深切体会到，长期以来，世界各国包括中国在内，一直徘徊在古典光学领域，在光学设计中常常遭遇难以翻越过去的“山头”。比如，光源亮度只会减弱而难以提高，光束趋于分散而难以集中，成像趋于模糊而难求清晰，波长只能变长而难于变短，如此等等。一代代科学家为解决这些难题，耗尽脑力，但还是难有突破。汤斯和肖洛关于制造“光受激辐射放大器”的创想如果能够实现，就可以从根本上解决上述难题。那些天，王之江的脑袋就像“受激辐射的放大器”，打开阀门，电光石火般的创意瞬间喷涌而来。

值得一提的是，北京电子所黄武汉领导的研究组也同时开始了红宝石微波量子放大器的研究。

王大珩所长敏锐意识到汤斯和肖洛创想的重要意义，他拿着那本《物理评论》杂志找到28岁的王之江说：“早年我给你们讲课提到

‘物理改变世界’，汤斯的设想很可能是又一个改变世界的新东西，你带个团队好好研究一下，看能不能搞成。”

王之江低调地挠挠头：“不一定有把握啊。”

王大珩说：“我相信你百分之九十能干成，剩下的百分之十就听天由命吧。”

这个“百分之九十”给了王之江极大的激励——比例不低啊，要是搞不出来，就太对不起导师也太对不起这“百分之九十”了！

后来我们知道了，就在王大珩向王之江交代任务的同时，在美国著名的休斯实验室，31岁的西奥多·梅曼在军方支持下也“动手”了。有趣的是，英雄所见略同——分隔大洋两岸的王之江和梅曼不约而同想到了用人造红宝石作激活介质，从而实现粒子数反转并向高能级跃迁，迸射出超越自然光的激光。

在不差钱的美国，梅曼要啥有啥。在经济困难的中国，王之江要啥没啥。幸而当时苏州有一家红宝石厂能生产用于制作工业轴承的红宝石，走投无路的王之江如获至宝，额手称庆。

这个课题既然是长春光机所自发设立的，自然没有一分钱科研经费。匆忙成立的小组成员有张佩环、龚再仲、谭维汉、吕大元、余文炎、汤星里等，在所内各有自己的科研项目，只能利用节假日和晚上做这个“业余课题”。所需的各种材料和设备仪器也缺少很多，只好自己做，或到旧货市场上找零件东拼西凑。那时国家实行计划经济体制，市场极不发达，信息极为闭塞，全国各地厂家到底有哪些？能做什么？小小的长春光机所一无所知。比如用来照射红宝石的关键部件——氙灯，找遍全国也没有，后来好歹在旧货市场上找到一个半废品，修一修用上了。这意味着王之江和美国的梅曼虽然几乎同时起步，但中方团队在筹钱和备料方面浪费了太多的时间和精力。

在美国，梅曼有军方的全力支持。在中国，王之江只有王大珩、邓锡铭等部分人支持，还有许多人反对。反对者一是认为眼下中国科技如此落后，搞激光器纯属“南柯一梦”，二是他们对自己本就极为有限的科研经费被划走一部分很是不高兴。王大珩在干部会上力排众议，说：“这个额外的课题是我们自发选定的，对全所工作来说是额外，但对国家来说是必需。各部门能让路的，能给予支持的，必须开绿灯放行，不得自相残杀！”时任长春光机所计划处处长的孙功虞坚决执行了王大珩的决定，特别从其他项目经费中拨出部分经费。科技处处长邓锡铭更是热情满怀，为王之江顺利推进这项创新性科研进行了多方协调，同时直接参与了许多项技术性研究。后来有人戏称，王之江课题组是靠“要饭”撑过来的。

历经近一年的攻关，1961年7月，第一台红宝石激光器装置终于完成，王之江累得卧床不起，高烧数日，一脸憔悴。课题组成员们小心翼翼进行了第一次试运转，大家看到一束亮丽的荧光一闪而过。当时谁都没见过激光，这束光到底是荧光还是激光？有人说是荧光，有人说是激光，其实谁的心里都没底儿。汤星里急匆匆跑到王之江家，详细介绍了当天实验的情况。王之江的脸静如秋水，没有一丝一毫的喜悦之色，他沉吟一会儿，有板有眼地说：“激光谱线宽度很窄，且呈环状；荧光光谱无环，且呈一片。按照你介绍的情况，可以确定就是激光。”

后经多次实验和检测，证明王之江对激光的评判和鉴定标准完全正确。

中国第一束激光横空出世！

数天后，课题组成员在街对面一家小饭馆喝了一顿高粱烧，谈及激光，有人声泪俱下，好几人把自己放倒了，“一梦到辽西”。王之江喝了一斤八两，谈笑如常，毫无反应，酒水都顺“下水道”走了，从此他被誉为“酒神”，名震全国光学界。上海光机所前所长朱健强以科学家特有的精确性对我说：“王院士喝白酒就像喝白水，没什么两样。老先生快90岁了，一顿喝个一斤八两没问题，谁想跟他煮酒论英雄，只能甘拜下风当‘狗熊’。”

中国的第一台激光器比美国晚了一年有余，比苏联早了两个月。我想，如果当时王之江团队有较为充足的经费和较为齐备的实验条件，成功之日一定会提前很多。不过后经考察，王之江设计的激光器比美国梅曼的有几项更先进之处：

其一，梅曼设计的脉冲氙灯呈螺旋状缠绕在红宝石上，王之江设计的是直管状氙灯。实验证明，直管状氙灯比螺旋状氙灯更节能且效率更高。王之江开玩笑说：“梅曼先生大概担心氙灯不能充分发挥激发作用，所以把它缠绕在红宝石上。他不懂得一个基本的光学规律，即灯管的尺寸不能超过红宝石的尺寸。他的螺旋状灯管实际上是个半废品，或者说浪费了一大半功能。”

其二，梅曼采用的是椭圆漫射照明系统，即多灯照明。王之江采用的是单灯照明的球形照明系统，为世界首创。实验证明，球形照明效率更高。

其三，激光器需要一个高效能的谐振腔，王之江设计了内有聚集装置的谐振腔，实验中显示出更高的性能和品质。

中国的激光时代自此拉开大幕。不过那时激光还不为人知晓，站在舞台中央的王之江和他的团队第一次沐浴在光芒四射、绚丽多彩的激光中，激动无比却无人喝彩。国家有关部门对时称“死光”的这个东西也不甚了了，没什么反应。数月后，王大珩、王之江、邓锡铭等人带上这台激光器赴京汇报，面对在场的国家各部委领导和军方高层，王之江当场做了演示。尽管这台激光器的能量还不足1焦耳，但瞬间的聚焦发射就把数米开外的刀片和钢尺烧穿了，在场人惊呼不已。如果能够进一步开发出高能量、大功率的激光武器，中国人民解放军的装备必将获得极大提高。

王之江与中国第一台激光器，也自此名垂史册。

3.“自我否定”——另一种伟大

杰出科学家高瞻远瞩的预见性是常人不可想象的。激光问世仅仅两年，钱学森就作出这样的判断和预言：“……受激光发射，不但对基础科学会有这些重大影响，也将在工程技术方面，在远程飞行体的定位、探测、追踪技术上开辟广阔的前景，并为宇宙通信创造新的可能性。因此，受激发射技术的生长和发展有可能将在今后十年内，在科学技术中引起一次广泛的波澜，建立起另一门尖端技术。”后来，激光技术的发展果然被钱学森言中。

1964年，根据毛泽东主席的指示精神，专职攻关激光的上海光机所成立。国家有关部门下达两项重大任务：一个是研制大能量激光器，由王之江担任研究室主任。其特点是脉冲长，能量大，冲击力超强，可以精确打击远程敌方，研究方向主要瞄准激光定向能武器包括激光反导的军用开发。另一个是研制高功率激光器，由邓锡铭担任研究室主任。其特点是脉冲短促集中，功率高，主要研究方向是激光引导核聚变，为人类拓展新能源之路。

王之江和邓锡铭都是王大珩谆谆教诲出来的青年才俊，堪称他的左膀右臂。

研制高能量激光器属于高度国防机密，代号为“100号任务”。

把光作为武器来使用是人类早期的梦想。相传阿基米德曾用镜子反射阳光，烧毁了两千米之外的罗马战舰。这个神话早被证明是不可能做到的。阳光聚焦虽然可以点燃布片或木块，但要点燃两千米以外的东西，反射镜的直径必须在一千米以上，这不是天大的笑话吗？但激光的出现使这个神话突然间有了实现的可能，冷战期间的各大国包括中国在内，纷纷把目光投向激光武器的开发。美国总统里根提出的“星球大战计划”，实质上就立足于激光武器开发。他认定，只要拥有了高能高效的激光打击能力，就会使所有企图袭击美国的战略导弹失效。

此后十余年间，王之江率领团队进行了大量攻关，突破和解决了大量技术难题，并赴合肥董铺岛建立了激光远距离打靶场，进行了上百次室外打靶。他们研制出长5米多的大型脉冲氙灯，输出能量达到每米50万焦耳；他们研制出无铂金颗粒的全陶瓷熔炼钕玻璃系统，从而熔制出直径12毫米、长5米的高质量钕玻璃棒，使钕玻璃激光器的输出能量每年递增一个量级；1973年，他们发射的高能激光在10米之外击穿了80毫米厚的铝板，是至今国际上已知的最高技术水平。同时，王之江团队在提高激光亮度和能量方面首创了多项技术，为推动我国激光研究，尤其是固体激光技术的发展作出重要贡献。

经过长时间实验探索，王之江也发现了制造激光定向能武器有诸多难以克服的又关键的难点。

比如，传输距离越远，光的散射越多，能量衰减越大，破坏作用越小。

再如，激光定向能武器必须配备一个足够大的望远镜。当作用距离为100千米时，所需望远镜的直径必须在33米以上。现在世界上最大的望远镜是美国5米直径的天文望远镜，从制造开始到完成花了20多年时间。即使我们能够制造出足够大的望远镜，也不符合现代战争中隐身和快速移动的要求。

再如，光速经由大气传输时，功能颇受大气影响。如果天空布满云层，激光很难透过且会发生形变。如果用飞机把激光武器带到7000米以上高空，这又要求激光装置和配套设备如望远镜必须小而轻，这显然在相当长的一段时间内还办不到。

科学家最伟大的品质就是实事求是。经过长时间的探索和思考，1976年，王之江冒着巨大的政治风险，作出一个痛苦的也极为困难的决定。他郑重向上级领导和国家有关方面提出建议，停止激光定向能武器研究——在这个项目上继续投入巨资没有必要了。尽管激光作为武器的潜在可能性并不会消失，但目前乃至可见的一段历史时期内，上述各项致命的技术难点是根本无法克服的。

这一建议在高层、军界和科技界引起一番激烈争论。反对者很多，有人激动地说：“美国即将部署激光武器了，我们只能加快研制脚步，绝不能罢手下马，否则将负千秋之罪！”

王之江坦然回答："就科学原理而言，我们克服不了的技术难点，美国人也克服不了。如果他们说已经成功研制出激光武器，那一定是用来吓唬人的。"

在充分论证之后，国家采纳了王之江的建议。

回眸这段历史，王之江为这个"100号任务"，从1964年干到1976年，从34岁干到46岁，整整投入12年的时间和巨大精力啊！一个科学家有几个黄金期的12年？12年之后，他义无反顾、实事求是地建议项目下马，实质上近乎一种勇敢的"自我否定"，这是何等悲壮又何等令人感佩的牺牲精神和科学精神啊！

为了维护国家利益，为了捍卫科学精神，他做到了。

他践行了"我只服从真理"的科学家的根本品质。

11年之后，即1987年，美国物理学会一个高级科学家小组公开作了题为"美国定向能武器研究状况的结论"的报告，他们的结论与王之江的结论基本一致。这意味着美国人也不得不下马了。得出这个结论，美国比中国晚了11年。如今又时过30多年，美国仍未见有成功的例子。

不过，这里我必须加以说明，王之江团队的12年和美国人的27年（从梅曼成功研制第一台红宝石激光器算起）并没白干。中美科学家们在激光攻关过程中发明创造的很多新技术，都在激光事业中得到广泛应用。先军品后民品，这是规律。

1984年，王之江接任干福熹出任上海光机所第三任所长，1992年退休后，他继续从事钟爱的科研事业。其间倡议和具体领导了激光浓缩铀项目，在中国光信息处理和光计算领域也作出重要贡献。

4. 太空中的“不可维修性”

那是一个令人遗憾的时刻。我们应当向为完成以色列登月计划而奋斗的人表示慰问。

2019年2月21日，以色列首个登月探测器“创世纪”号搭乘美国太空探索技术公司猎鹰9号火箭升空。它高1.5米，直径2米，重约600千克，4月4日进入月球轨道，原计划在以色列时间11日22时25分登月。最初一切看起来很顺利，探测器成功启动了登陆程序，但在距离月球表面不足10千米处，主引擎突然失灵，导致探测器无法及时“刹车”，重重地砸在月球表面。该公司发言人说：“‘创世纪’号确实在月球着陆了，但不是我们希望的那样。”该公司还表示，他们的登月计划不会终止，不久的将来，“创世纪2”号还会升空。

探索太空是全人类的梦想。嫦娥抱着玉兔飞向月宫的神话故事显示了古代中国人对月球的想象是多么美好，现在“嫦娥”和“玉兔”两个名字都用在我们的登月工程上了，证明文化基因多么重要。但是，探索太空又是极其艰难、风险重重、牺牲巨大的科研工程，在此过程中，美国、俄罗斯、中国等各航天大国都经历过很多次失败。

“创世纪”号的失败再一次告诉我们，登月工程是何等的艰难与复杂。2018年12月8日，中国登月卫星嫦娥四号发射升空，2019年1月3日成功登陆月球，全人类首次实现月球背面软着陆。1月15日，嫦娥四号完成人类首次月面生物实验，在一个特制的金属罐子里，长出第一株新鲜碧绿的马铃薯嫩芽。这意味着，将来如果人类能够实现在月球上长期居住，食物就不必从地球运了。

中国绕月登月工程连战皆捷，特别是实现月球背面软着陆，与上海光机所一位副所长和一个默默无闻的团队有关。

事情是从2003年初开始的。

那一天，一个专家组来了，阵仗很大，其中有中科院院士王建宇，有科技界领导，有军方代表。他们对上海光机所领导说，国家要搞探月工程，怎么把卫星发射到太空我们已经有了成功经验，关键是降落。这对我们来说是个全新的课题，首要之事：一是得把月球的地形地貌搞清楚，要选个安全地方降落；二是研究探月器如何实现软着陆。太空舱在地球上软着陆好办，配上一个大降落伞就行。月球没有大气层，没法用降落伞，这就需要设法对探月器的降落速度进行有效制动，就像汽车减速一样。那么降落过程中，探月器上必须装有一个激光高度仪，通过打出激光再反馈回来的数据，随时给出探月器与月球地面的距离，没这个东西，有效制动软着陆就无法实现，现在的问题是，这种激光高度仪我们没有，美国有，但不卖给我们，以前我们是买俄罗斯的，不仅价格昂贵，而且也不是长久之计。现在我们还在跟日本谈，日本方面一直讨价还价，没个准确态度。我们的太空计划大项目很多，以后用它的地方很多。你们上海光机所是专搞激光的，我们来的目的就是搞清楚，这种激光高度仪我们能不能实现国产化，自己把它搞出来？

这可是关系到国家科技事业发展和国家荣誉的头等大事啊！绝非靠一腔热血一拍胸脯就可应下的。几位所领导沉吟半晌，说，我们给你们找个人来商量一下吧，能不能干，问问他。不一会儿工夫，不明就里的陈卫标兴冲冲到了。大伙儿一看，一个30多岁的小伙子，两眼明亮，一脸天真，看不出一点深度和高度，让他搞激光高度仪，行吗？专家组成员把任务又说了一遍，所领导问："你敢不敢挑这个担子？"心潮澎湃的陈卫标两眼更加明亮，当即表态：干！

在场所有人对他都不放心，只有陈卫标一个人对自己放心。

专家组成员和所领导面带疑虑，一再提醒他：

第一，这种激光高度仪绝非像一把尺子那样简单，必须同时打出数道激光对月球地面进行多点扫描，既要计算出高度，还要测绘出降落点的地形地貌，实际上是三维测绘。

第二，考虑到发射火箭的推送力，探月器还要装载尽可能多的科研和测试器械，因此对激光高度仪的尺寸和重量有严格限定：基本要求是2.5千克，正负不得超过100克，体积必须限制在长258毫米宽138毫米厚85毫米之内；并且要求在45摄氏度至–15摄氏度的气温下能正常工作。

第三，探月器上的每个部件、零件，哪怕一个螺丝钉都决定着工程成败，上天的东西没有"可维修性"，因此必须保证这个激光高度仪有绝对的可靠性！万一它失灵了，探月器肯定在月球上摔成废铁了。

第四，探月工程是国家工程，一切按计划走，给你的时限是一年半。

对这些严格要求，陈卫标好像没听见，态度依然是：干！

时间紧，任务重，所领导对陈卫标说："这个东西此前没有人研究，我更没研究，不知道怎么干，只能全力支持你。你组织个团队，所里人随便挑，就放手大胆干吧。"

陈卫标开始招兵买马，立即问了好几个颇有建树的同事。听了任务介绍和时限、质量等方面的要求，他们挠着脑袋说："不好意思，眼下我的项目任务很重，抽不出时间，你再找找别人吧。"

只有一个比他还年轻的侯霞当场表态："我愿意！"

陈卫标又请来两位搞电的专家，总共四个人，开干了。

所领导首先想到陈卫标，并不是偶然的和随机的。

英雄自有来路。1969年，陈卫标生于一个教师之家。爷爷原是种地农民，后来见岛上渐渐热闹起来，便开了一个豆腐坊，从此发达。路边盖起一幢飞檐雕栏的"豪宅"，前有大堂，中有天井，院子里种了好几棵银杏、柏树，还挖了两口水井，分别供两个成家的儿子使用。可惜90年代岛上建高速路，把这幢老宅拆了。陈卫标父亲毕业于上海铁道学院，因高度近视，无法胜任工作，便回到老家当了教师。有趣的是，父亲有文化又特别有政治觉悟，几个孩子的名字也叫得特有时代感，弟弟的大儿子他给起名卫东，自家的老二叫卫彪，最后一个儿子叫卫平。"文化大革命"过去后，卫彪哭着找老爹说："人家一看我的名字就是保卫林彪的，他都叛党叛国摔死了，我还保卫他啥呀？"老爹一听也是，于是更名为卫标。

陈卫标上学后迅速显现出天生的聪明智慧，考试经常全校第一。班主任的女儿跟他同班，班主任为了让他帮着带动，特意安排女儿和他坐同桌。陈卫标初中保送到高中，高中又可保送到大学。但陈卫标听说保送的是军医大学，这和他的兴趣爱好完全是南辕北辙，便拒绝了。陈卫标从小生活在崇明岛上，喜欢海洋。他在大学名录上挑选大学时，想的不是重点和名牌，而是地点和风景——他的学习成绩太优秀了，因此自信到哪里都能成才。就这样，他奔着地处青岛的中国海洋大学物理系去了，主修光学、电声学和电子信息。

接下来又在本校保送研究生、再读博士。1997年，陈卫标成为中国第一个光学博士——这一路太顺了！此后他先后去香港大学、美国科罗拉多州立大学和日本千叶大学进修深造，攻读博士后。学业尚在进行之际，一个重要消息传来：国家招取海外优秀人才的“千人计划”和“百人计划”开始实施，上海光机所对他发出特别邀请。为此，陈卫标专程来上海作了一次答辩。消息传开，十分爱才的中国海洋大学不干了，说陈卫标是我们公费派出海外学习的，不在“百人计划”范围，要求他必须回到母校。日本方面也十分欣赏陈卫标的才干，期望他留下来，并许以高薪高待遇。

最终，陈卫标选择了上海光机所并向母校表达了歉意。做出这种选择没有别的原因——他完全是从科研需要考虑的，这时的陈卫标从事的是高层次的科研活动，但中国海洋大学的专业设备缺口较大，不能满足他的实验要求。日本方面的期望更不能考虑，用他的话说：“用别人的杯子，只能喝别人的水。”

2001年，30多岁的陈卫标正式进入上海光机所，直至2004年，中国海洋大学才把他的人事关系转来。

丰富的求学经历让陈卫标对激光上天入地、发展信息通信积累了许多创意和奇思妙想。入所之后，他激情奔放地给所在研究所、中科院和军方领导写了很多信，建议搞这个搞那个，都是具有中国特色、世界尚无的发明创造。信件还真起了作用，某军事部门经考察论证，特别为他的一个建议下拨了一笔经费。项目完成之后，甲方相当满意。

这就是上海光机所领导立时想起陈卫标的缘由。小伙子有创意又能干啊！

不必说那些没黑没白、日夜反转、废寝忘食又高度亢奋的艰辛攻关了。时限规定一年半，一年后样机就出来了！

探月工程总指挥和总工程师前来考察，拍案叫绝！

2007年10月24日，嫦娥一号月球探测器携带着陈卫标他们研制的激光高度仪顺利升空。

2018年12月8日，嫦娥四号月球探测器升空，2019年1月3日成功着陆月球背面。这时的激光高度仪已开发出两个功能：一是测高，当卫星在距月球200米处“刹车”悬停时，这个距离需要激光高度仪测定；当探测器缓缓接近月球时，激光相机功能还要快速对地面扫描成像，如发现深坑或堆石不利降落，要立即指挥探测器平移到安全地方。

陈卫标团队如今已发展到200多人。他们正在攻关更多的秘密科研项目。究竟是什么，我也不问。

访谈结束，我感慨地说：“看来科学家的一生经常生活在失败里。”

陈卫标回答说：“成功也是差一点失败。”

这句话给我极大的震动。

第六章

邓锡铭——生命如虹

> 一个人献身于学术就没有权利再像普通人一样生活，必然会失掉常人所能享受的一些乐趣，也会得到常人所不能享受到的一些乐趣。
>
> ——王选

科学是寂寞的事业。科学家是把寂寞强加给自己的人。

他们把自己关进实验室，从青春年华到苍苍白发，像机器一样劳作，像苦行僧一样坚持，像探险者一样前行。他们以“我不入地狱谁入地狱”的决绝意志，一千次一万次地面对失败，即使获得成功，也是“差一点失败”。即使获得巨大的成功，也只是博得一些同行的赞许，甚至连同行也不知道。就像我们的“两弹一星”元勋，从接受重任的那一天开始，他们便长年隐名埋姓，人间蒸发，家人不知他们的去向，也不知他们在做什么。他们留给亲人的只有一句话：“请相信，我做的工作一定对国家有用！”

一语惊心，一语动情，一语泪下。

选择做科学家，就是选择了孤独，与孤独签一份永不反悔的协议。

不过，不要以为科学家的生活是单调枯燥的。打开科学王国的大门，你就会进入一个梦幻世界，那里的万千气象、星飞光舞、绚丽迷宫，是绝非常人可以领略的。

1. 村庄，距离我们的心很近

当代中国，有一种欣喜叫“城市化”，有一种痛楚叫“城市化”，有一种乡愁叫“城市化”。

城市化如同一张巨型的大犁，让古老的一切像秋天的庄稼一样大片倒地。不，不能这样。面对古老的乡村，我们不能“横扫千军如卷席”，不能一律推平。

中国人民世世代代生息劳作在自己的土地上。五千多年灿烂的历史文化，是在古老乡村的土屋、祠堂和私塾中得以保留和绵延至今的，无数民族英雄、仁人志士、帝王将相是从那里的乡间小路走出来的。因此，在中国的现代化建设过程中，选择保留比建设新城更重要，重要成百上千倍——毕竟乡村是我们的祖宗地，是我们的血脉、魂脉和文脉啊！

就文化意义而言，历史比未来更重要，因为未来是由历史决定的。

现在就让我们走向广东东莞市桥头镇的一个村庄——邓屋村。一部历史的传奇就静静地打开在那儿，供今天和未来沉思。

在这里，邓氏族谱的手抄本洋洋洒洒数万字，记载了邓氏族人由浙入粤，秉持祖训的数百年奋斗史；在这里，你可以倾听历史回声，寻访悠久族脉，思考文化“润物细无声”的教化力。

如今的邓屋村似乎被现代化都市挤进寂寞而逼仄的一角。乌瓦粉墙，幽幽巷道，繁茂的草树掩映着一座修缮一新的邓氏宗祠，香案上放置着一座铁制香炉，上铸“邓氏宗祠”四字。不远处有一座破败的文庙，门前刻有一副气势不凡的楹联：“精忠照日月，义气壮山河。”据《桥头镇志》记载，元朝中叶，祖居浙江的邓邦仁被派到广东南雄任县令，生8子3女。其第八子传下邓衡石，邓衡石又生3子。此时家道中落，皆以务农为生，其幼子邓帝德在外婆邱氏处替人放牛。明洪武四年（1371年），18岁的邓帝德在此处建屋成婚，当时这一片较为荒芜，人烟稀少，这地方就被称为邓屋，后来人口渐渐繁衍开来，邓帝德即被视为邓屋村始祖。一个老村，地处偏远，生活贫困，因此数百年间邓屋村一直是个有名的穷村。晚清时候，村里出来一个天资聪颖、好学上进的邓庆云，他儿时被召到附近一个富贵人家伺候少爷，少爷不喜欢读书，主人便让他当陪玩兼陪读。少爷不时把他当马骑，骑完一块进书房听老先生授课，背“四书”“五经”。少爷学得稀里糊涂，先生不敢打少爷的手，只好打邓庆云，少爷在一旁乐得直蹦高儿。邓庆云的小手给打得肿起老高，疼哭了，说先生别打了，我给你背。结果过目成诵，倒背如流。先生感叹说，孺子可教也！后来少爷反而成了穷小子邓庆云的陪读。稍长，邓庆云又广读今学并习得一身武功，曾任顺德大良城都司、东莞明伦堂经理局董事、东莞商乡团副主任。返乡后广施善行，帮乡亲们代写家书，代陈诉状，开办私塾，事无巨细，有难必帮。通过自身经历，他深刻意识到，文化知识能够改变一个人和一个家族的命运，于是大力鼓励和支持后代读书。广东地处南海，素领风气之先。邓庆云将其子邓植仪、邓鸿仪、邓盛仪先后送出国留学，一个人就这样改变了邓氏家族和邓屋村的历史走向。

三个儿子后来皆成大家。

邓植仪：农业教育家、土壤学家，我国现代高等农业教育的开拓者、土地学科的奠基人之一。著有《土壤学教材》《广东土壤概况和土地利用分区》《有关中国上古时农业生产的土壤鉴别和土地利用法则的探讨》。

邓鸿仪：实业家。与其弟邓盛仪，在广州创办广东省第一个制钉厂和钢窗厂。

邓盛仪：毕业于美国麻省理工学院土木工程系，与后来成为著名建筑家的茅以升是同学。邓盛仪归国后与兄长邓鸿仪在广州创办了广东省第一个制钉厂和钢窗厂，抗日战争时期邓家将工厂迁至香港，发展规模更大。制钉厂出产的铁锭和钢钉，打破国外产品垄断，远销国内外。20世纪20年代，邓盛仪参与创办了国立广东大学（后更名中山大学）。

抗战胜利后，邓盛仪先后当选香港中华工商总会副会长、会长，中华人民共和国成立后当选广东省政协委员。

邓庆云第三代后人中还有邓锡清：高级工艺美术师，邮票设计专家。先后在北京大学、中央军委绘测学院、中央美术学院学习，后在邮电部邮票发行局设计室从事邮票的研究与设计工作，其作品《万国邮政联盟成立一百周年纪念》《刘少奇同志诞辰85周年》等十多套邮票发行国内外，多次获国家大奖。邓锡鎏：农业部植物保护局教授，著名治蝗专家。

当然，还有下文写到的邓锡铭。

总之，近百年来邓屋村出了近百位科学家、工程师和优秀管理人才。

一个默默无闻的穷困了数百年的村落，就这样因为文化的滋养而成为“巨人的摇篮”，堪称中国村庄史上的奇迹。

由此可见，小心翼翼地保护我们那些有文化传承、文化特色的村落，是多么重要啊！

2. 校花爱他好吹牛

邓锡铭是邓盛仪的儿子，1930年10月出生。小时候的邓锡铭虎头虎脑，活泼好动，就爱奇思妙想，一双大眼睛看什么都好奇，每天向父母和老师提出无数个“为什么”，比如，天为什么是蓝的？彩虹为什么是五颜六色的？云为什么浮在天空不掉下来？小学老师答不出，气得回怼说：“我看你就是个为什么！”从那以后，班里同学都叫他“为什么”。教室内外，常常听人喊：“为什么，走啊，跟我们打球去！”“为什么在哪儿，我找他有事！”“为什么快来，我有个题不会做了！”校长和其他老师听得丈二和尚摸不着头脑，什么为什么？哪儿跟哪儿呀？哪有这么说中国话的？语法不通！一问，才知道这个“为什么”是邓锡铭。

问“为什么”问多了，得不到满意的答案，那就自己动手吧。这是电影《少年爱迪生》和《伟人爱迪生》带给他的启发。后来邓锡铭回忆说：“小学时看的这两部电影给了我极大的震撼和很深的影响，也让我萌生了当科学家、发明家的梦想。”不过，少年邓锡铭根本不是什么发明家，而是“破坏家”。马蹄表为什么会响铃？他给拆解了，零件铺了一桌子，过后再也组合不上了。学了三个支点最稳当的几何知识，他把四条腿的椅子锯掉了一条。得知摩擦生电的原理，他找来一个铜丝刷子，把细绳缠在圆圆的木柄上，用铁皮盖固定在铁皮香烟罐里，再用细电线连上一个小灯泡，然后一手按住铁罐，一手猛拉细线，让罐中的铜丝刷子猛烈旋转。他企图通过这样的摩擦生电让小灯泡亮起来，可惜失败了。看到家人用木桶把井水提到二楼很费力，他弄来一个水泵打出井水，再将一根长长的竹竿插入水中，竿头靠到二楼窗台上，然后琢磨怎样用虹吸原理将水吸上二楼，可惜还是失败了。失败没有击败他，反而，他的雄心越来越大，勇气越来越足，动手的愿望越来越强，什么都想操练操练。到了高中，他的知识面更宽了，动手能力更强了，竟然成功制作出定时电饭煲、真空泵等一些新鲜玩意儿。不过他的电饭煲远不是今天这么精巧的样子，而是由一连串电线、电器和钟表组成的，看起来更像厨房里的一根生产线。如果那时他就懂得申请专利，把这个发明卖给厂家，后来一定是大富豪了。

1937年，抗战全面爆发。1938年10月，广州沦入日寇之手。8岁的邓锡铭跟着父母仓皇逃出东莞桥头镇，辗转到了香港。为谋生计，父亲和伯伯邓鸿仪在那里办了一个五金厂，生产钢钉和门窗。企业刚有些起色，1941年12月8日，草草作了些抵抗的英军全线溃退，日军占领香港。父亲邓盛仪遂将企业委托他人经营，自己退隐家中，蓄须吃素，称病不出，拒与日伪当局合作。其爱国之心和高洁品格赢得香港商界广泛称道。抗战胜利后，邓盛仪当选为香港中华工商总会副会长，后为会长。

目睹国家、民族的悲惨命运，接受着父亲的殷殷教诲，少年邓锡铭从当发明家的诗意梦想走向“发愤图强、科学救国”的更高境界，从一连串“为什么”走向“为了谁”的崇高目标。抗战胜利后，15岁的邓锡铭跟着家人返回邓屋村。在高中，老师和同学们都很奇怪，这个邓锡铭完全不像个认真学习的好学生，篮球、游泳、田径、羽毛球、学校文艺演出，没有他不参与的，同学又给他起个绰号叫“万金油”，可每逢考试，他总是名列全年级前三。被称为“校花”的女同学梁绮梅悄悄对他说：“天天看你在操场上玩，也不见你怎么用功，学习成绩这么好，有什么妙招告诉我呗。”

邓锡铭对梁绮梅早就有“企图”了，他得意地说：“天才自有成才之道，你就慢慢跟我学吧。”

梁绮梅笑说：“你真能吹！”从此她喜欢上了这个“爱吹牛”的家伙。

1949年夏，邓锡铭考入北京大学物理系。数月后，当开国大典的隆隆礼炮声响彻蓝天，五星红旗冉冉升起的时刻，19岁的邓锡铭和他的同学们正在天安门前万众欢腾、山呼海啸的人海中，可以想见，那一刻他的心情该是何等的激动和振奋啊！

晚年时忆起丈夫，梁绮梅说，年轻时候的邓锡铭就像一团火，对亲人对同事对事业总是充满热情。在生活和事业中，他活得就像一道彩虹，多姿多彩，跟他在一起，永远不会感到寂寞。在他眼里，这个世界上好像根本没有“困难”这两个字，周围的人都会被他感染。老邓还特别愿意吹牛，吹得天花乱坠，好像没什么事是他办不成的！不过他吹的不是别的，都是他对科学的追求与梦想，是他那些灵机一动的发明创新。他一定失败过很多次，但从不跟我说，只说成功。我们刚结婚那会儿，他就发明了门锁遥控开关，在二楼就可以打开一楼的大门。他还发明了定时煮饭的电饭煲，全家都高兴，早上一起来就有热饭吃了。老邓对生活充满兴趣，活泼好动。我俩都喜欢游泳，在广州读高中的时候，常跑到珠江去畅游。他第一次正式向我表态说喜欢我的时候，我们正在浩浩荡荡的珠江里畅游。他还说，你要是不同意，我就钻进江底不出来了。天哪！那会儿把我吓得心要跳出来了，我赶紧说，喜欢！其实，面对那个诗情画意的时刻，我能不答应吗？老邓还有一个爱好就是旅游，这是我们生活中最快乐的时光，可惜他太忙，留给家人的时间太少。老邓还是一个很轴的人，做人做事一根筋。自己想定的事情，九头牛也拉不回。比如当初搞激光，很多人都反对，但他就是要搞，结果真是搞成了。

1952年7月，22岁的邓锡铭从北大物理系毕业后，被分配到中科院仪器馆，即长春光机所。见到这个英俊清朗、朝气蓬勃的阳光青年，王大珩、龚祖同等所领导非常高兴，当即安排他担任办公室学术秘书，其主要任务就是广泛阅览国内外学术报刊，了解科研最新动态，向所领导提供咨询意见和写作相关报告，等。长春光机所是事涉国家重大建设项目和国防科技的机密单位，学术秘书又是一个整天围着领导班子和核心机密转悠的要职，政治条件要求非常严格。因邓锡铭的父亲身为香港中华工商总会会长，有的干部觉得这样使用邓锡铭有些不妥，怕出问题，私下向王大珩提出不同意见。王大珩云淡风轻地说："你们查查，那些为我国打江山的老革命包括周总理在内，有多少人是地主资本家的少爷。邓锡铭在北大毕业前入了党，人家考察了三四年，还用我们再考察吗？我敢用就由我负责。"

如此襟怀，令人感佩。那时的王大珩还不知道，他为一位伟大科学家的成长开辟了一条阳关大道！

历史性的机遇悄然而至。

1960年5月，美国人梅曼研制出红宝石激光器，获得人类第一束激光。西方记者把它描述为“杀人不见血的死光”，称美国军方已投入巨资，对激光利用进行深度开发。邓锡铭从国外报道和《自然》杂志上获知这一消息，他敏锐地意识到，这绝对是一项重大发明，未来对科技及国防必将产生深刻影响。他当即向所领导作了汇报并提出，我国也应该立即开展这方面的研究。王大珩一向是作风民主、博采众议的大将风格，他请来许多科研人士对邓锡铭的建议进行讨论。一讨论，难了。当时正值三年困难时期，人人饥肠辘辘，饿得走路直打晃。没饭吃，再没投资、没设备、没条件，想跟财大气粗的美国比拼，不是瞎扯吗？再说“死光”究竟是个什么东西，怎么出来的，全所没有一个人明白。搞不好忙碌多年，浪费了大量人力物力财力，最后竹篮打水一场空，成笑话了。

以当时的国家经济状况和科研水平，我们确实没有本钱和美国较劲。但邓锡铭固执己见，绝不放弃。科学家之间的争执从来都是有风度有雅量的，很少吹胡子瞪眼，年轻气盛的邓锡铭为这事儿却拍了桌子。怎么办？上不上？王大珩、龚祖同认真听取了各方面意见，两人本身就是造诣深厚的光学专家，在翻读了一些国外资料之后，领导班子作出一个石破天惊的决定：上！

科学家对“未知、未闻、未见”的兴趣总是压倒一切。

中国幸甚！让今天的我们、今天的中国，为王大珩的一锤定音——一个历史性决定额手称庆吧！没有这个决定，没有邓锡铭的强烈建议和他不顾一切的坚持，中国激光要推迟很多年才会出现。

激光通信、激光武器、激光照排、激光医疗、激光美容、激光舞台等一切也会推迟很多年才诞生。

邓锡铭时任科技处副处长，很多工作放不下，不能全身心投入。为确保成功，王大珩指定由王之江担任课题组组长，率领一个团队集中攻关，邓锡铭作为科技处副处长，一方面负责团队的协调组织工作，一方面参与科研。

邓锡铭生于1930年10月29日，王之江生于1930年10月15日，仅比邓锡铭大14天。那时因为电影的影响，社会上流行老八路的口头语，把完成任务叫“拿山头”。两人亲如兄弟，密切配合，组织团队日夜向激光“山头”猛攻。1961年，由王之江团队研制的中国第一台红宝石激光器问世，第一束激光激射而出。

邓锡铭是个“动手派”——这是从小养成的习惯。他绝不满足于仅仅做个领导者和组织协调人。两年后，他独立率领一个团队，成功研制出中国第一台氦氖气体激光器（即以气体为激发源），为激光器的多样发展开辟了富有启示性和示范性的道路。此外，他几乎与国外同行同时独立提出了高功率激光调控Q开关原理，贡献了对认识激光特性具有重要意义的理论与实验成果，邓锡铭由此成为我国激光科技领域的开拓者、奠基人之一。所谓Q开关原理，打一个形象的比喻，就像把激光器做成一个抽水马桶，只要水箱内注满水，形成足够的压力，一动开关，内在能量就会倾泻而出。

1964年初，王大珩和已升任副所长的邓锡铭带上长春光机所研制成功的“八大件”光学精密仪器和一台激光器，进京向党中央汇报，受到周总理亲切接见。他们向周总理建议，考虑到西方国家对激光的高度重视和加速开发，以及激光在国家建设和国防事业中的重要性，我们应当办一个专门的研究所。周总理说，主席对此刚刚作了重要指示，你们还有什么具体设想？在听取两人意见不久后，周总理批示，由中科院组织力量创办中国首个激光研究的专业机构——上海光学精密机械研究所，王大珩兼任所长，长春光机所党委书记李明哲兼任副所长，高志博、黄武汉、邓锡铭任副所长，主管常务工作。

这是一个有里程碑意义的决定。

一个全新的更大的舞台，展现在邓锡铭面前。

当然，这一切“国家行动”都是在高度保密的情况下进行的。

3. 遇上王淦昌的“严重后果”

20世纪60年代，是共和国的青春年华，处于各级领导岗位上的领导者以及各领域的精英人物也都很年轻。尽管屡屡遭遇天灾人祸，走了许多弯路，但他们大都朝气蓬勃、激情澎湃，这是那个时代人们最显著的精神风貌。

毫无疑问，当时的激光研究是进入国家视野的尖端技术之一。凡是调入上海光机所的人，都能感受到国家沉甸甸的重托与信任。他们为此深感光荣，此时不干，更待何时！

34岁的邓锡铭仍然没有改变小时爱“吹牛”的优点。会上，他把上海光机所的未来描绘得光辉灿烂，把激光事业描绘得光辉灿烂，把所有科学家和参与者的未来描绘得光辉灿烂，让人热血沸腾，摩拳擦掌，跃跃欲试。一个个项目确立起来，一个个团队组织起来，一个个实验室建立起来，一台台设备运转起来。“六加一，白加黑”，短短两三年间，各式各样、大大小小的激光器，功率最高、当时处于国际领先水平的钕玻璃激光器，以及各种输入国防工业的科研成果，秘而不宣，纷至沓来。

1964年10月，那是我国第一颗原子弹成功爆炸的数十天之后，邓锡铭赴京开会，在与会者名单上看到一个名字“王京”，他不知此人是谁，没在意。会上，这位颇具绅士风度的王京作了精彩纷呈的发言，谈及许多核物理、核技术的事情，包括国外对我国第一颗原子弹爆炸的强烈反应。那种睿智、那种渊博、那种从容，完全是大家气象。邓锡铭惊问身边朋友，他是谁？哪里人？朋友悄悄对邓锡铭说，他是咱们国家一等一的核物理学家，研制原子弹的权威专家之一，原名王淦昌，王京是他对外界用的化名，主要是为了保密和保护他的安全。

邓锡铭大为震惊，顿生仰慕之心。

王淦昌比邓锡铭大23岁，1907年出生于江苏常熟枫塘湾一个世代传承的中医之家。未及弱冠，家里便给他娶进一个比他大数岁的裹小脚的姑娘吴月琴，自此吴月琴悉心照料丈夫的生活，夫妇二人相敬如宾，厮守终生。1925年，王淦昌考入清华大学物理系，师从吴有训先生，毕业后赴德国柏林大学威廉皇家化学研究所攻读硕士、博士学位。1931年，在一次科学报告会上，24岁的王淦昌创造性地首次提出原子核内可能存在中子的科学猜想，但因缺少相关设备，无法进行这样的实验。第二年，英国科学家查德威克通过实验发现了中子的存在并因此获得诺贝尔物理学奖。可以说，首创提出该项理论的王淦昌与诺奖擦肩而过。1934年王淦昌归国，先后在山东大学、浙江大学物理系任教，1950年调入中科院近代物理研究所，后任副所长。1959年，王淦昌在苏联杜布纳联合原子核研究所的研究工作中，从4万对底片中发现一个超子的反粒子，引起国际学术界轰动。1961年4月，国家科委领导找他谈话，期望他转行参加原子弹的研制工作，王淦昌当场说了一句后来为国人广泛传颂的名言："我愿以身许国！"后来他隐姓埋名，成为中国"两弹"元勋之一。1998年，王淦昌去世，享年91岁。2007年5月27日，为纪念王淦昌院士，中国科学院国家天文台将1997年11月发现的一颗小行星命名为"王淦昌星"。

王淦昌心胸豁达，为人随和，笑口常开，其才思之敏捷，记忆力之惊人，常令同行们赞叹不已。在1964年10月的这次会议上，邓锡铭领略了王淦昌的大师风采，心生仰慕，经电话预约后，前往王先生下榻的房间拜访。王先生问了问邓锡铭的经历和科研方向，听说他在上海光机所研究激光，王淦昌的眼睛一亮，说："激光出现以后，我对它的原理和功能很感兴趣，作了一些研究和思考。我认为激光的出现肯定是本世纪一个大事件，如果把激光技术和核物理结合起来，一定会产生一些有趣的现象，很可能开拓出一个全新的领域。"

邓锡铭问："先生有什么具体想法吗？"

王淦昌说："你知道，原子弹是核裂变的产物，杀伤力极大，且污染严重，而核聚变是一种惯性约束的核反应，太阳就是核聚变的产物。自从有了功率不断提升的激光，我就在思考用它实现核聚变的问题。比如，用激光脉冲轰击氘、氚使其释放中子，从而实现热核聚变，我们就可以获得天底下最清洁、最安全、取之不尽又用之不竭的能源。"

“天哪，这是多么伟大的一个设想啊！”大家就是大家，神思高远！邓锡铭听得眉飞色舞，脑子里已经展开一幅声光电交相辉映的绚丽画卷。

这一天，是值得我们记住的一天！这一天，是中国最强大脑发射“卫星”的一天！34岁的邓锡铭与57岁的王淦昌偶然相遇，见证了大科学家王淦昌创造性地提出可控激光核聚变的重要创意。当时，世界上有几个科学家包括王淦昌在内，几乎同时提出了这样的理论思想：随着激光器的功率大幅度提升，用多束甚至几十束激光集中轰击核材料使之发生核聚变，必将为人类提供无穷无尽的能源。

众所周知，有关“人造小太阳”的宏丽设想和工程已经被媒体宣传和渲染好久了，事实上它就是在王淦昌这一创新理论的基础上展开的。宇宙中，核聚变反应是星体发光的主要能源，太阳能够发光发热，靠的就是核聚变。它是一个炽热的气体等离子体球，主要成分是氢，其内部温度高达几千万摄氏度，在这种高温条件下，氢原子核发生核聚变反应，同时释放出巨大的光能和热能。而且这种核燃料非常“耐烧”，据科学家估算，太阳拥有的核燃料还足以让它持续燃烧100亿年以上。我猜想，到了七八十亿年以后，随着太阳渐渐缩小和暗淡，引力场作用渐渐衰减，地球将会渐渐飘离现在的运行轨道——流浪是不可避免的。但那时的人类一定已经制造出足够多的“人造小太阳”和足够多的氧气屋，完全不必担心自己会毁灭了。如果那时有人拍一部电影反映地球在宇宙空间的飘移，片名一定会叫“驴友地球”。可以想见，那时地球穿行在各星系之间，沿途风光是多么美啊！1992年5月31日，中科院在钓鱼台国宾馆举办了一个“中国当代物理学家联谊会”，受邀者皆为大名鼎鼎的科学家。

会上，诺贝尔物理学奖获得者李政道在发言中向王淦昌提问："王老师，在您所从事的多项科研工作中，您认为哪一项是您最满意的？"王淦昌沉吟片刻，回答说："我对我在1964年提出的激光引发氘核出中子的想法比较满意。因为这在当时是一个全新的概念，而且这一想法引出了激光成为惯性约束聚变的重要科研项目，一旦实现，将使人类彻底解决能源问题。"

真正的科学家相交都是无私的和坦诚的。后来，王淦昌将自己十几页的论文《利用大能量大功率的光激射器产生中子》初稿交给邓锡铭，邓锡铭迅即向中科院领导作了汇报。不久，中科院为新成立的上海光机所确定了两大攻关方向：一个是前一章介绍的，研制高能量激光器，以开发激光定向能武器，代号"100号任务"，由王之江负责。另一个是研制高功率激光器，以完成王淦昌提出的激光惯性约束聚变的天才设想，代号"71号任务"，由邓锡铭负责。

这就是邓锡铭遇上王淦昌的"幸运结果"——一个激光科研新领域从天而降！

王淦昌后来回忆："当时我把设想告诉了邓锡铭，他眉飞色舞，非常高兴。后来想了很多办法，来增大入射激光的强度。我们就一起筹划进行实验，因为激光器建在上海光机所，实验室设在那里，就由邓锡铭组织人员进行研究。"从此，两个人开始了长达30多年的友谊和合作。

在邓锡铭的领导下，"71号任务"攻关工作迅速展开。但激光聚变毕竟是一个理论性的假想，存在根据和定理尚未得到证实。激光能否产生聚变所需的高温高压条件？何种性能的激光能够激发氘核射出中子？一切都没有现成的答案，世界上也没有成功的先例可资借鉴。那么，首先就从增大激光器的功率开始吧。项目组经充分讨论，决定放弃国际通用的红宝石激光路线，选择了钕玻璃激光的技术之路。

很快，喜讯纷至沓来。第一台高功率钕玻璃激光器研制成功；组织了上百次激光打靶实验；总结出提高激光温度和亮度、加强熔靶威力的规律和方法；首次观察到在激光束的聚焦点上，空气被击穿，光轴上出现一连串耀眼的火球……

1965年冬，邓锡铭、余文炎等专程赴北京向王淦昌汇报了“71号任务”的进展情况，王淦昌十分高兴。大冬天的北京已成雪城——那时的雪像银子一样洁白和闪闪发光，入夜北风凛冽，寒气逼人，街上很少有行人了。那时王淦昌的家很小，坐不下几个人，同时为了保密，一连几个夜晚，58岁的王淦昌都骑着自行车，顶风冒雪从中关村赶到邓锡铭他们下榻的友谊宾馆，就“71号任务”下一步攻关要点和科研难点进行深入讨论，有时直至午夜。结束时，大家把王淦昌送到门外，目送先生蹬着自行车在寒风雪路上远去的背影，大家的眼睛都湿润了。

这就是中国的大科学家！

两年，“71号任务”刚刚进行了两年，“文化大革命”狂潮席卷而来，一切戛然而止！

国家交付的科研重任毁于一旦，难以为继。人身安全、家庭安全、项目安全，一切都命悬一线。这让邓锡铭沉痛不已。他不是那种喜怒不形于色的人，他是好动感情的人。他是一团火、一束光、一条河、一场疾风暴雨、一道飞天长虹，喜怒哀乐所有的情感都在大地上坦坦荡荡地流淌。

1972年，邓锡铭被放出来了，人已骨瘦如柴。他找到“革委会”领导说：“请允许我参加工作吧。一个科学家离开了工作，活着还有什么意义呢？”

被关押数年，他第一次走进熟悉而又陌生的实验室时，禁不住热泪长流。

就在这一年，依据他在劳动时的思考和研究，邓锡铭很快研制出具有独创性的光束传输流体模型，年底完成并出版了专著《有限束宽光动力学》——这是一个“科学囚徒”在黑暗岁月耕耘播种留下的成果。两年后，他领导团队成功研制出我国第一台多程片状放大器，把激光输出功率提高了10倍，使中子产额跃升了一个量级。

“文化大革命”后的中国百废待兴，资金、资源极度匮乏，各行各业纷纷告急，包括首都北京在内，北方诸多城市入冬前的取暖煤都搞不到了。经济困难到这种程度，科技投入自然捉襟见肘。1977年10月，时任核工业部副部长的王淦昌亲自带领九院（核工业部第九研究所，后改称中国工程物理研究院，现位于四川绵阳）等众多科研单位负责人，到上海光机所考察并共商合作开展激光聚变研究大计。当时中国科学院的科研布局正处于大调整之际，许多科研项目和部分院所因经费困难纷纷下马。激光聚变项目要不要继续上、怎样上，面临艰难抉择。在上海光机所讨论数天，大家没商量出一个结果。时过不久，中国科学院联合核工业部在北京科学会堂召开了一次高峰论坛会议。在严济慈副院长主持下，钱三强、王淦昌和主管专业局领导，会同上海光机所和九院一线科技人员，围绕惯性约束聚变的研究目标、科学意义、技术途径和发展战略等方面展开了深入的讨论和激烈的争论，有人主张继续干，有人主张“前景不明，暂时下马”。一位主管局领导对激光驱动聚变心存疑虑，在会上提出一条“捷径”。他转述美国光学专家邓昌黎的话：“用重离子加速器驱动聚变，五年内一定成功，否则砍我的脑袋！”意思是，我们可以放弃激光驱动聚变这条路而跟随美国人这条路了。王淦昌当场激动地反驳说：“美国人又不是万能的，他说行就行，他说不行就不行了吗？中国激光技术有较强的基础，有条件以激光驱动聚变为主要研究方向，其他驱动方式可安排适度的跟踪调研。”最终会议取得共识，并将建议提交给中科院审定。数月后，中国科学院举行院长会议，审议全院的重大项目，激光聚变项目以5票赞成、1票反对的表决结果获得通过。1980年，核工业部第九研究所和中科院上海光机所共同签订了《合作研制“12号激光装置”实验装置协议书》，由中国科学院下达上海光机所实施。上海光机所和九院联合组建了“12号任务”协调小组，王淦昌、王大珩任组长，邓锡铭任联合实验室主任，全面主持研制工作。

一个全新的举世无双的国家级重器，像梦想、像神话，摆在上海光机所面前，人人都不知它为何物，该怎么做？草图、方案、讨论纪要、计算机纸条，成麻袋地被堆进仓库。邓锡铭因压力山大，寝食难安，明显地消瘦下来。历经两年的技术论证和预案研究，三年半的工程建造和调试，两年多的运行考核和试打靶实验，“激光12号装置”终于在1987年6月通过国家鉴定，得到高度评价。它在十亿分之一秒的瞬间发电功率，相当于6600台30万千瓦发电机的集成功率，超过20世纪80年代末全国的总发电功率。1986年，张爱萍将军前去参观后大为振奋，大笔一挥，题写了龙飞凤舞的“神光”两个大字。陪同在旁的邓锡铭灵机一动，说“激光12号装置”就改叫

“神光”吧，“神光-I”就此定名。聂荣臻元帅还特别给王淦昌和王大珩发来贺信。

“神光-I”装置是我国激光技术发展上的一项重大成就，达到国际同类装置的先进水平，标志着我国成为高功率激光领域中具有这种综合研制能力的少数几个国家之一。上海光机所为此投入三分之一的研究人员和试制工厂的主要力量，直接参加研制的科技人员有300多人，十多个协作单位，从项目启动到获奖，前后十年拼搏，始得丰硕成果。在装置落成典礼上，王大珩动情地说：“人生能有几回搏？你们真是搏了一搏啊！”

“神光-I”装置先后获得1988年首届陈嘉庚奖、1989年中国科学院科学技术进步奖特等奖、1990年国家科技进步奖一等奖。

1994年，“神光-I”装置运行8年后正式退役，根据国际发展趋势和国内科研需要，上海光机所又启动了研制规模更大、性能更为先进的超巨激光器“神光-Ⅱ”。有了“神光-I”的经验，加强版的研制就快多了。1997年底，“神光-Ⅱ”装置组装完毕，大家兴高采烈，就等着看这台钢铁巨龙如何吐火喷光了。没想到，在上级规定的交付使用时限之前，试运行中发现了一些重大技术问题，导致光束质量不佳，功率骤减，距离设计水平差了许多。多年的废寝忘食、呕心沥血，大家的奋斗目标就是研制比“神光-I”装置还牛的更大功率的激光装置，功能出不来，不是白干了吗？何况在国家面前，在全世界同行面前，也丢不起这个脸啊！时限将到，经费也所剩无几，整个团队焦灼万分，个个像热锅上的蚂蚁急得乱转。正在这紧要关头，邓锡铭因劳累过度病倒住院，90岁的王淦昌先生也因意外受伤入院。两大巨头都突然倒下，300多人的科研队伍，几十个攻关小组，几十个专业分类，数万个部件、零件、元件的检测，这一切怎么协调推进啊？

更令人痛心的是，邓锡铭入院不久，一个噩耗传来，他患了血癌，而且到了晚期。同事们哀伤不已，这几年他们已发现邓锡铭日渐消瘦，大家都以为他是累的——是累的，但万万没想到他积劳成疾患了重症啊！

生命垂危之际，邓锡铭的心依然留在战场上，依然深深惦记着“神光”。几个月下来，他的身体因为化疗消耗极大，但每天都在思考着各种攻关难点和攻克路径。一次化疗后的清晨，邓锡铭拒绝亲人的劝阻，挣扎着缓缓起身靠在病榻上，忍受着刻骨剧痛，用抖动的手在小桌板上艰难地写下一份长达20多页的“意见书”，全面陈述了他对“神光－Ⅱ”装置所设想的改进路线和发展蓝图。

这是邓锡铭对身后事的唯一交代，是一位科学家的遗嘱，字字读来皆是血。同事们拿到这份“意见书”，全哭了。

临终前，极度虚弱的他含泪对老伴梁绮梅说：“为了我，你尽力了，谢谢你陪我走完这辈子……”

1997年12月20日，中国科学院院士，我国著名光学、激光专家，中国激光科技领域的最早倡导者与组织者邓锡铭，怀着无限眷恋，离开了他的亲友和终身挚爱的科学事业，终年67岁。

为了国家，为了科学，为了激光，他确实太累了。生命如虹，激情如虹，追梦如虹，这就是邓锡铭的一生。

令人痛惜的是，第二年，91岁的科学巨匠王淦昌先生也溘然长逝。

2001年，“神光－Ⅱ”装置终于建成。它在十亿分之一秒的瞬间，发射的光功率基本相当于全世界电网发电功率总和。它发出的光束质量以及高能级的运行输出指标，都与美国的王牌激光器相当。到2006年，“神光－Ⅱ”装置成功进行了高效率、高质量打靶3000余发，吸引了多个国家的科学家前来预约合作实验。

采访期间，我去参观了“神光－Ⅱ”装置，能在上方的廊窗向里面看，那是近百米长的一条钢铁巨龙啊！神秘、庄严、雄浑，静静地卧在那里。是的，它就是一条龙——能吐火喷光、腾飞九霄的中华巨龙！

邓锡铭还活着。在雨过放晴的遥远天际，我们仍能看到贯穿他一生的那道亮丽的彩虹。

是的，邓锡铭还活着，永远。现在就伫立在家乡东莞市中心的一个广场上，一尊雕像，目光清澄而沉静，望着远方。

4. “像盐一样生活和工作”

邓锡铭倒下了，又一批仁人志士站了出来！

林尊琪是其中之一。

他的一生都那么淡泊：

除了参加重要会议换上正装外，他永远着一身布衣布裤，永远留一头高中生发型，而且很少认真梳理……

在办公楼的504办公室，没有任何装饰和多余的东西，一台电脑之外全是一沓沓的资料和一排排的科技书籍。办公室工作人员曾要给他装一台电视，他拒绝了，说耽误工作。老伴也说，家里的电视也是个摆设，老林从来没打开过……

办公桌用了几十年，安放两只胳膊的地方磨掉了漆……

按规定，院士是配有专车的，但除了特急的公务，他总是骑着一台老旧的二八自行车上下班，一骑几十年，风里雨里，自行车也掉了漆，学生们戏称那是林院士的“老坦克”。一年过生日，同事和学生悄悄集资给他买了台新自行车。下班时，学生含笑把车钥匙交给他，他一定要问花了多少钱。学生就是不说，说这是大家的心意。周日，他专门跑到商店，问清这个牌子的价格，第二天上班他把车款交给学生，表情非常严厉，让如数还给大家：当老师的怎么能花学生的钱呢？还回去，一分钱不能少！从单位到家，路程大约3公里，自行车一直是他不变的“座驾”。直到2012年，60岁的林尊琪骑车摔了一跤，膝盖和手都流血了，在老伴和同事的劝说下他才不得不放弃自己的“坦克”……

在林尊琪的日历上没有节假日。除了生病的时候，每天早上8点多按时到办公室，周末老伴也会陪着一起来。他坐在办公桌前钻研文献，老伴坐在沙发上织毛衣，这个场景是他的助手陈冰瑶记忆里最温馨的画面……

因为忙累，生活节奏一直跟着高速的激光走，人也掉了“漆”。林尊琪脖颈后面出现一块块白斑，亲友们问怎么了，他笑说，激光打的……

他有一句名言，总是时时感动着他的同事和学生们：“像盐一样生活和工作。”他说，这句话不是我说的，是我学来的。

1942年，林尊琪生于北京，父亲林治远是中国工程设计领域的大师级人物。开国大典时，天安门广场自动升起第一面五星红旗的旗杆，就是林治远设计和安装的。在那个万众欢腾的时刻，他一直站在毛泽东主席右侧稍后的地方，为升旗过程保驾护航。他后来说：“当时看国旗升起、国歌奏响，我激动得热泪盈眶，可我不能哭，我必须赶紧揩干眼泪，紧紧盯着国旗能否顺利升起。”出身于爱国志士之家，性情沉静、言语不多的林尊琪内心却有一块最滚烫的地方，那就是祖国！中学时候，林尊琪学业优良，高考时可选择的名牌大学很多。其间，他看到创办不久的中国科学技术大学的招生简章，关于无线电系的介绍中有一句话：“我们的专业就像盐一样，在国家和人民生活中不可或缺。”林尊琪瞬间被感动了——盐，多么朴实，多么平凡，又多么无声无息地在惠及人民啊！就这样，他选择了中国科学技术大学无线电系。他也记住了这句话，这成为他一生的座右铭。

1964年毕业后，林尊琪来到中科院上海光机所，由此开启了他与激光结缘的一生。1980年，38岁的林尊琪由光机所派往英国卢瑟福实验室深造，专攻惯性约束核聚变专业。当时，他是这个世界闻名的实验室里唯一的中国人。3年的苦读与钻研，为他后来参与“神光”系列装置设计研发奠定了深厚的理论和实践基础。归国后，他即进入邓锡铭团队，走向国家高度关注的神光实验室。

如前所述，1997年底，在“神光-Ⅱ”装置即将交付使用之际，一连串打击接踵而来：合同期限很快到期；科研经费所剩无几；90岁的总顾问王淦昌因意外住院；邓锡铭身患癌症已告病危……偏偏这时候，实验中的装置突然出了问题：光束发散发暗，质量不佳，没法用。整个联合实验室团队手忙脚乱，不知怎么办好了。关键时刻，团队中的两员先锋大将——神光工程总负责人林尊琪和神光技术总负责人范滇元挺身而出，挑起了这副千钧重担。联合实验室主任助理马伟新说：“那时压力空前巨大，林老师领着我们夜以继日地苦战，有的是重新设计，有的是更新改造，有的是再度创新。虽然交付使用的时间延期了，但科学来不得半点含糊，除了质量第一，没有别的第一。”在科研工作中，细节不仅决定成败，而且决定一切。为确保每个细节都万无一失，林尊琪后来说：“骑着自行车上下班的时候，是我最佳的思考时间。”在工程实验第一线，他完全忘了自己的年纪。身高一米八的大个子，有时钻进直径不到80厘米的管道内蹲着指导安装，有时爬上3米多高的靶场桁架上将200余斤的仪器安装到位。4年之后即2001年，“神光－Ⅱ”装置宣告完成，这意味着中国独创的组合同轴双程放大方案是成功的，从而成为国际上具有代表性的四个多程放大方案之一。此前，装置的光束准直的精确度不高，误差往往在20%左右。林尊琪独创性开发出一种自动调整准直技术，把误差控制在5%以内，这意味着以前调整光路需要的几小时，如今缩短到了几分钟。而且一束激光打出来，其精准度相当于把一个高尔夫球打出来，从20千米外一杆进洞！

进入新世纪，某发达国家需进口一台高功率激光实验装置，欧美几家实力公司和上海光机所都参与了竞标。美国的优势是此前做过同类装置，经验技术成熟；上海光机所的优势是他们研制的激光装置聚焦光斑的均匀性达到2%（即多束激光聚焦形成的光斑高度均匀一致，达到98%），而且时空可调，这连美国也做不到。买方不免心存疑虑，现场提出种种质疑。林尊琪院士作为实验室总工程师，亲临谈判现场，对买方的问题一一给出回答。他的理论思想、技术路径和工程工艺理念，最终征服了买方。2017年，这一国内最大金额的高技术输出项目在该国安装完工，运行稳定度和各项指标达到国际一流水平。2018年，时任中华人民共和国副主席王岐山前往上海光机所考察时，对这套装置能够成功出口发达国家给予高度赞赏。

上海市科技进步奖一等奖、国家科技进步奖二等奖、军队科技进步奖一等奖、“863”计划突出贡献先进工作者、上海市科技系统先进工作者、上海市劳动模范……林尊琪院士获得的荣誉多不胜数，但他从来不改“布衣风度”，同事们都喜欢用“林头”来称呼他。中午在食堂吃饭，他坐的那张桌上，总是挤着许多年轻人，气氛热烈，笑声朗朗……

“林头”崇尚科学，他的博士研究生、联合实验室研究员范薇刚来时，请林老师在她的第一本学习笔记上写一句有意义的话，林老师写道：“我们要站在前人工作的基础上，但是一定不要迷信权威。”

2017年12月，林尊琪病重住院，凡有同事和学生前往探望，他的话题总是离不开“神光”。有一次，联合实验室党支部书记杨琳忍不住，给林老师出了一个课题：“林老师，您别跟我们谈工作了，这次我给您出个题目，您研究一下，如何多吃点东西，让体重恢复到以前水平？”林尊琪一脸严肃地认真答道：“你这个问题一点也不科学、不严谨，人到了这个岁数，又病到这个程度，怎么可能恢复到以前呢？还是谈咱们的‘神光’吧。”

2018年5月28日，林尊琪院士因医治无效，在上海华东医院与世长辞，享年76岁。

林尊琪，把一生贡献给祖国的激光事业，他的生命也像激光一样：简单、纯净、明亮，直射长空。

5. 他家有台大机床

家家孩子有玩具。世界各地很多家庭的孩子都有“中国制造”的玩具。我觉得，我们的玩具制造商应该有更多创想，在玩具中加上更多的美丽中国的文化元素，让全世界的孩子都记住中国，爱上中国。因为所有大人都是从孩童时期过来的。

成人了，就不再有童心和玩具了？

不。很多科学家仍有自己最钟爱的“玩具”，那就是他们的仪器和设备。

曾任上海光机所第五任所长的朱健强今年已年近六旬，多年以前竟把世界上最大最重的一件“玩具”——一台机床搬进家里。因为他爱干活，有玩心，好奇心重，闲不住。我刚在他的办公室落座，一名研究生拎进一个小铁桶给他，我探头一看，水中游动着一群黑黑的活泼可爱的小蝌蚪。朱健强说：“拿回家养着去。因为我一直忘不了家乡夏夜那种蛙鼓如潮的感觉。那种声音听起来似乎很噪，其实它让我读书时特别心静。”

看起来童心犹在，玩心犹在。

朱健强1964年生于苏州，浓须重眉，他爷爷、父亲都是这样。爷爷早年是很勤奋的徽商，清朝时把生意做到苏州，见这边山清水秀，富庶一方，便偕全家迁居此处。父亲是唐山铁道学院毕业的工程师，20世纪70年代被派往非洲坦桑尼亚援建铁路，一去4年。我问，那个年代去非洲很艰苦吧？朱健强摇头笑道：“不，那是高待遇，比国内生活好多了！”一是补贴多，比国内工资高出几倍；二是能买到许多国内见不到的洋货，父亲每每回家探亲，都会带回好些名牌东西，比如雀巢咖啡、雀巢奶粉、可口可乐、瑞士军刀、法国名酒等，那真叫一个琳琅满目！

爷爷是很成功的徽商，父亲是很成功的工程师，智慧过人的基因传到朱健强这儿，更加发扬光大。上学后，朱健强成绩名列前茅，竞赛轻松拿奖。初中时期，他就把高中的课本读完了，高中时已把理工科大学的教科书读完了。有一次他坐在家门口呆呆看着一棵大树，整整看了两小时，教师出身的母亲很奇怪，问他看什么。他说："我在想，大树长成这个样子，那么树根会是什么样子呢，也许是对称的吧？"无论对错，想常人所未想，这就是超乎常人的优长。1984年临近高考了，朱健强整天和一帮同学疯玩。家人提醒他抓紧用功，他不在乎地说："没事儿，我心里有数！"这个聪明的家伙并非在说虚言，他早已找来前3年理工科高考的卷子，通通研究了一遍，掌握了出题的规律和路数，自然心里有数了。高考发榜，他如愿考入哈尔滨工业大学——因为他听说哈尔滨是个很有异国风情的城市，素有"东方小巴黎"之称。高考前一直跟朱健强疯玩的同学有几个考得不太好，他们把朱健强痛骂了一顿，说你心里有数了，不知我们心里没数吗！朱健强大笑："我以为你们比我还有数呢！"

在哈尔滨，他爱上了大列巴、里道斯香肠、面包饮料格瓦斯和俄罗斯风味西餐，句句说到我心里了——哈尔滨就是生我养我的家乡啊！

同时，朱健强深深爱上了奥妙无穷的光学。1988年毕业后，他转到长春理工大学攻读硕士学位，1990年进入上海光机所，师从邓锡铭、陈绍和攻读博士学位。那个年代正是出国留学最热潮的时候，朱健强的很多同学好友都出国了。他也曾心动过，向往过，试想过。

但是，1993年他随邓锡铭赴日本访问，给了他极大的震动。看日本一片繁华的现代化景象，车流滚滚、干净整洁的长街，设备精良的科学实验室，琳琅满目的大商场，风驰电掣的新干线，朱健强不断在心里惊呼，日本太发达太强大啦！还在匆匆追赶和创业的中国与之相比，落差巨大，让他感到恐惧。这和我同年随中国作家代表团去意大利访问时的心情一样——那么一个军靴模样的小国，高速公路遍及全国，当时我坐在车里眺望窗外，心里常常哀叹，我这辈子是赶不上看到中国的高速公路了！万万没想到，不到10年工夫，高速公路就像蚕宝宝吐丝一样迅速向全国延伸，更别提现在的高铁网了！

中国之巨变，真是让地球人惊心动魄！

朱健强是细心人——科学家都是细心人。每天参观回来，他把所见所闻都详细地记在本子上，还配上图——这都是宝贵的资料啊。回程的飞机上，他和邓锡铭谈起此行的观感，说起中日差距之大。邓锡铭深沉地说："二三十年代，一穷二白的中国与西方国家相比差距更大，但王大珩、王淦昌、钱学森、钱三强、彭桓武、郭永怀、龚祖同这些科学巨匠，包括我的父辈，都放弃国外的优越生活，毅然归国，报效国家。你还年轻，要看到未来，国家的未来就在你们肩上啊！"

一席话，让朱健强决定留在国内，留在自己的岗位上，不走了。

他参与的第一个重大项目，就是制造国人瞩目的"神光－Ⅱ"装置。

"神光－Ⅱ"装置与"神光－I"装置相比，具有更高的功率和更大的效能，为最终解决激光核聚变和人类能源危机带来更多的可能性。比如，地球上能产生聚变能源的原料异常丰富，仅仅1000立方米的海水含有的聚变能量就相当于全球化石能源的总和。地球上的海洋是多么辽阔啊，只需将部分海水中的聚变能量在受控情况下释放出来，就可供人类使用数亿年。

1994年，30岁的朱健强担任了“神光-Ⅱ”装置的工程工艺组组长。这当然是邓锡铭的有意栽培，更寄托了他对年轻一代的深深期望。

那时的朱健强几乎没有节假日，图书馆和试制车间成了他的生活中心。好在不久他的妻子杨蕾调入光机所的科研刊物编辑部当编辑，家里家外都有人照应了。朱健强像一头壮牛拱进档案室，用3个月时间看完了叠起来有五六米高的“神光-I”和“神光-Ⅱ”装置的大堆图纸，用1年时间看完了上海图书馆中所有相关的国外期刊文献，3年中他几乎放弃了所有的休息时间和节假日。回家时妻子问这问那，他瞪着老大的眼睛一脸茫然，一问三不知，脑袋全在“神光-Ⅱ”装置上了。

在“神光-Ⅱ”项目中，朱健强主导突破了多项关键技术：

其一，通过沟通光学和结构设计交叉构想，他提出一种对放大器的独创性组合设计；

其二,一向酷爱机械加工的他把自己设计制造出的高精密元器件应用到多台套仪器中；

其三，他顶住不同意见的压力，将原有不尽合理的精密驱动方案全部推翻，仅仅花了8个月时间，全部完成重新设计并获得成功；

其四，他设计了一个特殊工装，通过手工方式，能将一些细分元件的成本由原来的1000元/个骤降至20元/个。

我以为，“动手派”加“实干家”的朱健强回到了科学和哲学的本源。手工劳动最早创造了世界也创造了人类。即便在现代化、生产线和机器人遍布全球的今天，某些最高级的手工劳动仍然是神圣和不可逾越的。比如，我们要制造高级机床，进行高等级的平面加工或球形加工，就需要有人来制作更高级的机床。那么更高级的机床是哪来的？一定是比之更高级的机床加工出来的，由此一直上溯到第一代的“老祖宗”那里，我们会发现，第一代“绝对平面”和“绝对球面”竟然是人工制造的，是富有经验的老工人用锤子、刮刀、磨石加简易的刨床制作出来的。生产这种绝对平面和绝对球面，必须在一定纬度、温度适中、气候变化不大的地区，由代代相传的家族才能生产，据说这些工匠主要分布在德国和日本的某些特定地区。

2000年，“神光-Ⅱ”装置终于全面达标，不少关键技术性能还超过了原定指标，为我国中近期高能量密度物理研究提供了最重要的实验平台。

2001年12月，“神光-Ⅱ”装置在上海光机所建成，占地约4000平方米——堪称钢铁“巨无霸”了。在“神光-Ⅱ”装置激光聚变模拟演示现场，随着红灯亮起，一束“种子光”被分成8束激光，并通过放大链分别放大，最后在十亿分之一秒的超短瞬间同时聚焦于百微米级的实验靶上。其结果，我们只能秘而不宣。

2001年7月，37岁的朱健强成为上海光机所第五代掌门人，由科研专家转变为掌管这个科研高地的少帅。但他仍以极大的热情投入一项项新的科学研究。2009年，正值壮年的他主动要求退位，让贤于新崛起的青年科学家李儒新，出面担任高功率激光物理联合实验室主任（由上海光机所与中国工程物理研究院联办，共同研制最新最强的“神光－Ⅲ”装置）。终于能够全身心回到奥秘无穷的激光科学王国了，他买了一台机床搬回家，只要科研上需要市场上难找的新器件，他就在家开动机床，自己摸索着干。重要的是，他有更多时间带博士生了，就像当年王大珩带邓锡铭、邓锡铭又带他那样。中国科学事业就是这样由一代代人薪火相传带出来的。

小蝌蚪们都会长成青蛙王子的。

朱健强性情豪爽，谈吐豪迈，看来阅读面也很广阔。他的办公桌上放着一本德国哲学家格罗塞写的《艺术的起源》，书架上还插着多本有关哲学、历史、文化方面的经典名著。

他的名字叫朱健强——尽管是爹妈起的，也一定和这些书籍构成的人生阶梯有关。

第七章
光芒四射的人生

> 我相信科学极美。
>
> ——玛丽·居里

1. 伟大的1956年

圆脸，洋溢着阳光般的笑容，思维和记忆如同山泉，从时光深处喷涌而出，清澈透明，浪花朵朵，完全不像80岁老人。

从他的名字就可看出，生于云南，排行老大。

他谈了很多历史的细节，生动有趣，历历在目。我说：“范院士，你其实很有文学天赋啊！”他说：“高中时我的作文经常被贴到学校墙报上当范文，毕业时我曾想过报考中文系，后来因为国家的一句号召，我改到物理方向了。”

“幸亏你没‘误入歧途’。”我说，“中国少一位文学家无所谓，少一位科学家就是一件大事。”回眸每个人的人生，道路林林总总，很多人的命运都可能与某个细节、某个偶然、某次邂逅、某个小物件有关。范滇元的人生之路就与一个小闹钟有关，这个小闹钟响彻他的一生。

1939年2月18日，大年除夕。那正是中国倾全国之力进行铁血抗战的悲惨而又悲壮的年月，大地涌流着千百万中华儿女的鲜血与眼泪。那个节日，昆明人史无前例，放了无数的鞭炮，夜空一片炽红，声震十万大山。不是为了喜庆，所有人在点燃鞭炮时都悲愤地大喊："把鬼子崩走吧！""把鬼子崩死吧！""把老天爷崩醒吧！"就在这一天，范滇元迎着鞭炮声呱呱坠地。

这大概可以算他一生中第一个机遇。无论怎样悲苦，大年夜总是象征着一元复始、万象更新。

其实他的老家在江苏常熟，家境贫寒。父亲早年去上海打工，在一家纺织机械厂当学徒，因为聪明能干，很得老板欣赏，特意掏钱送他到浙江大学培训，回来后成了厂里的技术员，还娶了一个漂亮的女工。1937年，抗战全面爆发，父母跟着厂子一路向大后方逃难，几年间，辗转云贵川各地，最后落脚在贵州独山县。那时范滇元略有记忆了，逃难路上的颠沛流离，日军飞机的频繁轰炸，难民潮中的娘哭爹叫，让他时时胆战心惊。因为逃难路上缺吃少穿，母亲体力不支，家里曾商量着把不到1岁的弟弟送人。但最后时刻母亲紧紧抱着孩子大哭不止，父亲说："算了，留下吧，要死一块死。"住在独山县路边棚房的时日里，常能看到国民党军被打得千疮百孔的破烂坦克从战场上退下来，轰隆隆从街上驶过。父亲哀叹说："这仗不好打啊！"有一段时间，懂机械维修的父亲自愿跑到军械修理站，帮着干了不少活。儿时这段苦难的记忆，后来成了范滇元发愤读书的极大动力。

抗战胜利后，一家回到故乡江苏常熟，范滇元也走进校门。生活虽然清苦，学校环境也有些简陋，却是范滇元一生中最难以忘怀的日子。抗战之决绝，牺牲之惨烈，胜利之不易，让老师们热血激荡。从杜甫“国破山河在，城春草木深”到陆游“死去元知万事空，但悲不见九州同”的千古绝唱；从声泪俱下地讲解《纪念刘和珍君》到《谁是最可爱的人》的悲壮颂歌，让范滇元一次次热血沸腾，“学好本领，报效祖国”，成了他心中呼啸而起的风暴。还有一个小闹钟，影响和引导了他的一生。那是他上初中的时候，天天提醒他起床的小闹钟，有一天突然指针停了。他拿在手里摇来晃去，拍拍打打，怎么也不走了。他又急又怕，不敢告诉母亲——毕竟这是家里的一件贵重物品啊！到了晚上，他悄悄把后盖和零件拆开，再重新装起来，还是不行。一个星期天，他跑到书店，找到一本有关钟表原理的书，读过之后，才明白发条的力是通过推动摆轮再传到齿轮上的，问题可能就出在摆轮上！再把小闹钟拆开来仔细地查看——果然，摆轮的轴有些松动，脱出轴承了。范滇元把它装正后，小闹钟又嘀嗒地响起来了！范滇元大喜过望——对他来说，这可是少年时代干成的一件大事啊！这件事从此激起了他对物理学的喜爱。父亲看他对理工科如此着迷，有点子承父业的意思，自然很高兴，给他买回《原子能电站》等不少科普读物。后来又读到居里夫人的故事，更助长了他对原子物理的向往。20世纪50年代的中国有一个好传统，每年在全社会大规模纪念一个世界文化名人。1956年范滇元高中毕业之际，纪念的名人正是居里夫人。这位伟大的女性科学家坚忍不拔的科学精神和淡泊名利的高尚情怀深深打动了范滇元，他决定放弃初中时当作家的梦想，第一志愿报考了北京大学物理系。

今天的人们包括当时还在读小学的我完全不知道，1956年在中华人民共和国的历史上堪称伟大的一年！

这一年，在党的号召下，神州大地吹响了“向科学进军”的号角，全社会兴起了“学文化、学知识、学科学”的热潮，对提高全民素质、发展科学事业起到显著的作用。

这一年，“百花齐放，百家争鸣”的方针得到全面贯彻，学术民主的气氛相当浓厚。

这一年，1953—1957年的第一个五年计划提前完成。在苏联帮助下，156个援建项目落地，初步奠定了工业化基础。

这一年，国家制定了《1956—1967年科学技术发展远景规划纲要》，这个纲要总共实施了10年，国家取得一系列重大科研成果。这是中华人民共和国成立后的第一个科学发展纲要，惜乎在“文化大革命”到来之际被迫终止。

这一年，为了落实国家“向科学进军”的号召，教育部制定了最为宽松的招生政策，空前扩大了招生范围。最为可贵的是：历届高中毕业生，无论是否参加了工作，只要愿意报考大学的，一律放开；不问家庭出身，只看分数；要求各大学大规模扩招。

范院士说，受着“向科学进军”的激励，这一年他报考了北大物理系。成绩还不错，北大的门是进去了，却把他分到无线电系。后来才知道，当时中国正在快马加鞭秘密研制原子弹，故而北大物理系成了一个有许多保密规定的系，不是什么人都可以进去的。范滇元出身旧社会的工程技术人员家庭，属于不黑不白的“灰色地带”，自然进不了那里，这使得他的“原子梦”黯然破灭。不过因为他成绩优异，做事沉稳，高中鉴定良好，校方安排他当了班长。那一年范滇元和许多同学能够进入北大，当是赶上了1956年的重要机遇。比如他的同班同学蒋筑英，出身所谓“反动官僚”家庭，要在往年肯定会被拒之门外。他的班上还有一些“调干生”，有的是部长助理，有的是地下党出身，有的是企业管理人员。那位地下党员跟着部队一直打到江南，天天参加整训，准备去解放台湾了，听说大学扩招，复习了3个月便金榜高中。那年清华、北大一下子各自扩招了8000名学生，宿舍不够用了，北大便把新学生统统安排到大小两个体育馆暂住。阔大的篮球场变成大通铺，数百个男生的行李卷一铺，好似一眼望不到边，看上去极为壮观。女生则安排到小体育馆，搭了二层铺。

1956年唯人才是举的招生政策，为国家造就了一大批栋梁之才。就是这届北大学生，后来共出了10位中科院院士，遑论各行各业众多的精英人士了——其中包括后来成为著名数学家的杨乐、张广厚。足见1956年在我国的历史上多么不同寻常，后来有学者称之为“1956现象”。

当时北大实行六年制。1962年毕业后，范滇元又赶上人生另一个机遇。此前因中苏关系破裂，国家废止了从苏联搬来的研究生制度。1962年，在经历了三年困难时期之后，国家政策进行了调整而更趋宽松，于这一年恢复了研究生制度，有志钻研学问的学生们大喜过望——那一届北大学生中共有62个报考了研究生。同学们亲切话别之后，蒋筑英考入长春光机所，师从王大珩攻读光学研究生；范滇元考入北京的中国科学院电子学研究所，师从黄宏嘉攻读微波理论研究生。两年后，他随室主任黄武汉调入新成立的上海光机所，从此开始了他与激光结缘的后半生。

2. “原子梦”翩然归来

最初，范滇元被安排在理论研究室，主要从事微波理论研究。相比所内承担的两大国家级任务，即大能量激光装置和高功率激光装置，他的工作显得清静而寂寞，有点秀才回乡当“员外”的感觉，能不能出成果？出多大成果？谁也说不准。

“文化大革命”一冲，所内一切都乱套了，过后一些人转行了，一些人不适用了。1971年，邓锡铭相中了他，把他调入激光核聚变研究课题组。32岁的范滇元终于迎来了人生中的第四个机遇——入学北大时破灭的“原子梦”不期然回落到他的枕头上。这是一个300多人的大团队，范滇元自然不甘落后，把少年时代的梦想和青年时代的激情全部投入工作，夜以继日奋战在高功率激光工程第一线。当时，为准备“激光12号装置”进入实验打靶程序，需要筹建一个低温打靶实验室，地点设在上海电机厂院内，由范滇元总负责。

所谓“打靶”，是激光实验的形象说法，其操作方式是通过高功率激光的瞬间聚集，穿过以微米计算的注入孔，射向目标物质，以收集工作数据，检测物质变化。电机厂的同志们会造电机，但对激光这东西就像儿童听神话故事一样。全厂从资深工程师到小徒工，一切听范滇元现场指挥。为抢时间，从实验室设计到工程实施，从安装储备设备到打靶准备工作，范滇元穿着蓝工服、戴着藤制安全帽，带领工友们加班加点，吃在食堂，睡在工厂，天天忙得脸上全是鬼画符。有一天邓锡铭到现场检查工作，满眼看到的全是油污的蓝工服，他很生气，大声说：“范滇元呢？怎么不在现场？把他叫来！”范滇元从蓝工服中间匆匆跑过来，抹抹脸上汗水拌黑灰说：

“邓主任来了？怎么不打个招呼呢，我正有急事要向你汇报呢！”

邓锡铭云开雾散，笑了。

实验室如期建成，万兆瓦高功率的钕玻璃激光器搬进现场。连续奋战几个月，整个团队夜以继日、通宵达旦地一次次通过辐射低温氘冰，进行打靶实验，期望出现他们朝思暮想、日夜渴盼的神奇一幕，但一次次都失望了。难道是王淦昌先生的创想不对？或许是我们的激光器不听话？再或是操作技术不到位？一个个疑问把大家折磨得嘴角开裂，眼丝通红，唉声叹气，吃不下也睡不好。春节放假不回家，不全是奉献精神，是大家没心思过节了。一个激动人心的日子终于到来了。1973年4月25日，在上海电机厂的一角，在光机所的打靶实验室，通过仪器观察，随着一束强激光激射而出，一群中子从受激的氘冰中灿然跃出，在微观宇宙中划出几道亮丽的闪电！

可惜，这是人的眼睛看不到的，一切好像都没有发生。地球照样在转，工厂的喇叭广播照样在响，大自然依然在唱着“北风那个吹，雪花那个飘”的小曲。实验室内，邓锡铭、范滇元和他们的战友却眼含热泪，欢呼雀跃——是的，这才是他们真正的春节啊！

这一天，标志着中国激光聚变史上零的突破。中子的跃出，验证了王淦昌关于激光引发氘核产生中子的天才预见。当天晚上，核工业部领导、国防科委领导、中科院领导和王淦昌先生获知这个喜讯，欢乐心情可想而知。王淦昌先生特意开了一瓶珍藏多年的好酒，让夫人吴月琴炒了几个菜，“举杯邀明月，对影成三人”。夫人问：“不年不节的，为什么？”王淦昌说：“什么也不为，就是想喝了。”然后仰天大笑。

1981年，范滇元出任激光聚变项目技术负责人，在他主持下，团队为中国工程物理研究院研制了一套高功率钕玻璃激光系统“星光-I”。他提出总体技术设计方案，指挥工程安装，实施全系统总调试，最终圆满达到预定指标，同时为使用单位培训了一批技术人员，这些人现都成为九院的骨干和技术负责人。国家有关部门在“星光-I”项目鉴定的评价中称，“其综合技术性能达到国内先进水平”，“高功率倍频达到80年代末国际水平”，“具有很高的实用性和显著的应用效益，已做出多项高水平的物理成果”。

与此同时，在邓锡铭、徐至展的领导下，范滇元与300多名科技人员整整奋斗10年，成功研制“神光-I”装置。其间，他作为总体技术组常务成员、激光器系统负责人、第一线现场指挥和运行负责人，在技术方案制定、系统总体设计、单元器件研制和全系统总调试等重大工作中，作出重要贡献。

20世纪90年代，“神光-I”装置退役之后，范滇元积极提出研制“神光装置升级版”（即“神光-Ⅱ”装置）的倡议，并出任项目负责人之一兼总工程师。再经10年努力，“神光-Ⅱ”装置实现了“八路激光”齐射的目标要求，全面达到并部分超过了原定技术指标。该项目获2003年上海市科技进步奖一等奖、2005年国家科技进步奖二等奖。

进入新世纪以来，年过六旬的范滇元院士又投身于“神光-Ⅲ”装置巨型激光装置的研制。这个空前的大项目落地在绵阳的中国工程物理研究所，作为项目总体技术专家组的总工程师，他扔下小家，长年工作在绵阳，直至“神光-Ⅲ”全面告成。谈及这些工作，范院士说：“到现在我还记得居里夫人说的一句话：‘我相信科学极美。’是的，科学本身就是美的，它也会把人生变得极美，变得更有意义。”

3. 那个心碎的夜晚

确实，当你决定献身于科学事业后，你就无法过上普通人的生活。

从参加激光聚变项目后，数十年如一日，范滇元每天都工作10多个小时，晚上12点以后睡觉。不常回家，是他的常规生活方式。

范滇元负责“神光-I”装置的总体设计时，他记不清有多少个夜晚是在计算机房度过的，更无所谓周末假日。累积起来的穿孔纸带和数据纸足有几麻袋。装置总调试阶段，科研人员分两班日夜轮流工作。他作为现场指挥，不分昼夜连续工作在第一线，3个多月没回家。

范院士深情地说：“‘神光-I’装置胜利建成，获得了一系列殊荣，但有谁知道有多少人为此付出了多大的代价？直接参加研制工作的人员有300多人，前后历经10年，许多人作出了无私奉献而没有任何回报。1989年初，项目获得首届陈嘉庚奖后不久，项目负责人之一余文炎因遭遇车祸不幸去世。1991年，在一轮重要的物理实验刚刚做完的第二天早上，装置运行负责人陈万年突然倒下，心脏停止了跳动，前一天晚上他还到实验室收拾整理，作结束工作的准备。我当了运行组长4年多以后，把担子放心地交给陈万年，他忠厚、踏实，对工作尽心负责，干得很出色。没想到不长时间就痛失这位良师益友。当然还有项目总负责人邓锡铭，1997年因患血癌去世。每每想起他们，我只有一个意愿，那就是要像他们一样，把他们所钟爱的、为之献身的激光聚变事业坚持下去，发扬光大。”说到这儿，范院士满眼泪光。

同样，范先生为“神光”装置也付出重大牺牲。1997年，按原定合同，已接近“神光-Ⅱ”装置交付使用期限，几千万元的研究经费也所剩无几，但研制了几年的装置还没有达标。关键时刻，中国激光聚变领域倡始人、著名核物理学家王淦昌病倒，项目负责人邓锡铭患病住院。病中的他们念念不忘“神光-Ⅱ”装置。90岁的王淦昌，每逢有人去探望，就会仔细打听激光装置的研制进展，不止一次地说：“我们不比外国人笨，人家能做出来，我们为什么不能？‘神光-Ⅱ’一定要搞成功。”病榻上的邓锡铭自知不久于人世，强忍着化疗的剧痛写下20多页的“遗嘱”——全是对“神光-Ⅱ”装置的改进意见。

在“神光-Ⅱ”装置紧张攻关之际，范滇元每天工作10多个小时，一直住在光机所的集体宿舍，很少回上海市内的家。妻子祝秀凤长期患病独居在家，做不了很多家务，上小学的女儿只能寄住到妹妹家，请妹妹照顾。妻子十分理解和支持丈夫的事业，从无怨言，夫妇俩常靠电话互通信息。1998年5月，一个周三的晚上，范滇元在电话中告诉妻子：“明天下午我到市里出席政协会议，开完会回家看看。”妻子很高兴。没想到第二天上午实验又出了故障，需要紧急抢修。中午上车赴市里开会前，他给家里打电话，想告诉妻子实验室有紧急工作，离不开，会后不回家了。但是铃响好久，无人接听，他以为妻子出门买菜去了。下午，政协开完会已4点多了，范滇元惦记着实验设备的抢修进程，乘车直接返回实验室。到了晚上他又往家里打电话，还是无人接听。范滇元的心顿时悬了起来，赶紧打辆出租车急急返回家中。打开门，只见妻子已倒在床下，见丈夫归来，只是虚弱地说了一句“叫救护车”，随即陷入昏迷。经医生诊断，妻子是突发性脑溢血，据估计，范滇元回家前，妻子至少已倒在地上痛苦地挣扎了七八个小时。数天后，妻子走了。范滇元痛哭不止，守在妻子遗体前，他一边哭，一边梦呓般地反复喃喃自语：“为了你，要是早一点把家搬到离妹妹家近一些就好了……要是开完会先回家一次，或是散会后回家一次，还能为你多争取一点抢救时间，可是，可是，我没做到啊……”

那时，包括他的整个后半生，“神光”装置在他心中的分量太重了。

第八章
“玻璃王”的温度

在心灵的光芒面前，所有的阴影和黑暗必须后退。

——采访手记

锵锵锵锵锵……

随着一阵激昂急促的锣鼓声，披挂着金盔银甲的老帅威风凛凛迈步上台，唱了一段开场诗：“沙场征战五十年，白发苍苍犹在鞍。但得江山映日月，金角吹彻不夜天！”黯然落座之后，八员大将鱼贯而出，分列两厢。老帅手抚长髯，左右巡视一番，喝道：“邓锡铭、王之江、干福熹，出列听令！”

这一幕是我的艺术想象。江湖上无人不知，中国光学大师、上海光机所老所长王大珩麾下有“八大金刚”，后来皆为院士——也就是说，包括王大珩先生在内，上海光机所共出了9位院士。据说，其中的邓锡铭、王之江、干福熹，是王大珩非常欣赏的“三驾马车”。

他们都有“最强大脑”，更有决战决胜的钢铁意志。

1. 穿过灵魂，一条无岸的河

浙江的那一年发了洪灾，水漫金山。一个穷娃娃，干福熹，用破布裹着课本抱在胸前，打着赤脚顶风冒雨急匆匆来上学。到了校门口，才发现校园墙被洪水冲垮，学校停课了。

干福熹的生命里贯穿了一条无岸的河，很宽，很暖，很深，很长。

百年来，他的家伴着一条有岸的河——京杭大运河。爷爷原为余姚人，农夫，血气方刚，嫉恶如仇，年轻时投了太平天国，手持长矛，冲锋陷阵，与清军血战过。兵败后逃到运河边的一片林子里，躲过清军搜捕后，搭了一间草房，和难民中的一个姑娘成了家，在杭州落地生根，做了皮匠，专做马具、皮货和布鞋。

父亲从小进了一家杂货店当学徒。淞沪之战后，日军占了杭州，半个城市毁了，那个店主卷了细软逃了。父亲懂些生意经，于是回家在斗富二桥东头开了一个杂货店，战乱之际生活之艰难，可想而知。父母一共生育了八个儿女（四男四女），1933年出生的干福熹是最小的一个。缺吃少穿，贫病交加，其中五个哥哥姐姐先后早夭，只剩下小哥、小姐和干福熹。干福熹10岁时，父亲因病去世。哥哥和姐姐见小弟聪明好学，回回考试第一，便决定弃学，接过父亲留下的杂货店继续经营，供小弟一个人上学。那时哥哥已经读到高二，学习成绩相当优秀，为了小弟，他放弃了考大学的愿望。懂事的干福熹扯着哥哥的袖子让他继续念，哥哥摇摇头，抹着眼泪去了杂货店。旧社会的穷人日子，日伪时期的亡国奴日子——如今的年轻人不知道——全是愁苦与眼泪，姐姐因此落下终生不愈的眼疾。共产党来了以后，那真是欢天喜地的大解放，哥哥姐姐都进国营商店当了售货员，一方面积极工作，一方面照顾年迈的母亲。哥哥姐姐全力支持干福熹读书上学，尽量不让他分心。姐姐后来被选为杭州市劳动模范，终生未嫁。中年丧妻的哥哥当了商店经理，在古稀之年还照顾着多病的姐姐。

为此，干福熹对父母、哥哥姐姐感恩一辈子。

1946年，干福熹初中毕业，他本想继续读高中，但家里负担不起学费，无奈选择了浙江省高级工业职业学校应用化学科。那里不仅可以不交学费，每个月还能领到三斗米的生活津贴。

20世纪50年代初，农村土改搞得热火朝天，不久抗美援朝战争爆发。干福熹热血沸腾，向往革命，积极报名参加了浙江省干部学校，很想参加土改工作队，又想参军。经过一段时间的接触，干部学校的老师徐瑾仿佛已经看到他的未来，劝他说：“人各有所长，你的学习成绩这么优良，而且对数理化很感兴趣，这是非常难得的。我国百业待兴，需要大量的知识人才，尤其是掌握科学技术的人才。你才17岁，应该进大学好好深造，将来一定会为国家作出贡献的。”徐瑾老师的这番话，让干福熹冷静下来，此后全身心投入学习。徐瑾还把他郑重介绍给自己的丈夫、浙江大学化学工程系主任李寿恒教授。

李寿恒早年出国留学，1925年获美国伊利诺伊大学博士学位，1927年回国创办了我国第一个化工系，是中国化工科技事业的开拓人、化工教育事业的奠基人。干福熹经过认真备考，在数十名考生仅录取一名的情况下，以头名成绩考入浙江大学化学工程系。校方得知他的家庭情况，决定免除他的学费。老师同学也都很关心他，总在他困难时给他些帮助。干福熹一直记着入学前母亲对他的教诲，母亲说：“咱们这个贫苦之家，要养活一个大学生是不容易的。是哥哥姐姐的牺牲和操劳，维持了这个家，让你顺利读到大学。你一定要用心学习，节俭生活，别跟富贵人家攀比，要晓得你是个穷大学生啊！”干福熹谨遵母亲教导，大学的学费得到免除，但生活费都是他靠勤工俭学解决的。那时大学课本沿用国外教材，全是英文，而且没几本，不够用，故而发给学生的都是油印的，这需要大量的打字人员。干福熹利用课余时间打印教材，节假日还跑到郊区给农家打短工。靠这两项业余劳动的微薄报酬，干福熹基本解决了自己的生活费用，同时还大大提高了英语水平。

一个穷孩子能顺利读完大学，为此，干福熹对党对国家对学校感恩一辈子。

为迎接第一个五年计划，1952年，干福熹提前大学毕业，被分配到长春市的中国科学院仪器馆（即长春光机所）光学玻璃实验室工作，从而认识了馆领导王大珩和实验室主任龚祖同，并开始了他绵延数十年的玻璃研究生涯。

光学玻璃，是国家的火眼金睛，科技王国的窗口，人类生活的彩照。没有种类繁多的光学玻璃，就没有华彩缤纷的都市之夜，没有灯光绚丽的舞台，没有显微镜、放大镜、望远镜、照相机、摄影机、电脑、手机、激光器，没有从太空到大地再到人体内部的各种探测器，更没有飞机、人造卫星、宇宙飞船、原子弹、氢弹、中子弹、精确制导导弹、“嫦娥四号”探测器和“玉兔二号”月球车。总之，没有光学玻璃，就没有现代生活的一切。世界和中国的一代代光学玻璃专家，他们一辈子钻在实验室里，专心研究，穷经皓首，为的就是照亮人类的生活与梦想。

中华人民共和国成立以后，长期实行计划经济体制，几乎没有市场性调剂，一切靠国家调拨。本来我国底子就薄，再加上资本主义国家的长期封锁，光学玻璃的匮乏可想而知。

王大珩领导下的长春光机所，作为我国第一支“先遣队”，率先向光学玻璃高地发起猛攻。他们的光学玻璃车间坐落在长春北部郊区，这里原是抗战胜利后日伪遗留的一大片破烂厂房，荒草遍地，千疮百孔，老鼠横行。请来建筑公司进行改造之后，年近50的实验室主任龚祖同卷起袖子领着大家一起干，建煤气炉，敷设煤气和油管道，设计制作油喷雾器，定制特型耐火材料，建造炉窑和退火炉等。不到半年时间，熔制车间建成了，200升的大坩埚也制成了，终于可以投入生产了。第一天，大家把坩埚加温到1400摄氏度，再加进玻璃生料，没想到临近熔化之际，坩埚突然爆裂，通红的玻璃液像岩浆一样从缝隙中滚滚涌出。危急时刻，龚先生冒着灼人的高温第一个冲了上去，“学生军”跟着一拥而上。大家七手八脚把破损的坩埚搬了出来，过后再把流入炉内的玻璃液清除干净。一场抢险战斗结束，所有人汗流浃背，多人手脚被烫伤。历经数十天的一次次失败，1953年底，终于成功熔制出300升的光学玻璃，大家欢呼雀跃，为保持高温，他们连续作战，又熔制了两坩埚。这个元旦假期，龚祖同和干福熹他们是在高温、汗水和防护服中度过的。

激励他们的只有一句当时响彻全国的口号：“一切为了新中国！”

瞧着历尽艰辛终于熔制成功的光学玻璃，累得精瘦的龚祖同一屁股坐在墙边的板凳上，双手蒙面，热泪长流，久久无语。干福熹他们都呆住了。后来才知道，熔制国产光学玻璃，是王大珩和龚祖同数十年不忘的心结。两人都毕业于清华大学物理系，后满怀报国壮志分赴英国和德国留学，主修光学。他们知道，光学玻璃是光学仪器的核心材料，故而制造光学玻璃的核心技术一直被美、英、德少数国家严密控制和封锁。中国在这方面则一片空白。抗日战争我国军民打得那么惨，和我国军事装备落后有极大关系。为此，两位热血青年不约而同走上研制光学玻璃的道路。在掌握了大量技术之后，龚祖同毅然放弃了博士论文答辩，选择回国研制光学玻璃；王大珩放弃了攻读博士的机会，转入英国著名的钱斯玻璃公司学习技术。龚祖同归国后，在战火中颠沛流离，先后在上海、昆明、秦皇岛三次试制光学玻璃，都因战乱冲击和国民党官僚不予支持而失败。这一天，在长春光机所，他的梦想终于实现了，龚先生激动地对大家说："我一生的重担从此解脱，这是我一生最幸福的日子！此时此事，终生不忘！"

一个爱国志士的心声，令人动容。

但更大的困难还在后面。当时国内所用光学玻璃都是从国外采购来的。因遭遇资本主义国家封锁，买进的都是普通的光学玻璃，无法制作高级军用和民用光学仪器。长春光机所虽然已经能熔制出少量多种型号的光学玻璃，但远远满足不了需求。1956年初，国家决定在昆明最大的光学兵器厂筹建高等级的光学玻璃生产车间，指定由长春光机所派专家前往指导筹建和组织生产。

派谁呢？王大珩注意到，这个叫干福熹的小伙子脑瓜灵，点子多，学术底子厚，工作中有一股火焰般的热情，广受大家赞许，曾先后被评为长春市劳动模范和"全国青年社会主义建设积极分子"。

派他去肯定灵——唯一的缺点就是太年轻，怎么看怎么像二级钳工。王大珩决定了，并明确要求对方给予干福熹"专家"待遇，不得怠慢。1956年3月，不满24岁的干福熹意气风发地出发了。可惜这位"专家"太穷，收入太低，买不起手表，临行前只好买了一只双铃马蹄闹表装进衣袋，以作日常计时用。估计这是天底下既空前也绝后的带着双铃闹表出差的"专家"。不过那时人心朴实，一路不时当众拿出闹表看看时间，并不觉得尴尬。坐火车到了北京，然后雇个三轮车到首都机场——这都是当时专家的待遇。登上飞机，这可真是鲤鱼跳龙门了——那个年代有资格坐飞机的都是大人物啊！不过，穷小子一下子待遇太高，就像让饿透的人猛吃了一顿饱饭承受不住！坐在飞机上他又惊又吓，呕吐得人仰马翻。

在昆明，夜以继日投入工作，他常常忙得忘了衣袋里的那只闹表，不时突然响起的定时铃声常把周围的人吓一大跳，以为什么设备报警了。3个月后，昆明建厂初见成效，皆大欢喜。按照中科院制定的青年人才遴选条件，王大珩和龚祖同决定把他送往苏联国家科学院化工所攻读研究生副博士。那可是列宁同志创建的第一个社会主义国家啊！干福熹非常兴奋，但他表面上特别沉静，很注意保持专家风度了。

在苏联，祖国的信任和组织的培养，让他像一个隆隆轰响的钻机，向着科学知识的深厚矿藏猛烈推进。整整4年的留学生活，他"一天也没有浪费"，连睡觉都觉得是一种额外的负担，对不起国家对不起党。和苏联专家处好了，一扇又一扇门为他打开，让他见识了很多奥秘。在科研室，在工厂车间，在保密室，他做了大量技术笔记，寄回长春光机所，后来对所内光学玻璃研制起到很大作用。

苏联导师见他聪颖过人，学业精进，建议他接着读博士学位。但干福熹热切渴望参加祖国建设，归心似箭，1960年初做完研究生论文答辩就回国了。

青年时代得遇王大珩、龚祖同两位恩师是干福熹的幸运。因为他们的赏识和着力培养，他才能大踏步走上科学家的道路，成为硕果累累的光学玻璃专家，并当选中国科学院院士。这一切无疑是与两位恩师的知遇之恩分不开的。

为此，他对王大珩、龚祖同和所有师长感恩一辈子。

感谢父母的养育之恩，感谢哥哥姐姐辛苦劳作的帮扶之恩，感谢前辈们的指导和爱护之恩，感谢党和国家的培养之恩……感恩之情就这样在干福熹的生命中流成一条无岸的河，很宽，很暖，很深，很长。他在穿过灵魂深处的这条河中拧成一根纤夫之绳，终其一生，不知疲倦、不舍昼夜地拉着祖国的伟大事业拼力向前。

他说，这是回报。

2. 携手忍痛前行

爱情悄悄到来了，她叫邓佩珍。

1957年，她从东北人民大学（现吉林大学）化学系毕业，被分配到长春光机所工作。姑娘端庄秀丽，温婉可人，梳着两条乌亮的长辫子，喜欢唱歌跳舞。人前总是轻言细语，像一只害羞的小鸟。看到她，所里那些要好的已婚同学、同事就想起了远在苏联的单身小伙干福熹。王世焯、姜中宏纷纷给他写信，说所里来了个“七仙女”，有“闭月羞花之色，沉鱼落雁之容”，期望干福熹快点回来早成好事。我真是佩服古人的才华横溢，怎么会想出这么优美的故事和词汇来形容美人的容貌，读来谁能不动心呢！干福熹当然动心了。与此同时，同事们还不断给邓佩珍下“毛毛雨”，说干福熹怎样的一表人才，学识渊博，品德优秀，要不怎么能被领导选中，送到苏联去留学呢！

姑娘默默听着——她明白这些大哥的意思，小脸蛋一片飞红。

1960年初，27岁的干福熹学成归国。领导和同事有意把他和邓佩珍安排到一起，从事玻璃基础研究。两人没有多少花前月下的时间，但在长期工作中情感日深，遂定终身，“红娘们”无不拍手称快。

干福熹向组织提出结婚请求，没想到这下出了意外。经查，邓佩珍出身旧官僚家庭，她的大哥和还不到20岁的妹妹在1957年“反右运动”中被划为“右派”。光机所是个保密单位，又从事很多军事光学技术的研究，作为所中重点培养对象、中共党员的干福熹，怎么能把这样一个“资产阶级小姐”娶进家门呢？组织把干福熹的结婚申请书打回来了，期望他“慎重考虑”，还向他介绍了几位年轻的党员女干部。

这不怪领导，是当时的政治气候使然。

姑娘哭了，说我们分手吧，免得影响你的前途。

干福熹说，我相信你是一个好姑娘，我会坚持到底的。没有你，我宁可一辈子打光棍。

姑娘感动得又哭了。

经仔细了解姑娘的身世，干福熹执拗地交上第二份结婚申请，并请组织找邓佩珍的二哥邓志伟谈谈。邓志伟是思想进步的革命青年，中华人民共和国成立后参军入党。组织再次进行了调查。邓志伟说，父亲邓子骏是著名法学家，曾在国民党政府做大法官。在办理国民党迫害中共党员的几个大案中，他主持正义，不肯加罪“莫须有”，最后愤而辞职，去复旦大学当了兼职教授。中华人民共和国成立后，中央领导人林伯渠曾电邀他去北京，共商制定新法律。临行前，父亲胃病突发，在上海医院手术过程中不幸去世。事实查明清楚，组织终于同意两人成婚。婚礼上，所长王大珩跟他开玩笑说，你这个书呆子把“七仙女”娶回家了，今后就改名叫“董永”吧。

20世纪60年代初，正值国家三年困难时期。小两口饿着肚子，天天在实验室里忙科研。同时受龚祖同先生委托，干福熹还在埋头编著《光学玻璃》一书。1961年底，他们有了一个漂亮的小女儿，取名干效梅。没承想3个月后孩子病倒了，整天昏睡，瘦得不行。两口子把女儿送进长春白求恩医科大学求医，邓佩珍眼看着女儿一天天衰竭下去，一次次的热泪长流。经多科会诊，一个可怕的结论出来了：先天性骨髓受放射性辐射损伤，无法医治！干福熹暗里痛责自己太无知了，妻子在怀孕期间还在实验室里和他一起搭建实验设备，还坚持进行X射线衍射分析研究。那时大家都不懂得对辐射的防护，就那么忘我地工作着。干福熹对妻子严密封锁了孩子的病因。邓佩珍在孩子病榻边守护了8个月，直到小生命离世。母亲的心碎了。后来，干福熹转向激光玻璃研制，把妻子也带到这个新领域，这样就可以免受辐射的伤害了。

1963年底，两口子又生了一个女儿。3个月后两口子害怕了，这个孩子又出现与上一个孩子一模一样的病情。恰在这时，中央决定组建上海光机所，专门从事高能激光技术研究。干福熹当时是激光钕玻璃课题的主要负责人，两口子一块调入上海光机所。1964年5

月，他们抱着孩子从长春到上海，一下火车就直奔上海儿童医院，并带去两个孩子的病历。诊断得出，结论一样：无法救治。不到一岁的第二个女儿又走了。

陷入绝望的两口子以泪洗面，痛定思痛，决定不再要孩子了。过后，他们抱养了干福熹哥哥只有1岁多的小儿子干效东。

科学家的生活，有时就等于赴汤蹈火。

为转移内心的悲痛，两口子忘我地投入到科研工作中。邓佩珍还作出一个果断的决定：从光学玻璃基础研究转到新的激光晶体领域，自己独立开展研究，以免有人总认为她的科研成果是在干福熹的帮助和指导下完成的。

磨难与淬火，让一个娇弱的姑娘变成一位刚强、独立的科学家。此后，她发表的论文《氟化物光学玻璃的研究》被美国某重要刊物全文转译刊出；在我国《科学通报》英文版上发表的“掺钕磷酸盐激光玻璃”的研究成果早于国外；由干福熹编写、邓佩珍收集资料并参与写作的《光学玻璃》和《硅酸盐玻璃物理性质变化规律及其计算方法》两部专著由科学出版社出版。

经历了那些牺牲，战胜了那些痛楚，夫妻二人继续携手前行。

人世间，没有什么困难能阻止他们朝着心中的目标坚定前行。

1967年夏，邓佩珍又怀孕了。两口子本不想再要孩子了，于是到上海医院申请流产。一位慈眉善目的老医师接待了他们，见夫妻两个都30多岁了还不想要孩子，很奇怪。问明缘由后，那位老医师说，我们研究一下再说。经调阅此前两个早夭孩子的病历，再检查夫妇二人的身体，老医师说，邓佩珍停止放射性工作已经超过5年，可以生育了。两口子的热泪“哗”地下来了！

1968年3月，他们的儿子干效松顺利诞生并茁壮成长。

后来他们又有了第三个男孩干效宁。老大干效东1986年毕业于国防科技大学，进入航天系统工作，成为研究所领导和科技委主任；老二干效松于1986年高二年级时进入复旦大学少年班攻读物理学，大学三年级时考入澳大利亚悉尼大学，24岁时获得光学博士学位；老三干效宁于1988年保送到华东师范大学计算机系，一年后考入美国堪萨斯大学，后转入威斯康星大学，1994年赴加拿大工作，又读了一个MBA学位。家风使然，老小皆成精英，令人赞叹有加。干家被评为上海嘉定区“五好家庭”，邓佩珍荣获“上海十佳巾帼奖”。

幸福到来得似乎很突然。

幸福其实到来得很必然。

3.“玻璃王”领衔主演

无论寒冬怎样漫长，春天终会到来。1978年，中国航船在经历了10年惊涛骇浪之后拨正了航向。

这一年，45岁的干福熹接替王大珩，出任上海光机所第二任所长，王之江、邓锡铭为副所长。拨乱反正、整顿秩序、百废待兴的日子里，他忙得焦头烂额，几乎拿不出时间进实验室了。这期间，他为国家和上海光机所作出许多重要贡献。

其一，此前，光机所承担着一项重大军事科研项目，即前文所说的“100号任务”，由王之江总负责，以激光反导为长远目标，以发展高能量激光器为主攻方向。历经十余年的攻关，许多技术虽有重大突破和创新，但高能固体激光器效率较低、激光发射时被大气吸收、偏折和抖动等难题久攻不下。王之江经慎重考虑，提出下马。这可是国家高层十分关注、军方寄予极高期望的国防大项目啊！继续上还是马上下？身为所长的干福熹不能不负起重大责任。经过充分的民主讨论，干福熹和班子决定同意王之江意见，暂缓激光反导研究，集中力量转向邓锡铭领导的“71号任务”——激光核聚变。历史证明，这是一个明智的决定。11年后，美国物理学会也宣布该项目下马，里根总统当年提出的“星球大战计划”就此成了泡影。

其二，大力推动中国激光研究走向世界。1979年12月，应美国光学和量子电子学会邀请，干福熹和中科院学部委员吕保维赴美参加“79-激光国际会议”，与会者400余人，堪称盛况空前。会上，干福熹和吕保维分别作了“中国科学院激光研究”和“中国的气体激光器”的特邀报告，这是我国科学家第一次在激光领域国际会议上与国外同行进行公开交流。大会主席对干福熹说：“我一直以为你们国家处于十年动乱中，一切都瘫痪了。听了你们的报告，知道你们仍在坚持工作并取得很大进步，对此我深感欣慰。”

当时美苏两霸还处于冷战对峙中，故美方对中国比较友好，也比较开放——自然，那时的美国人也没想到中国人后来追赶他们的脚步会那么快。会后，两人参观了从事高功率激光和核聚变研究的美国国家实验室、海军实验室，访问了主要从事激光研究的哈佛大学、加州理工学院、麻省理工学院、斯坦福大学和几家大公司，会见了制造出世界第一台激光器、诺贝尔物理学奖获得者汤斯和肖洛。外行看热闹，内行看门道，此行让干福熹眼界大开，思路大开，堪称满载而归。

其三，经中科院和干福熹等人积极斡旋，1980年5月，国际激光会议首次在中国召开，与会者来自美、英、法、意等西方国家，共发表论文113篇，大会主席王大珩和副主席干福熹分别作了主题科研报告。会后，邓小平接见了与会代表。这次会议标志着中国激光研究在世界上有了一席之地。1983年和1987年，国际激光会议又在中国召开了两次，中国科学家提交的论文明显增多。

在领导岗位上忙忙碌碌，风风火火，干福熹越来越留恋和思念自己的实验室——许多设想中的攻关项目仍在设想中，像量子纠缠一样缠绕着他的心，这让他深感苦恼。无事乱翻书，读到《诗经》中的“知我者，谓我心忧；不知我者，谓我何求”，干福熹不禁喟然长叹。科学家就是朝着科研高地冲锋陷阵的战士，让战士离开战场，还能叫战士吗？经再三思虑，再三申请，1984年8月，51岁的干福熹毅然辞去一切行政领导职务（包括上海市人大常委等社会职务），“无官一身轻”的他回到自己的实验室，觉得那里的空气都是甜的！

他抖擞精神，再次向科学王国进发。

他看到，当时美苏两个巨无霸在固体激光器研究中依然进行着激烈的竞争。大能量固体激光器有明显的军用前景，是未来战争从太空到地下指哪打哪、一击封喉的“死神之剑”，故而有关强激光的研究开发，都被严密控制在美苏政府和军方手中。英法两国建设大型高功率激光装置，需要从美国进口掺钕激光玻璃，还必须经过美国能源部批准。苏联的激光玻璃研究、开发和生产也被严格控制在国家光学研究所，对国外人士一律谢绝参观。

对于获得超强激光所用的介质——大尺寸、高质量的掺钕激光玻璃，美国一直对中国实行禁运。值得庆幸的是，有两个历史性机遇让“玻璃王”干福熹和其他中国光学专家抓住了。一是20世纪80

年代美苏冷战时期，美国对中国比较友好，通过学习，借鉴他人之长，我们在科技水平上提高很快。另一个机遇是20世纪90年代初苏联解体后，俄罗斯为彻底推翻计划经济体制，一夜之间实行“休克疗法”，结果搞得国有资产大量流失，局势一片混乱。俄罗斯期望拿技术换金钱，我们抓住机会，得到不少高科技资料。

两大机遇让中国科学家收获多多，受益匪浅。这期间，干福熹和妻子邓佩珍以及他的同事们以友好学者的身份，访问了美苏和许多西方国家。参观了不少机要重地。比如在美国，他们参观了国家实验室，看到用于核聚变实验的大型高功率激光装置，双方建立了良好的合作关系，此后近20年，干福熹每年都能收到其激光部门寄来的年度报告。比如在俄罗斯列宁格勒郊外的一个小镇，他们参观了坐落在那里的国家物理研究院，那是制造大型加速器和核聚变装置的科研基地，有1万多名工作人员。双方还谈成了许多合作意向，让干福熹收获了不少意外的惊喜。

学习和借鉴是为了自主创新。正当中年的干福熹和邓佩珍由此进入科研攻关的第二个黄金期。

邓佩珍不顾年轻时曾受到辐射的伤害，再次主导建设了一个X射线实验室，开发出新型的掺钕石榴石晶体，其有关“激光晶体缺陷”研究于1988年获得国家科技进步奖二等奖。在她提供的经验和技术基础上，上海光机所研制出大尺寸（直径100毫米）、高质量的蓝宝石晶体，获2003年国家科技进步奖二等奖。后来邓佩珍小组又研制出掺钛浓度高、光学均匀性好的大尺寸钛宝石晶体。1990年在美国国际光学工程会议上，邓佩珍作了关于钛宝石生长及工艺的学术报告，引起与会者的震惊和赞叹。美国、日本等国的相关公司纷纷希望与邓佩珍进一步合作。自此，上海光机所研制的钛宝石开始小批量供应国内外使用，该成果再获国家科技进步奖二等奖。

干福熹一直致力于掺钕光学玻璃研究，在材料、配制、工艺和检测等方面创造了整套的奠基性技术成果。该项目于1978年获得中国科学院重大科技成果奖，自此“玻璃王”的赞誉名传遐迩。

从光学玻璃、激光玻璃再到光子学玻璃的三次飞跃，干福熹和玻璃打了一辈子交道。1981年，他的专著《无机玻璃物理性质计算和成分设计》出版后，得到国内外玻璃学界的广泛应用。20多年后，在2002年的一次国际会议上，俄罗斯著名玻璃专家麦苏林教授在演说中指出，在玻璃物理性质计算体系的国际发展中，干福熹先生提出的理论所包含的范围“仍然是最广泛的”。前些年，国内一位学者对干先生说：“至今我们还用你的计算方法研究玻璃。”干福熹研制成功的掺钕硅酸盐激光玻璃，仅比美国晚了不到1年。他领导建成的第一台钕玻璃激光器，使我国激光技术跨入世界先进行列。2001年，国际玻璃协会授予他“终身成就奖”。1980年，干福熹当选中国科学院学部委员。

1984年，辞去各项职务的干福熹把钕玻璃研究工作交给姜中宏等其他同事和他带的研究生胡丽丽等人，转而把目光投向更新的科研领域：在国内还是一片空白的光信息数据存储技术开发。当时国际上刚刚出现光盘存储技术，经干福熹多方游说和争取，国家决定给予支持，投入2000万元科研经费——在当时这无疑是一笔巨大的投资。但有的领导对此很不理解，说：“磁盘还没做好，就要做光盘，你干福熹是闹着玩的吧？”

1987年，由干福熹牵头组织了全国10家科研单位，在中科院成立了光盘联合实验室。3年后，整个大团队成功研制出合成光盘介质材料、制盘工艺、光盘成品以及一整套检测设备，从而奠定了我国在国际光存储技术领域的大国地位。该项目获得国家科技进步奖二等奖。随后，世界银行资助的国家光盘及应用工程研究中心也得以挂牌成立。

从此，激光唱片和激光视盘在全国大行其道，广受喜爱。人们不必去影院，坐在家里就可以看自己想看的影视剧了。不过，许多人包括我在内，没谁知道这项事业的开拓者和奠基人叫干福熹。

进入古稀之年，干福熹先生把目光投入更为遥远的历史深处。其缘起于20世纪60年代他读到的国外古代玻璃史专家所写的专著，文中说，古代玻璃制作技术是在西汉时候从丝绸之路传入中国的。这个说法属实吗？带着几丝疑惑，他特意参观了中国历史博物馆，看到战国时期一粒不透明的蓝色珠子，称“琉璃”。他想，如果这就是玻璃，那么古代中国玻璃的产生就应该更早了。

这件事引发了他的浓厚兴趣。但此前科研工作太忙，无暇顾及，临到晚年，他下了决心：“20世纪我研究了玻璃的今生，21世纪我要研究玻璃的前世。”此后，他不顾年迈体衰，长年奔波于全国各地，考察了几十所地方博物馆和上千种带有古代玻璃性质的出土文物。大家说：“干老，年纪这么大了，别到处跑了，歇歇吧。”

干福熹笑眯眯说：“你们别劝我。祖国的每一处山水我都爱，每个地方我都想看看。”

经广泛考察，干先生认定，出现在战国时期的铅钡硅酸盐玻璃是中国最早的古代玻璃，主要产于河南、安徽和湖北，以后扩散至长江以南。他还特别查验了20世纪80年代出土于湖北江陵望山的越王勾践自用的青铜剑。历经2400多年沉埋，此剑依然寒光四射，锋利无比，稍一用力就可以把12张A4纸划断，号称“天下第一剑”。其剑格上镶有两颗浅蓝色玻璃珠。干福熹会同复旦大学现代物理研究所对这两颗玻璃珠作了无损检测，确认其为钾钙硅酸盐玻璃。可以基本确定，古代玻璃最早出现于公元前20至15世纪的古巴比伦和古埃及，距今已有4000多年历史。中国古代玻璃最早出现于公元前400至公元前200年的战国时期。正如马克思和恩格斯所说：“在历史发展的最初阶段，每天都在重新发明，而且每个地方都是单独进行的。”

晚年，干福熹和邓佩珍儿孙满堂，生活十分安逸幸福。两人一直在坚持科研和著书工作。2007年，邓佩珍因积劳成疾去世，享年72岁。干先生深怀悲痛，整理编写了《邓佩珍影集》一书以表怀念之情。如今干先生年近九旬了，身体尚可，只是语言表达上有些困难了。

干福熹和邓佩珍的一生，就像他们制作的光学玻璃一样，炽热、坚定、纯净、透明，辉耀着那颗赤子之心的所有光芒。

4.“你们要炸掉成都吗？”

现在，轮到姜中宏拍马出战了。他高大威猛，吼声如雷，确有战将风度。其实他更像是一员儒将，心细如发，颇谙兵法。比如，他在专著《新型光功能玻璃》中，精确介绍了中国玻璃发展的三阶段：一是战国时期出现的琉璃，一直沿用了近2000年，不见进步；二是清朝时从西方传入的现代意义的日用玻璃和光学玻璃；三是在激光催化下诞生的钕玻璃及其他稀土玻璃。他指出，传统的玻璃和一般性的光学玻璃，只是传光和集光的材料，是被动的透光体。20世纪60年代伴随高能激光器需要而研制成功的钕玻璃，使玻璃一跃而转变成主动的发光材料。在外力作用下，激光钕玻璃能够产生强光，玻璃的用途和原理从而发生了质的变化。

钕玻璃元件是激光聚变的"心脏"，能够将激光能量放大到10的15次方的倍数，从而实现聚变反应。钕玻璃的出现，成为玻璃发展史上的一座里程碑。

姜中宏，举止稳重，性情敦厚，满面红光，整天笑眯眯的。看模样像一员战将，性格其实很像一位和善的大伯。年轻时，比他小个十来岁的人都叫他"大伯"，后来"大伯"竟然演变成姜中宏的绰号，连岁数比他大的同事或领导都这么叫他，弄得外单位的来客一脸糊涂，以为他的名字就叫"大伯"呢，说你爸妈太欺负人了，怎么给你起个这么占人便宜的名字。姜中宏憨厚地一笑，也不解释。一直到他成了大爷的年龄，人们还是叫他"大伯"。

1930年姜中宏生于广东台山，1953年秋从华南工学院（现华南理工大学）化工系毕业后，带上行装辗转一个星期，才抵达神秘的长春光机所——那时的交通太不发达了。入所之际，正赶上光机所在王大珩、龚祖同领导下，集中力量攻关光学玻璃的热潮。姜中宏刚刚享受了几天的北国之秋的凉爽，就投入比广东还分外炽热的熔制车间。那种劳累，那种紧张，那种扑面而来的滚滚热浪，真叫一个赴汤蹈火。

别看姜中宏长得人高马大，但心很细，笔头勤，好思考，一切细节都记在工作手册里。数月过去，他很快成了实验室的"壮劳力”，但别忘了，他还是化工系毕业的高材生，与所内大多是物理系出身的同事相比，自然有他的专业优长。在龚祖同率领他们这批年轻人成功熔制出一坩埚品种不同、功能不同的光学玻璃之后，姜中宏收集整理了美、苏、德、英等国制造光学玻璃的相关资料，并结合在长春光机所的实践经验，汇编成一本《光学玻璃熔制实用手册》。该手册后来成为轻工业部下属有关院校和企业生产的统一教材，那时姜中宏才25岁。

1961年，美国光学公司的斯尼泽利用掺氧化钕的玻璃丝获得了激光输出，成为激光钕玻璃的创始人。第二年，干福熹受其论文启发，提出研制钕玻璃的设想，并把任务交给31岁的姜中宏。两年之后即1963年，以姜中宏为主导的团队研制出中国第一根钕玻璃棒，也就是说，中国玻璃史上的第三个里程碑——玻璃由被动受光到主动发光的革命性质变，就是在姜中宏的手上完成的！

不久，由王之江、梁景芳、蔡英时、李成富、汤星里等人共同参与的中国第一台钕玻璃激光器成功获得激光输出！

钕玻璃的出现，为大能量、高功率激光器的研制开辟了令人振奋的广阔前景。

1964年，姜中宏作为“先遣队”成员奔赴上海，筹建上海光机所。入驻不久，行李卷还扔在办公室呢，就投入紧张的攻关实验。那时有新闻报道称，美国的激光输出能量最高为7000焦耳，而王之江、姜中宏领导的团队已达到万级焦耳，1969年又跃升至33.8万焦耳。他们制作的最大尺寸的钕玻璃棒长5米，直径超过25厘米，至今仍是世界之最！

在“神光-I”装置研制的过程中，最初使用的是硅酸盐钕玻璃，高温状态下极易出现铂金颗粒引起的疤痕性破坏，直接影响到激光质量。邓锡铭对姜中宏说：“大伯，你是化工系出身的，这个难题你来想办法吧。”

姜中宏临危受命。经过无数次实验和检测，他选择了研制掺钕磷酸盐激光玻璃为主攻方向。为保证原材料的质量和供应，他和同事冒着酷暑严寒，先后赴浙江、山东以及广州等地寻找优质稀土和石英矿，联系上海新沪玻璃厂作为熔制新型钕玻璃生产基地。1967年春，上海新沪玻璃厂关门停产，熔制钕玻璃实验终止。可在国家高层和军方的督促下，上海光机所研制和改进“神光-I”装置的工程还在紧张进行。没有钕玻璃就没有大功率激光啊！姜中宏不得不远赴四川成都郊区的208军工厂，请求他们支援。他在当地住了整整4个月，在纷乱的气氛中用“国家急需”的道理苦口婆心地动员和组织工人。从屡败屡战的试制到完全达标，姜中宏终于松了一口气，然后一批批把钕玻璃发运上海。

在姜中宏的主持下，掺钕磷酸盐激光玻璃和从中发展出来的多个品类大获成功，其性能比日本、德国同类产品更优异，化学稳定性更强。在后来的“神光”系列装置中，这类多型号钕玻璃发挥了放大激光能量的重要作用，成为“神光”系列装置核心技术之一。

这以后，直至今日，这位已成老爷爷的“姜大伯”院士，仍在为提高钕玻璃的性能和质量而不倦地工作着，奋斗着。

第九章
“发射之前，请对表！”

> 我们像享受天上的阳光雨露一样，接受着科学家的恩泽。
>
> ——采访手记

1. 世界上第一台原子钟

20世纪30年代，在美国哥伦比亚大学实验室，一位叫拉比的科学家到原子内部空间窥探了一番，惊喜地发现了一个“精密制造”。这个“精密制造”是：在原子内部，围绕原子核旋转的电子或电子群（结构最简单的是氢原子，只有一个电子）在吸收或释放电磁能量时，有或高或低的能量差。当原子从高能量态跃迁至低能量态时，它释放的电磁波的频率是不连续的、有节奏的，就像音乐晚会上的节拍器。科学家把这种频率叫作“共振频率”。为彻底弄清共振频率，拉比还发明了一种磁共振技术，可以精确测量出原子的自然共振规律。通过进一步研究，他发现同一种原子的共振频率是恒定的、极为精准的，这个发现让拉比获得了诺贝尔物理学奖。与此同时，他还突然冒出一个灵光一闪的创想，他跟学生们说：“来，我们要讨论这样一个想法。这些共振频率的准确性如此之高，我们为什么不把这个共振频率当作节拍器，来制作高精度的时钟啊！”

有了科学的设想，发明和制作就有思路了，世界上第一台原子钟就此诞生。它以保持与原子的共振频率完全相同的频率作为产生时间脉冲的节拍器，实现了时钟前所未有的高度准确性。1949年，拉比的学生拉姆齐又创造性地提出，使原子两次穿过时钟内的振动电磁场，其结果使时钟更加精确。拉姆齐也因此获得诺贝尔物理学奖。

不过，世界第一台原子钟十分庞大和笨重，需要一个大房间才能摆下它的全部设备，实用性不强。20世纪中期，另一名美国科学家扎卡来亚斯推出一种小型原子钟，可以从一个实验室方便地转移到另一个实验室。到1960年，麻省的摩尔登公司共售出50台这种原子钟，如今用于GPS的铯原子钟都是这种原子钟的后续产品。到1967年，原子钟的研究有了更大的进步，人们依据铯原子的振动对秒作出了重新定义。2010年2月，美国国家标准局宣布，他们研制的铝离子光钟已达到37亿年误差不超过1秒的惊人水平，这是目前世界上最准的原子钟。

2. 一个单干的“生产队”

那时候，原子钟在中国，听起来就像外星人一样遥远。

国家所需，时代所需，第一位开拓者王育竹从中原大地走来了。

1932年，王育竹出生于河北正定县一个清贫之家。爷爷靠跑点小生意维持家用，聪明好学的父亲在亲朋好友的帮助下勉强读了三年半中学（当时为四年制），实在坚持不到毕业了，很伤心，于是跟父母打声招呼，徒步从正定走到保定，想找份工作。恰好碰上邮电局招考工作人员（中国邮电最早是由意大利人创办和主持的），小伙子不仅能讲一口流利的英语，而且答卷名列一级邮员第一名。事情震动邮电总局，遂把他调进北京工作。七七事变后，日军攻占北京，父亲逃回正定县，把一家老小安排到一个偏远但比较安全的小山村，借住在一户人家的马棚里，然后随邮电总局撤退到香港。4年后日军又攻占了香港，父亲不得不返回家乡，在石家庄邮电局找了份工作，并把家搬到那里。贫穷、饥荒、战火和日军的烧杀抢掠，充满少年王育竹的记忆。在石家庄，王育竹进了天主教堂办的学校，接受的是日式教育。每天早晨在督导员的指挥下，全校学生要集合在操场上，面朝东方向日本国旗和日本天皇鞠躬。祖国的大好河山被日军占了，还要接受这种亡国奴式的教育，这让王育竹深感耻辱，这也成了他“学习本领、复兴国家”的精神动力。1945年抗战胜利，父亲被调入北京市国民政府邮电局，全家也随之迁入北京，王育竹得以进入著名的育英中学，而且免费——这是邮电局给予高级职员的一种待遇，为一个孩子提供学资。那时，王育竹一心想当医生。因为从记事起，他每天早晨起来帮母亲倒尿盆，尿水都是红的，这让他非常悲伤和担忧，从而立志长大当一个医生，好给母亲治病。故而他在学校，生物和化学的成绩最为突出，回回考试名列前茅。不过，1949年中华人民共和国的成立让王育竹改变了志向，那时无线电事业在世界上风生水起，创造了很多奇迹，渴望复兴的中国急需这方面的人才。1950年，18岁的王育竹如愿考入北京大学无线电工程系，两年后因院系调整，转入清华大学无电线工程系。记得有一次著名物理学家朱光亚到清华讲课，偌大的会议厅里里外外挤满了慕名来听课的学生。朱光亚当年是西南联大的优秀学子，1946年被蒋介石送进赴美学习原子弹技术的青年团队，没想到抵达美国后却遭美方拒绝，他便自主择校，到密歇根大学攻读博士学位。中华人民共和国成立后，他联名40多名中国留学生朋友，向全美中国留学生发出回国参加新中国建设的倡议，引起极大震动。后来他果然成为中国科技事业的中流砥柱、“两弹一星”元勋，被誉为“中国科技界主帅中的主帅”。这次赴清华讲课，他旁征博引，把物理学讲得妙趣横生，大家像听故事一样着迷。多年以后朱光亚到上海光机所考察，王育竹跟他谈起当年在清华听课的感受，说大家都觉得“故事还没听够呢”，朱光亚哈哈大笑。

在清华，品学兼优的王育竹于1954年毕业后，通过考试和考察被列入留苏生名单，赴苏联国家科学院电子研究所攻读研究生（副博士），从而正式开始了自己的科研生涯。当年能去苏联留学，绝对是中国青年学子的巨大殊荣！可以想见王育竹是怎样的热血沸腾和壮志满怀。当时，有关原子钟的研究在苏联也是一片处女地，导师也没经验，很期望王育竹在这方面能够有所建树。王育竹毫无畏难情绪——科学的未知领域，正是大有作为的地方，他摸索着从研究“原子共频振荡”开始，没有专用的仪器设备，都靠自己琢磨、画图、设计，然后找到生产厂家边造边改，最终形成一个设备齐全的原子钟实验室。4年留学生涯，王育竹不仅储备了丰富的原子钟研制经验，有趣的是——这也意味着他成了苏联原子钟科研事业的拓荒者和奠基人！

1961年王育竹毕业获得副博士学位，回国后进入北京电子研究所。他向领导提出，自己在苏联主要的研究方向是原子钟，希望能够继续自己的专业。所长顾德欢和实验室主任黄武汉立即拍板决定成立一个原子频率标准研究组，简称“频标组”，王育竹任组长，赵家铭任副组长。一批来自清华、北大、上海交大、复旦和武大的青年才俊集结起来了，他们的目标很明确：研制实用化的原子钟，为国防工程和国防建设服务。那时正值美国科学家扎卡来亚斯推出他的小型原子钟之际，摩尔登公司已售出50多台。因有王育竹的倡议，中国起步不算太晚。但我们的知识储备和物质条件有限，且财力不足，行动起来就困难重重了。两年间，他们白手起家建起了实验室，配备了必要的仪器设备，在科研上有了很多突破性进展。1964年，上海光机所成立，北京电子所“频标组”的全班人马随之调往上海。其中的骨干成员有王育竹、赵家铭、周汝枋、屠世谷、夏宗炬、蔡惟泉、黄秉英、廖世强、莽燕萍、孙顺娣、周善钰等——这些名字对应的人物都是我们不该忘记的研制中国原子钟的先驱。

但是，如前所述，上海光机所创立之初，就确定了两大国家级主攻方向：一是王之江领衔的研制面向军用的大能量激光装置；二是邓锡铭领衔的研制面向能源开发的高功率激光装置。至于原子钟，完全是“小配角”。想来两大主项就像人多势众、财大气粗的“人民公社”，而“频标组”则像一个单打独斗、门可罗雀的“生产队”，在人力、物力和财力的分配上难免都是“小碟小碗”，吃不饱也饿不死，困难不言而喻。但王育竹从留苏期间就确立了研制中国原子钟的梦想，无论怎样他都不肯改变自己的初衷。当年底，他们就成功研制出一台钠原子频标实验装置，安放到上海天文台进行测试。不久，时任中科院党组书记、副院长张劲夫亲往天文台观察测试情况，对“频标组”的工作成果大加赞赏，说：“你们的工作在国防上很有意义，期望抓紧时日，早出成果。”张劲夫的表态对光机所领导也是个提醒，这以后“频标组”的境况大有改善。就在这一年，国外有报道称，美国研制成性能设计更为优异的铷原子钟。不要说这种最先进的科技成果了，就是落后一两代的，中国可以买回一台参考吗？绝对没有可能。

买不来就自己干。可当时国内连钕同位素都没有，何谈研制铷原子钟！他们找到中科院原子能研究所请求支援，那里的科研人员加班加点做出一台同位素分离装置，从稀土中为王育竹他们分离出一些钕同位素——这可是研制铷原子钟的核心介质啊！历经4年苦干，钕原子钟的许多关键部件和测试设备研制成功。遗憾的是，这时“文化大革命”风暴卷进上海光机所，整个“频标组”受到冲击，实验室一度被贴上封条！

时至今日，王育竹院士忆起那段悲惨时日，依然心痛不已：“因为政治运动的冲击，本来两三年可以做完的事情，不得不拖到八年十年才干完，这是我一生中最大的遗憾。到现在我还在坚持，就是想把时间追回来呀！”

1969年9月30日，一个转机到来了。周总理接见了中科院和上海光机所负责人，说我们一定要丢掉洋拐棍，建立中国的原子时间。“那些洋人永远不会把洋拐棍给我们的。中国发布的标准时间信号，一定要建立在中国研制的原子钟基础上。”周总理的指示精神传下来，给了王育竹团队极大的安慰和激励。

3个月之后，两台铷原子频率标准实验装置——也就是样机的雏形——研制成功！

制作工程开始了。光机所没有必要的加工装备，需要寻找厂家合作。王育竹他们找到上海手工业局下属的一个生产漆包线的集体所有制小厂，其实就是街道办的厂——上海国荣灯具厂，那里的厂长和工人们欣然接受，不过厂子的条件真是太差了，设备极为简陋，环境极为恶劣，整个工厂弥漫着甲醛、沥青、苯和香蕉水的刺鼻味道。今天的国人无论如何想不到，中国的原子钟就是在条件这么艰苦的小厂诞生的！令人欣慰的是，那里的工人师傅非常纯朴，对王育竹这些大知识分子十分友好热情，双方混合编成“物理组”“晶振组”“倍频组”“电源组”“接收组”等七个组，工人师傅听着这些组名就像听天书一样，他们说：“你们指挥，我们就管干活吧，让我们干啥就干啥。”

3年后，中国第一台铷原子钟在这家灯具小厂胜利诞生！这是一个不可思议的奇迹。那一天，科研人员和工人师傅欢呼雀跃，王育竹的眼泪不听话地流了出来。他感慨万千，悲喜交加。此前他见过苏联和几个欧美国家的实验室和仪器生产基地，那里一尘不染，窗明几净，秩序井然，装备齐全，要啥有啥。从科研人员到技术工人，都有响当当的高学历。毫无疑问，一个国家级的科研奇迹应该在这样的环境中横空出世，而中国的第一代铷原子钟却诞生在社会秩序一片混乱的年代，诞生在一个脏乱差的街道小厂，这是不应该的，是畸形的，这样的“艰苦奋斗”是于科学不利的。铷原子钟诞生在这样简陋的环境，是喜讯，是奇迹，也是悲剧。国家底子薄当然也是一个原因，但“穷折腾”“折腾穷”——六七十年代的穷在相当程度上也是折腾穷的，这就是王育竹为之怆然泪下的心境。不过，到铷原子钟诞生之日，国荣灯具厂的面貌也大为改观了。他们的厂长很有运营头脑，见这个大项目得到国家高度重视，于是隔三差五跑到驻厂监管的军代表面前哭穷，今天这个机床坏了，明天那个材料没了，后天经费不够用了，大后天新机床到了，破车间装不下了，如此等等。军代表肩上压着上级指令，耽误不起，要啥给啥。铷原子钟诞生后，灯具厂也万象更新，盖起三层楼的办公楼和气派的大厂房，厂长还坐上了北京吉普；那位军代表因劳苦功高，后来升为少将；只有王育竹没变，还是布衣秀才徒步街头，而且瘦多了。

从1970年到1978年，冒着动乱年代的疾风骤雨，王育竹他们共研制出三代铷原子钟，第三代实现了小批量生产。研制过程中，王育竹先后提出三大创新技术：

其一，设计了一种新型微波谐振腔并取得成功。后来他们发现，1976年美国阿波罗宇宙飞船上使用的铷原子钟，其谐振腔与王育竹的设计方案基本一样。

其二，在第二代铷原子钟上，使用了王育竹设计的一种新型倍频器，既简单又可靠。

其三，为达到频率准确度的高端要求，王育竹发明了一种“大泡精密充气法”，达到前所未有的充气精度。

在此期间，“频标组”和上海国荣灯具厂还接受并成功研制了多项国防军事技术：如超长波导航、潜艇导航、基地台站之间的时间同步运行、远程导弹和通信卫星发射、国家原子钟系统设计建设等，一项项国家级业绩就这样悄悄诞生。让我们记住他们吧：参加这项研制工作的，上海光机所有王育竹、赵家铭、屠世谷、倪国权等17人；上海国荣灯具厂有任仁亮、翁听生、陈地元、冯国草等27人。

没有以王育竹为代表的一批卓越之士和许多工人师傅充满艰辛的创造性劳动，今天中国的很多高科技领域很可能还是一片空白。

1977年9月，有关部委首次在上海举办了全国原子钟性能比对测试会议，事实上是同行的一次大检阅。全国各单位研制的各式各样的氢原子钟、铯原子钟、铷原子钟等云集上海，测试内容包括短期频度稳定度和长期频度稳定度，短稳在一天之内完成，长稳长达一个月。结果表明，王育竹团队研制的两台铷原子钟，在短稳和长稳测试中均名列前茅，性能最好，其短稳与当时西德研制的原子钟稳定度相当，达到国际同类产品水平。长稳测试结果最后没有发表公报，因为有的单位的原子钟工作不到一个月就“死机”了，不便公诸于世。后经国家有关部门正式鉴定并通过定型，上海光机所的铷原子钟进行了小批量生产。就原子钟研究的起步而言，我们并不比美苏等先进国家晚多少，但出于种种原因，我们的原子钟批量生产比美国整整晚了17年。

3. 灰头土脸的“飞天”

中国的原子钟从此走向天空、大地和海洋。

原子钟走到哪儿，王育竹团队也必须跟到哪儿。

国防科委有一个机密指挥基地，在全国各地设有多个观测台站，台站之间在导航、定位等方面时间要求高度同步，原子钟是其决定性的核心技术之一。1974年，国防科委有关部门和王育竹团队首次进行了搬运铷原子钟的异地时间同步试验，通俗的说法就是大战役中的各方“对表”，“对表”的方式则是以上海天文台的标准时间为准。以往，各台站与上海天文台“对表”时，因电波传播的延迟和电波相位的差异，台站的时间同步精度要求在毫秒量级（1秒=1000毫秒），而精度更高的卫星发射工程要求同步精度必须提升到30微秒之内（1毫秒=1000微秒）！新的“对表”方式是先用铷原子钟对准上海天文台的标准时间，再将原子钟运往各台站对当地的时钟进行比对和校正。漫长的“对表”旅程开始了，第一代铷原子钟还很笨重，是个高过1米见方的金属家伙，极其精密又极其敏感。从搬运到汽车运输再到飞机运送，要防摔、抗震、防高温低温，来不得半点异动，同时还要携带沉重的电池组，保证原子钟不间断供电，以防跳秒。每次试验，王育竹他们清晨四五点钟出发，到上海天文台校准原子钟的钟面时间，然后立即乘大卡车运到机场装机。下了飞机，再运到当地观测台站，完成校准后，当天下午或晚上再飞回上海到天文台比对钟面时差，计算试验结果。如果误差超过30微秒，一切就得从头再来，大家的心情就变得十分沉重。年轻时候的王育竹英眉朗目，很英俊，那些日子，他们几乎天天抬着原子钟飞来飞去，同事们戏称他成了敦煌壁画上的“飞天”。王育竹苦笑着说：“我就是飞天，也是壁画上掉了颜色、灰头土脸的那个。”

这次大规模试验积累了很多经验，团队据此对铷原子钟作了大量改进。1975年，海军方面下达任务，要求进行电波传播飞行试验，目的是测试和摸索超长电磁波的传播规律。此项试验历时3个多月，王育竹他们在两条航线上共飞了22航次，88个小时，航程4万多公里，相当于绕地球飞了一圈。试验所获数据非常准确，海军方面特发通令对试验组予以表彰。

与此同时，铷原子钟也登上著名的海上测量船“远望1号”“远望2号”“向阳红5号”等。在驶往西沙群岛及深海远洋的途中，屡经狂风暴雨、大风大浪的冲击造成的颠簸，原子钟安如磐石，工作精准，获得国家有关方面高度赞赏，正式“同意装船”。1985年5月，中国向全世界发布公告，我国将在某段时间向某远海领域发射火箭，“远望号”测量船随即向指定海域出发。那些天王育竹他们既兴奋又担心，不知自己的铷原子钟能不能顺利完成任务。不久，新华社发出我国导弹发射“圆满成功”的消息，为之奋斗了近30年的王育竹不禁喜极而泣，泪水夺眶而出。不久，国务院和中央军委发来贺信；1987年，“远望号”测量船项目获得国家科技进步奖特等奖，上海光机所是主要获奖单位之一。

迄今，他们的铷原子钟依然工作在“远望号”测量船上，把大地、天空和海洋的时间以微秒量度精准统一在亮晶晶的钟面上，这是王育竹和他的团队一生的光荣。

4.“魔鬼时间”需要冷却

1975年，两个“魔鬼人物”冒头了，即美国的汉斯和肖洛。读者一定记得，肖洛是前文介绍过的那个吹着口哨走过美国南部田野的年轻牛仔汤斯的妹夫。20世纪50年代，汤斯和肖洛受爱因斯坦“受激辐射光放大”理论的启发，制造出世界上第一台微波放大器，并据此提出制造激光的理论设想，两人因此获得诺贝尔物理学奖。进入70年代，肖洛已成为大名鼎鼎的教授，跟随他的博士后汉斯首先提出，并经两人共同研究，在光学杂志上发表了一篇重要论文。他们创造性地提出，利用多普勒效应，通过激光冷却气体原子的理论创想。

当时因国门封闭，消息闭塞，直至1977年王育竹才在上海光机所图书馆读到汉斯和肖洛的论文。尽管两人没有给出激光冷却气体原子的技术方案，但论文像一道激光瞬间照亮了王育竹的思维天空，给他带来巨大的震动和冲击。

这里需要解释一个生活常识：运动之后我们为什么感到热？那是因为我们周身的原子加速运动后必然产生热量。阳光照进房间以后为什么房间热了？因为大量光子冲进房间，增多并加速了光子运动，所以我们感觉热了。这一现象被称为原子热运动。王育竹研究原子钟数十年了，他深深为之困扰的正是原子热运动速度的物理存在，使原子钟的稳定度和精准度受到一定局限。如果能够通过激光把气体原子冷却下来，从而降低它们的热运动速度，必将大大提高原子钟的性能！王育竹大为振奋，随即对激光冷却气体原子进行了深入的多路径的思考与探索。第二年，他在全国计量会议上，提出了“积分球红移漫反射激光冷却气体原子”的物理方案。随后研制成功的积分球冷原子钟，其性能达到国际领先水平！再后来，他又创造性地提出“利用交流施达克效应激光冷却气体原子机制”。1979年，恰逢肖洛教授来华讲学，其间到王育竹实验室参观，王育竹向他讲述了这个冷却新机制，肖洛深表赞同，并热情鼓励王育竹写成论文发表。不久，王育竹将写成的《利用交流施达克效应激光冷却气体原子》一文寄给肖洛审阅，肖洛在回信中评价说：“学术思想是新的、合理的，表达是直接的和清晰的，我建议你发表。”此文很快发表于国内的《科学通报》和《激光》杂志上，这一新思想比诺贝尔物理学奖获得者朱棣文和科昂-塔洛德基于1989年提出的类似的

“冷却机制”设想早了整整10年。

先进的科学思想必然产生先进的科研成果。

2002年，在王育竹院士领导下的上海光机所量子光学重点实验室，首获中国第一个铷原子稀薄气体的玻色–爱因斯坦凝聚体（BEC）。

2007年，国家确立研制空间原子钟技术方案，王育竹院士为首席科学家，其学生刘亮任主任设计师。最终在国际上第一个实现了冷原子钟的在轨稳定运行。

2009年，在国际玻色–爱因斯坦凝聚研究网站，飘扬起我们的五星红旗。

2016年9月15日，中秋之夜，装载着空间冷原子钟的“天宫二号”飞行器成功发射入轨。该原子钟3000万年误差小于1秒。该项成果于2018年7月24日作为重点推出文章，发表在国际重要学术期刊《自然》上。

我的访谈是在上海华山医院住院部进行的。时年87岁的王院士需要做些身体调理，但他谈锋犹健，记忆力惊人，说起当年的奋斗细节和一些理论根据，一切历历在目。据我所知，很多大科学家都很长寿。我想，一定是火炬般燃烧的科学梦想和长江大河般的激情，让他们的生命充满动力。

第十章
“生命在于不动！”

> 一个人的真正价值，首先决定于他在什么程度上和在什么意义上从自我解放出来。
>
> ——爱因斯坦

1. 祖孙三代复旦人

此刻，坐在徐至展院士面前，我迅速冷却，被冻结成雪国战士，稍一动，浑身冰雪铠甲哗哗落地。

他的眼神是冷的，表情是冷的，叙述是冷的，就像他的仪器和设备是冷的……

相形之下，科学家比较绅士，比较高冷，比较内向，喜怒不形于色，系统化、逻辑化的思维像钢丝一样坚强。徐至展院士年过八旬，高大清瘦，宽额方脸，从容淡定，采访中徐徐道来，像介绍数学公式一样诉说着自己的人生与工作……

他没动过感情吗？我猜一定是动过的，因为他的一生充满了大悲大喜。

1938年12月，徐至展出生于江苏常州市一个知识分子家庭，他是家中的第三个孩子（后来共有7个），一出生就嗅到炮火硝烟。此时日寇已经侵占了中国的半数山河，抗战以来持续时间最长的“武汉大会战”历时4个月刚刚打完，国民党军损失数十万之众，不得不向大后方撤退，临走时对全城坚壁清野，连马葫芦盖都收走了——“不给鬼子留一寸铁”是当时的口号。战乱中，父亲背上背着一个孩子，手上拉着一个孩子，母亲抱着襁褓中的徐至展，一家五口随着难民潮一路向西南溃逃。辗转到达长沙时，发现尚在国民党军守卫下的长沙已成一片焦土。

山河破碎，尸横遍野，这就是徐至展幼时经历的悲惨中国。懂事后听父母忆起这段苦难遭遇，他能不义愤填膺、热血满衷肠吗？好好学习，发愤图强，报效国家，从此成为少年徐至展心中不灭的火炬。

中华人民共和国成立后，早年毕业于复旦大学工商管理系的父亲进入政府财政部门工作，他的精于逻辑计算的头脑显然传给了儿子。小学毕业后，徐至展考入江南著名学府——常州高级中学并当了物理课代表。这所学府曾经走出过中共早期领袖人物瞿秋白、张太雷，国学大师钱穆、语言学家吕叔湘、新文化运动先驱刘半农、音乐家刘天华等诸多大家，“刻苦钻研学问，关心国家大事”是这所学校的优良传统，给予徐至展极大影响。他回忆说：“1952年，我们通宵在用茅草搭建的学校食堂里等待新年的钟声，因为这是我国第一个五年计划开始的元旦。当钟声响起的时候，大家都很激动，心中涌起一股强烈的爱国之情，那就是用毕生所学报效国家！”志向明确，追求明确，为了实现人生理想，徐至展有意识地加强了体质锻炼，每天早起抛掷三四十斤重的石锁，做俯卧撑和引体向上，练得胸大肌像铁饼一样结实，身高也蹿到一米八五，在个头普遍偏矮的南方学生中颇有鹤立鸡群之感。力气大个子高，小徐很快成了学校操场上引人注目的人物，足球是主力，篮球是校队队长，铅球成绩全校第一，总之，德智体全优，各科目拿100分如探囊取物。学业如此优秀，体质如此强健，高中毕业时学校决定保送他入读南京航空学院，目标就是培养飞行员。一个高中生能获得这样的殊荣，心里能不乐开花吗？但徐至展似乎已经懂得了科学家的生活方式，表情平静如常，欢乐深藏不露——任其在内心发生化学变化，而绝不在脸上显露出来，够深沉！

一定是物理课代表这个身份，让他深深爱上了物理学并有志于做一个物理学家。那时大学管理体制还比较宽松，校方允许个人自由选择专业，徐至展在南航读了很短一段时间，觉得自己的最大兴趣还是搞物理研究，遂经申请从南京航空学院转入复旦大学物理系。父亲早年是复旦工商管理系毕业生，徐至展又进入复旦物理系，后来他儿子考入复旦世界经济系。一家三代皆为复旦学生，估计鲜有其例，也算一段佳话。

大学毕业，徐至展考入北京大学物理系，师从王竹溪教授攻读硕士学位。王竹溪是我国著名物理学家，1911年出生于湖北公安县一个诗书之家，祖父和父亲都是晚清秀才。青年时代，王竹溪留学英国剑桥大学，获博士学位后归国执教。当时王竹溪不仅是知名教授，还是北大副校长，公务活动很多，但不管多忙，每个星期王竹溪必定抽出半天时间来给徐至展和另一个研究生上课。台上一个教授，台下两个学生，王竹溪拿着粉笔边写边说，一讲三小时，那种认真的态度和激情就像在科研会议上作学术报告。徐至展的学年论文和毕业论文，也是王先生一字一句改出来的。一个字不许错，错了就贻笑大方、害人害己！这就是王竹溪对学生的要求。这种一丝不苟的教学作风深深影响了徐至展。走上科研道路以后，徐至展在国内外科研杂志上先后发表了300多篇论文。电脑还没问世的时候，每一篇论文都是他在400字的稿纸上一笔一画写出来的，字迹像印刷体一样工整。有写错的地方也不乱涂乱抹，而是从另一张稿纸上剪下一个个小方格贴上去。后来《中国科学》杂志的一位编辑对他说，你的稿子录用率很高，一方面因为有学术价值，一方面也因为你的字写得清清楚楚，不用我们“猜天书”。

青少年时候，徐至展还不大懂得政治，只是觉得父亲多年来精神极为压抑，郁郁寡欢，经常独处一室以泪洗面，家里经济状况也突然变得极为窘迫，7个兄弟姐妹连学费都交不上了。后来才知道，父亲在1957年“反右运动”中因生性耿直、仗义执言被划为“右派”，被下放“劳动”。父亲在徐至展16岁那年黯然长逝。家里遭遇这样的沉重打击，徐至展的心能不痛吗？他只能默默忍受着这一切，下决心以最优良的成绩报答父母的养育之恩。

好在学校是温暖的，从小学、中学、大学到研究生阶段，他都享受着国家发放的助学金，深怀感恩之心的徐至展更加勤奋了。

获得硕士学位后，徐至展被分配到北京电子研究所。1964年上海光机所成立后，他跟着导师黄武汉一起调来上海。

初来乍到，住进附近的小旅社，为节省经费，四个年轻人用板凳加床的办法横着睡。正是在上海光机所，徐至展开始了长达半个多世纪的科研生涯。回想从童年到青年，他经历了战争与和平、见证了旧社会和新中国，经受了政治运动对家庭的屡屡冲击。这些大喜大悲一定在他心中激起过强烈的波澜，他的苦读，他的奋发，他的情怀，他的志向，一定都在这些波澜中经过打磨和洗礼，但徐至展始终保持着平静与淡定，一定是追梦科学给了他处变不惊的定力。是啊，与壮阔浩瀚的宇宙和关山万里的物理王国相比，一个人的生命里程是多么短促啊！只有抓紧抓紧再抓紧，才能在恢宏的科学殿堂发出几许光芒。所以徐至展一直奋斗到现在，一直没离开自己的办公室和实验室。同为常州人的老伴毛涵芬笑说：“这个家是老徐的便捷旅社，办公桌是他的终生伴侣，他是我眼中的背影——每天想瞅瞅他的正面都难啊！”

2. 沙场老将的“飞秒之战”

如前所说，初创的上海光机所承担了两大任务，一是由王之江总负责，研制着眼于军事开发的大能量激光器；二是由邓锡铭总负责，研制着眼于激光引发核聚变的高功率激光器。徐至展解释说：“激光核聚变，实际上就是利用强激光来引发核聚变，相当于在实验室内引爆一个微型氢弹。它在国家安全和造福人类、解决能源问题等诸多方面，意义极其深远。当时我刚刚硕士毕业，觉得自己什么都不是呢，一下子接了这么重大的科研任务——等于站在一个世界级、国家级的科研尖端平台上，心里那个激动啊！”

无论他内心是多么激动，此刻他讲这句话时，眼神表情一点看不出激动——静若秋湖晚霞白鹭飞。

凭着超强的感悟力、创造力和刻苦治学的奋斗精神，徐至展很快成为邓锡铭团队的技术骨干。他说:“现在我们对激光讲得头头是道了，最初上马时我们就像瞎子摸象，一无所知，完全是在黑暗中寻找那种看不见的光。”当代青年常讲一句时尚语:“有一种挥霍叫青春。”可徐至展那一代青年时时想着民族期望、国家重托，整个身心完全沉浸在激情燃烧的岁月里，一丝一毫的时光也不敢挥霍和懈怠。激光核聚变在世界上也是全新的领域，每一个关键技术都要自己研究，每一台新型仪器设备都要自己设计，九十九次失败能换来一次成功就大喜过望了。那时的实验条件和工作条件也差得远，一切几乎等于白手起家，大家不得不经常加班加点。徐至展和女友毛涵芬商定了六次结婚的日子，但第六次还是推迟了。没个家也好，没负担。徐至展干脆在实验室外的小旮旯铺上几块木板，上面再铺几张报纸——他就把那里当家了，累了困了就在上面躺一躺。有个夏天徐至展连续工作了36个小时，临到午夜下班了，邓锡铭让他回宿舍。徐至展说:“我太累了，先在木板上躺躺歇一会儿。”这一躺就睡过去了，第二天同事们来上班才把他叫醒。经过多年拼搏，团队取得一系列重大突破:1972年，通过激光产生600万度高温高密度等离子体;1973年，通过激光打靶（氘冰、氘化锂与氘化聚乙烯）发射出中子群;1977年，利用六路激光装置实现多束激光打靶。为表彰上述成就，有一次上级发下一笔奖金，上百人的团队，每个技术工人分到1元钱，总负责人邓锡铭等高层领导分到10元钱，中层技术负责人徐至展分到5元钱，这可真叫“礼轻情义重”啊!

1974年，徐至展代表上海光机所出席全国受控核聚变学术会议，他在大会发言中详细报告了中国首次实现激光打靶发射中子和相关激光加热等离子体等一系列突破性科研成果，受到与会著名科学家王淦昌、彭桓武、胡济民、李正武等人的高度赞赏。尤其作为世界上首次提出激光核聚变的科学家之一的王淦昌十分激动，特别倡议专门开会讨论徐至展的报告。当时徐至展还不满36岁，这对他来说，是怎样的激励和殊荣啊！

1980年，42岁的徐至展登上在美国召开的国际量子电子学会议讲台，作中国激光研究的学术报告，令与会外国科学家大为震惊：中国经历了十年浩劫，但他们的激光研究依然站在世界前列！

1990年，国际激光会议在美国召开，向全球相关科研机构征集论文，徐至展团队如期寄去。经大会学术委员会评审，特将该论文升级为特邀报告，徐至展受邀匆匆飞往美国。在该领域作特邀报告的只有三人，一个是美国的，一个是日本的，另一个就是中国的徐至展。

凭借着创造的激情和忘我的工作，徐至展向着物理学家的梦想奋力前进。在上海光机所工作仅仅两年，他即被委任为激光核聚变研究室业务负责人，配合邓锡铭长期主持激光核聚变研究。1978年，由徐至展主持完成的“激光核聚变研究”重大成果获全国科学大会奖。1982年，徐至展作为主持人之一的另一项重大成果“六路钕玻璃激光等离子体物理实验装置”获中国科学院科技成果奖一等奖。1991年，徐至展当选中国科学院学部委员，那时他还不满53岁，是当时全国最年轻的院士之一。1992年他出任上海光机所所长，2001年退出领导岗位继续从事科研。

自20世纪60年代美国、中国、苏联等国先后研制出激光器以来，无论出于军用还是民用需要，大大提高激光的能量和功率是各国科学家梦寐以求的目标。但激光功能攀升到一定程度似乎到了临界极限，再难突破了。这个极限困扰各国科学家长达30多年。进入

20世纪90年代，加拿大物理学家唐娜·斯特里克兰出人意料地发明了一种新的“啁啾”技术用于激光放大，其工作原理是先行分散激光“种子”脉冲的能量，放大后再集中，在此过程中会使主脉冲之外的噪声得到有效控制，能够降低色散和热效应，使光束质量大大改善，功率提高了1000倍以上甚至翻升到更大量级。唐娜因此项技术发明于2018年成为史上获得诺贝尔物理学奖的第三位女性科学家。在这类新技术的推动下，强场超快激光，特别是超强超短激光的出现与迅猛发展，为人类提供了前所未有的全新实验手段，并迫使科学家去寻觅和创造更为极端的物理实验条件。这类极端条件，以往只存在于想象中的核爆中心、恒星内部或黑洞边缘。现在，要求科学家们必须把它们搬进实验室，才能创造出更多更强的激光奇迹。

一项激光器里的尖端技术怎么会被称为“啁啾”技术？事实上这是科学家对声波变化的一种形容——像鸟鸣一样悦耳动听，或像一列火车朝我们开来，最远处的声音是低沉的，然后是粗重的，再后来是轰鸣的，擦身而过时是尖啸的。最早，有科学家把此项技术创造性地应用于无线电方面，唐娜则把这种技术搬进光学领域，她将光脉冲的光谱分离开来，让较长的红色光脉冲先到，让较短的蓝色光脉冲后到，从而可以大大提升激光的功效。看来，在科学家的想象中，激光器并非一台由各种无生命元件组成的机器，而是绿意盎然、响彻鸟鸣、遍布阳光的树林啊！

1998年，时年60岁的徐至展敏锐地意识到，“啁啾”技术对激光向超短超高超强的更高层次发展可能带来革命性的推动，于是建议光机所迅速组织团队对此项技术展开研究。当时一些发达国家都注意到这个新近问世的创新技术，竞相投入人力研究，但因一些决定性的因素尚未突破，激光功能虽有明显提高，但都停留在比较低的水准上。当时国际上的最好结果是英国卢瑟福实验室的1拍瓦（1拍瓦=1000万亿瓦，相当于全球电网平均功率的500倍）级激光放大。最终，以徐至展为首席科学家的团队以“东方不亮西方亮”的探索精神，提出一个完全不同于国际通用方法的创新路径，于2002年成功创建了世界首台10拍瓦级的新一代超强超短激光装置，获得激光峰值功率高达16.7拍瓦、对应脉宽最短为120飞秒（1飞秒=1000万亿分之一秒），创造了当时世界最高水平的重大成就，被国际同行评价为“十年来国际‘啁啾’技术研究领域中最杰出的实验成就”，“中国科学家打破了最高激光脉冲峰值功率的世界纪录”。

这些科学概念对一般读者来说，一定像天书一样难以读懂。让我来打个比喻：如果我们把1拍瓦的激光聚焦到10微米的光斑，其光的强度相当于到达地球的所有太阳能量聚焦到头发丝粗细的尺度——试问，世界上还有什么物质是激光不能摧毁的？

这一创新技术先后获得上海市科技进步奖一等奖和2004年度国家科技进步奖一等奖。从2007年到2015年，徐至展团队一次次把中国超强超短激光装置的功率推向世界最高峰值，一直大幅领先于国际同类研究。他当之无愧，成为中国超强超短激光科学与强场物理新领域的开拓者。

2006年，在国际激光会议上，徐至展获得激光科学杰出贡献奖。

2016年，徐至展获科学中国人2015年度人物奖中的终身成就奖。

如今，每天早晨，这位年过八旬的科研老将一如往常，高高的个子，迈着宽大的步伐，拎着一个黑色公文包按时进入自己的办公室。第一件事情就是打开电脑，浏览一下国内外大事特别是世界科技要闻和动态，然后开始一天的工作。年年月月，不辞辛劳，老人家仍在科研第一线作战，而且以飞秒级的生命尺度作战，因为他想做而尚未做完的事情太多了。问及未来的计划，徐至展依然雄心勃勃，他说："我们经过多年努力，才站在了超强超短激光科学和强场物理新领域的国际最前列，我想继续推动国家在上述领域的发展，保持领先地位。如果我们现在正在研究的100拍瓦激光装置成功问世，人类'撕裂真空'的愿景将首度实现。"

"撕裂真空"，它将带来什么样的世界级奇迹呢？我无法想象。

八旬老翁，似乎早该颐养天年了，但徐至展的生命力和创造力依然像熊熊燃烧的火炬不断喷发着光热，不断收获着累累科研成果，并悉心培养出超百名硕士、博士和博士后，其中5位博士获得中国科学院研究生最高奖项即"院长特别奖"，6位博士获得国家杰出青年科学基金，8位博士入选中科院"百人计划"。曾任上海光机所所长的李儒新院士就是他的学生。徐先生有一个难能可贵的理念，就是让自己的学生尽快出成果、出论文、出名："有了成果和名望，会激励他们继续奋斗。当导师的总把自己的名字压在他们前头，他们就可能没那么大的冲劲儿了。"因此，在学生的论文署名中，徐至展的名字永远在后头。美国物理学家洛逊博士来中国参加一次国际会议后，给徐至展写信说："我印象最深刻的是，你那里有一群富有灵感、思想，有突出才华的青年学者。他们意味着你们的未来，您应该为他们感到骄傲。"

我请徐至展总结一生何以取得如此辉煌的成就。他给出一句反其道而用之的名言：“生命在于不动！”

这就是他从青年时代到今天的坚守：平静，淡定，始终如一，内心充满创造的激情。

3. 不认识窗外那条河

盐城，位于东南沿海中部，土地平坦，河网如织，物产丰饶，拥有江苏省最长的海岸线、最大的沿海滩涂、最广的海域面积。如此尽享天时地利的一方家园，却曾是江苏十分贫穷的地方。

采访程兆谷时，恰好他的老伴李如凤也在，就一块谈了。

1942年，程兆谷出生于盐城一个清贫的农民之家。从他的名字就可以看出来，贫苦之家太盼望丰收之年了。小学毕业时，老师给他的评价是：“天资聪颖，伶俐活泼，成绩日日上进，前途大有可观！”其一生果然被老师说中。时至今日，程兆谷还珍藏着这份评价。我相信，这寥寥数语的评价，一定是程兆谷一生的前进动力，这就是优秀老师的作用。我的幼儿园鉴定迄今也留在家里，其中只有一条优点：“吃饭认真。”从小看大——我这才明白我和程兆谷的区别在哪里。不过程兆谷也有没出息的时候，初中考进县初级中学，需要住校学习了。程兆谷哪知道自己未来能当科学家啊，天天想家天天哭。老师生气地说：“那你就退学别念了！”父母都是没文化的农民，管天管地就是不管孩子，退不退学自己定，退了家里还多一个半劳力，“热烈欢迎”。程兆谷主意也硬，办了退学手续就回家了。可以想象出来，按这条路走下去，凭着程兆谷的聪明才智，他今天很可能是一位退休老干部或是县里知名的农机具技术老专家，日子也能过得不错，但中国光学界肯定少了一位卓有贡献的激光专家。好在一个多月后，13岁的程兆谷醒悟过来了，觉得天天跟着父母下地太辛苦也太无趣了，于是给老师写了一封信表示悔悟，要求复学。老师同意了。这段“一步之差两条路”的经历一定给予程兆谷极为深刻的教益。初中毕业，他作为全校唯一的保送生入读省重点盐城中学。1961年，他考入中国科技大学物理系激光专业，成为全公社第一个大学生，轰动四里八乡。乡亲们问他进大学学什么，程兆谷骄傲地说：“世界的最新科学领域，激光。”老乡不解地说：“我养了一辈子鸡，只见鸡下蛋，没见鸡发光。”

他老伴李如凤的经历更有故事性。

她本该姓季，1945年生。爷爷是当地的私塾先生，父亲从小跟着学了一点文化。母亲一生多病，中年眼盲，生她时42岁了，父母不得不把她送给附近村一个要好的李家，从此她的姓氏少了一撇。自己身上掉下的肉，母亲能不心疼吗！养父母把襁褓中的小如凤抱走后，生母虽然眼盲，眼泪却哗哗流，尤其到晚上想女儿想得不行，时常撵丈夫去那家看看他们对如凤好不好。丈夫很为难，孩子已经是人家的了，总去打扰不好啊。于是他趁天黑悄悄摸进邻村，蹲到那家纸窗外听听如凤哭不哭闹不闹。有时小如凤在屋里哭，父亲在窗外哭，哭得那个心酸啊。好在养父养母对小如凤十分慈爱，饿了给吃，渴了喂水，哭了抱在怀里耐心地哄。父亲放心了，回到家里对妻子说，人家待孩子就像亲生的一样呢！淳朴的中国老百姓，他们的善良与伟大常常是超乎我们想象的。养父母不仅待小如凤特别好，对生父母一家也特别好。生母眼盲，做不了针线活儿，许多年里，那边的几个孩子一年四季做鞋缝衣，包括后来成家生了孙子辈儿的，都由养母包了。生父身子骨弱，每逢农忙时节，养父李成发便跑过来帮着种地侍弄庄稼，两家处得像亲戚一样。那时大家都不知道，老实巴交、做事正派的李成发竟是中共地下党的秘密交通员。中华人民共和国成立后，共产党的工作队觉得他的名字太“旧社会”了，于是给他改了名字叫李振。

1949年，轰轰烈烈的土改运动全面展开。识几个大字的生父当了乡农会会长，大字不识的养父当了乡指导员，两人都是堂堂正正的革命人，做人做事清清白白。在分田分地分地主家浮财时，尽管生父季家和养父李家一贫如洗，为表示自己做事公正无私，两人公开向乡亲们表示：自家除了按人口分得的田亩，不要一文浮财！养父不久还送大儿子参了军，跟部队南下了。中华人民共和国成立后，李家大哥得胜还乡，继续当他的农民，不过他酷爱读书，种田累了就坐地头看书，常常把田里的事情忘了。凭着这样的知识储备，后来大哥把猪养到400多斤，青萝卜足有大人胳膊长，成了公社明星。养母是非常勤劳的农妇，农忙过后就带上小如凤到县城卖菜，卖多少斤收多少钱，就靠小如凤心算。一来二去把小如凤锻炼出来了，上学后理工科成绩出奇的好，高中毕业考入西安交通大学，在当地也是一个不小的轰动。大学毕业，李如凤进入由著名物理学家龚祖同创办的西安光机所，程兆谷进入上海光机所。两家都是由长春光机所衍生出来的“亲戚”，这边一个“金童”，那边一个“玉女”，且是盐城同乡，经人一介绍，成了。

中科大农家孩子程兆谷大开眼界，耳目一新。校长郭沫若常来看望学生，著名科学大家严济慈、钱学森、华罗庚、钱临照时常亲来授课，给青年学子带来极大的影响。不幸的是，1966年大学毕业，正赶上“文化大革命”席卷全国，这一届毕业生被打发到乡下去搞“四清”，后又被下放农场劳动，长时间得不到分配。凄风苦雨之中，程兆谷四顾茫然，天下之大竟找不到一扇报国之门，内心苦闷可想而知。事隔一年有余，他终于接到上海光机所的录用通知书，他匆匆打点行装，第三天就走进那扇由解放军把守的大门，觉得兴奋极了也光荣极了。

作为军事要地，“文化大革命”初期的上海光机所还勉强可以维持秩序，科学家们还在坚持工作。25岁的程兆谷进入邓锡铭和徐至展领导下的高功率超强激光器实验室，从此全身心投入激光核聚变的全新科研领域。开始从课题组成员做起，给大家当助手，慢慢升为“摊长”，主管一摊。1976年，以程兆谷为首的团队成功研制出我国第一台以二氧化碳为介质的激光器。在当时，二氧化碳激光器功率大、光电转换效率高、聚焦特性好、运行速度快，是激光材料加工的首选激光器，在汽车、钢铁、造船、纺织机械等行业广泛用于切割、焊接、热处理、合金化等，在医疗行业也是一把精准的“手术刀”。这是“文化大革命”期间上海光机所获得的第一个科研成果，获1978年全国科学大会奖。这以后，程兆谷团队继续开拓进取，在该领域创造了多个国内第一，先后获得十余项国家、中科院、卫生部重要奖项，被同事们戏称为“得奖专业户”。

1985年，43岁的程兆谷通过考试，前往加拿大大学深造，享受工程师待遇。两年时间，他埋头苦干，在国际上首次提出用以提高激光器功率和光束质量的一些创见，多次在国际相关会议和学术刊物上发表，赢得同行广泛赞誉。同事们劝他留下来，当地公司也许以优厚待遇。但他还是选择了回国，回到他所深爱的上海光机所，继续孜孜不倦地进行着他的科研。

程兆谷重科研，更重推广应用，高度注意把科技成果及时转化为生产力，被所领导赞为“程兆谷现象”。

作为负责人之一，其团队研制的我国第一条激光焊接汽车齿轮生产线在南昌大厂落户，达到国外同类设备焊接水平，对我国汽车制造业的技术革新和产品更新换代起到重大作用，而价格却仅为国外设备的四分之一。1990年，时任上海市委书记朱镕基到光机所考察，看到程兆谷研制的激光焊接齿轮生产线如此先进，不无遗憾地问：“为什么上海的安亭桑塔纳汽车没有用？”程兆谷回答：“因为桑塔纳用的全部是德国技术。”基于朱镕基的提醒，后来上海光机所创办了雷鸥激光设备厂，面向全社会推广销售他们的产品。其中，在程兆谷科研基础上研制成功的一些激光设备产品，如今遍布全国二十多个省（区、市），产生了丰硕的经济效益。

2009年，67岁的程兆谷出任国家重大专项课题组组长，一干又是10年，迄今仍是光机所信息光学与光电技术实验室的研究员，身为电子高级工程师的妻子李如凤成为他的得力助手。期间，程兆谷在研制纳米精度的特种激光干涉仪时，在研制单轴、双轴、三轴、四轴平镜和差分干涉仪等国际一流精密仪器上，也作出突出贡献。2018年3月，该仪器由国家有关方面组织验收，获得并列第一的高分评价。近半个世纪来，从电子管计算机到纳米级芯片，人类已经将微观加工面积缩小了1万亿倍。形象地说，用纳米级的笔，可以在一粒米上写10亿个汉字。可想而知，用于制造纳米级芯片的高端光刻机精度要求有多高！

程兆谷还有一个更为重大的人文贡献，培养了两个杰出的儿子。

长子程亚毕业于复旦大学物理系，后进入上海光机所攻读硕士、博士学位，徐至展院士便是他的博士生导师。程亚后来又去日本、美国深造，回国后担任上海光机所强场激光物理国家重点实验室副主任，被评选为国家杰出青年基金获得者、英国物理学会会士。其妻陈建芳先后获上海光机所硕士、日本埼玉大学博士学位，现为上海光机所副研究员。父子同为上海光机所研究员和博士生导师，同为该所著名学术期刊副主编和执行主编，还经常同时出席国内外重要学术会议。

次子程立是国内一家有广泛影响的民企的设计人和创办人之一。

不过，程先生并不是一个完美的人。一个阳光明媚的夏日，我和妻子、女儿正在嘉定区的一条河畔散步，李如凤女士来电话说，有一些参考材料发到我的邮箱了。她顺便问我这会儿在哪儿，我说了方位。李如凤惊喜地说，这条街就在我们小区旁边，上来坐坐吧。

我一家三口上去聊了一会儿天。其间我不断教育女儿，工作要细心，做事要精细，你看人家程先生，把激光器研究到纳米级了，云云。说着，我忽然发现，我们散步时旁边的那条河就在程家窗下逶迤而过。我问程兆谷："这条河叫什么名？"

程兆谷往窗外瞅瞅，说："不知道。"老伴李如凤也没吭声，看来她也不知道。

天哪，与这条河相伴数十年，老两口居然不知道它的名字！

不奇怪。一直钻在科学世界、粒子世界里的科学家，市井生活、人间烟火与他们无关。后来女儿从网上查到，这条河叫西城河。

第十一章
“生活在别处”

> 大脑不是一个要被填满的容器，而是一个需被点燃的火炬。
>
> ——普罗塔戈

1.“百人计划”和“女民兵营长”

专注！

是的，重要的事情说三遍：专注、专注、专注，只要做事专注，你就有可能使自己成为伟大的人。当然，你还需要三个人生机遇：即恰好你拥有一定的天分；恰好你的才干是这个时代所需；恰好你遇上识才、重才、用才的主帅。如今，中国一大批叱咤风云、雄立天下的中青年科学家应当庆幸，他们遇上了一位伟大的科学家、一位能够广揽天下雄才的主帅、号称“十万分之一”的中国科学家周光召。

1929年，周光召出生在湖南长沙（其父周凤九是著名建筑工程专家，抗战期间主修了川滇公路）。严格的家庭教育，周光召受益不浅，成为北大和清华的“双料”毕业生。后来，他因多项重大科研成果而成为国际知名的物理学家、中国理论物理的代表人物，多次获国家自然科学大奖，是世界公认的赝矢量流部分守恒定理的奠基人之一。再后来，他参与了两弹研制，成为“两弹一星”元勋之一。他获得众多荣誉及奖章：纽约大学荣誉博士、香港大学科学荣誉博士、美国科学院外籍院士、欧洲科学院外籍院士、苏联科学院外籍院士、捷克斯洛伐克科学院外籍院士、罗马尼亚科学院外籍院士、保加利亚科学院外籍院士、蒙古国科学院外籍院士、意大利“共和国爵士勋章”等等。在香港求是科技基金会授予他“中国杰出科学家终身成就奖”的颁奖仪式上，基金会主席发表致词：“无可争议的科学成就，高山仰止的科学精神，悲天悯人的人文性情，这就是我们全票决定授予周光召先生终身成就奖的三个因素。”

总之，周先生的成就，一个比一个精彩。

我以为，在周光召诸多伟大建树之中，于我们民族、我们国家有一项更为伟大和更具战略意义的建树：1994年，时任中国科学院院长的周光召亲手制定了影响深远、惠及中国今天和未来的“百人计划”。那时，周光召已经预见到，“文化大革命”给中国科技人才造成巨大断层，虽经改革开放新时期十余年的着力培养，情况有了很大改观，但优秀学术带头人十分缺乏，真正一流的、在国际上有一定知名度的中青年科学家仍然寥寥无几。那时中科院研究员的平均年龄为55岁，如果后继人才跟不上，中科院就成“老人院”了。尤为令人忧虑的是，80年代的“出国潮”，大批优秀青年人才到西方留学，西方国家优渥的生活条件和工作环境，使他们长期滞留海外。在院领导班子的一次会议上，周光召说：“现在的这一代青年是跨世纪的一代，是中国搞现代化的第二步、第三步战略目标关键的一代人啊！下决心把他们吸引回来，应当是我们着重考虑的战略性任务，而且是迫在眉睫的任务！”1994年，周先生拍板决定，从中科院有限而窘迫的经费中，拨出专款设立“百人计划”：即到20世纪末，从国内外吸引并培养百名优秀青年学术带头人，每人提供200万元经费支持，其中包括科研经费、仪器设备费和住房补贴费。在当时，200万元无疑是一笔巨款啊！就这么拿出来支持一个还看不清前途的归国留学生，说好听的——魄力太大了！说不好听的——就像搞轮盘赌，太冒险了！草案一拿出来，争议多多，疑虑重重。你怎么能判定一个小青年将来就能拿诺贝尔奖？就像你怎么能判定一个幼儿园孩子将来能上大学？类似疑问、追问、质问纷至沓来。压力之大可以想见，但周光召坚定不移。他出访过许多发达国家，对那里的人才梯队建设，优秀中国留学生和青年科学家所享有的优渥的生活条件和工作条件作过大量调研。他说，凡是优秀的人才，一定是有追求、有志向的，我们号召他们回来，不是一句“爱国”的口号就可以解决的！没房子没设备没仪器没实验室，让人家怎么生活和工作？

所幸，中国有个周光召！

1998年，“百人计划”上升到国家层面，经国务院批准，财政部对“百人计划”每年特批2亿元专项资金，从此在中科院历任领导的坚持和主持下，“百人计划”进入发展快车道。截至2013年底，“百人计划”共引进优秀人才2145人，入选者平均年龄37岁，主要来自欧美等科技发达国家，近三分之一来自100所世界顶尖大学和59所世界著名科研机构。其中有28位后来成为中科院院士，524位成为“国家杰出青年科学基金”获得者，一大批担任“973”“863”等国家重大科技任务的首席科学家或负责人。还有一部分人后来担任了北大、清华等一流高校或国家有关部门的重要领导职务，全面并快速提升了中国科学界的国际化水平。

可以说，没有中科院历届领导人一以贯之和党中央、国务院高度支持的“百人计划”，就没有今天生机勃勃、繁荣富强的中国，就没有“可上九天揽月、可下五洋捉鳖”的中国科技。

仰望丰碑是需要距离和时间的。今天我们看清了：“百人计划”就是“远望计划”。

仅此一项贡献，周光召先生伟在千秋！

被“百人计划”感召回国的，我在上海光机所遇到两位，一位是前文写到的陈卫标，一位是时任所长李儒新院士，两人都成为这座中国激光科学重镇的主要领导者。

李儒新，此刻坐在我面前。已届中年，模样仍然年轻，很像一个高中生。而这位“高中生”竟然担任了上千人的科研大所的所长，在2017年当选为中国科学院院士。瞧瞧：圆脸，白皙，短发随意向前那么一梳，朴实单纯，还透着一点天真。举止敏捷，谈吐灵动，思维灵活。微笑很动人很透明，一双聪慧的眼睛闪耀着阳光少年般的清纯。

那天走进他的办公室，初春的阳光从窗口倾泻进来，在地板上发出丝绸般的光亮。办公室有些零乱，到处是书、报纸和色彩斑斓的科学杂志，触手可及。能想象到，无事乱翻书的他一定读得很快，一目十行——有用的沉思片刻，没用的一掠而过，风一样卷过他的生命和记忆。对门的小会议室的展台上摆放着“嫦娥二号”月球探测卫星模型、“天宫二号/神舟十一”载人交会对接模型、“量子科学”实验卫星模型、“神光-Ⅱ”激光装置模型等诸多闪闪发光的纪念品。从浩瀚太空到粒子世界，这都是上海光机所全体科学家的光荣和功绩。

1969年，李儒新生于福建北部的文化名城建瓯。这座古城始建于东汉，有1800多年历史。该城读书风气甚盛，家家崇尚“万般皆下品，唯有读书高”。史上共出过1154名进士、6名状元、10名宰辅大臣，是福建历史上出进士最多的县，现当代还出了两位院士，李儒新是其中之一。

以他活跃的性格，估计小时候一定很淘，民以食为天，他“以玩为天”，上学时候正是他上树掏鸟、下河摸鱼的幸福时光。随着年龄渐大，懂得的人生道理越来越多，他的学习成绩也渐升渐高：小学时全校第九，中考时全县第四，高考时全县第二，真是芝麻开花节节高。高中时他就读于省重点百年老校建瓯一中，其前身是清朝年间办的建瓯书院，文化传承深远。那时，李儒新读到中科院学部委员、我国现代物理和光学研究奠基人之一严济慈的一句名言：“敢于好高骛远，善于实事求是。”他觉得眼前一亮，好像一道光从天而来——后来他果然追着这道光走——于是用大字抄写下来，当人生座右铭贴在墙上。父亲是搞财政工作的政府干部，一向谨言慎行，看到儿子贴在墙上的座右铭，很不以为然，说：“做人要谦虚谨慎，怎么能好高骛远呢？”李儒新暗笑，还是小地方出身的父亲啊！

母亲读书比父亲少，气魄却比父亲大。母亲出身农家，小时家里经济困难，家里本不想送她上学，养大嫁人就算了。母亲执意不从，于是靠卖柴卖菜自筹学费，但还是时断时续。村里的小学老师是外地来的年轻姑娘，晚上一个人睡在学校里，很害怕。母亲说，我来给你做伴吧。就这样，免了不少学费，母亲一路读到初中。能识字读报了，见识广了，母亲的领导力和决断力也大大增强了，后来竟然“不爱红妆爱武装”，当了人民公社的民兵营长。男男女女数百号人让她训得规规矩矩。后来母亲被市百货公司选优进城，很快当选了“十佳营业员”和劳动模范。

建瓯一中有个不小的图书馆，藏书甚丰。在我看来，一个人一生能在事业上走多远，是可以用他读过的书籍的页码丈量出来的。李儒新在学校图书馆度过整个少年时代，他看到“外面的世界很精彩”，看到人生路上布满了“十万个为什么”，看到科学的高峰层峦叠嶂，风光无限。总之，这些书就是天梯，让他看到很远很远的地方。的确，建瓯是个很美很安适的小城，但把一生留在“小城故事”里对他而言远远不能满足了。他不想做一条漂亮的小金鱼，快活地生活在玻璃鱼缸里。他下决心一定要考上大学，一定要走出建瓯，一定要冲破鱼缸，游到大江大海里。从此，少年不知愁滋味的李儒新特别喜欢“流浪”这个词——这意味着，他的心大了。

1986年，面临高考了，李儒新拿着大学名录翻来翻去，为了有百分之二百的绝对把握，他放弃了那些顶级名校，而选了几个不那么顶级的名校，其中最感兴趣的是天津大学。关键时刻，性格刚强、快人快语的母亲介入了，她说：“我给你的第一志愿抓个阄吧，抓着哪个算哪个，就不要好高骛远了！”结果，母亲竟然抓了个天津大学——简直就是天意啊！入秋，心情大好的李儒新从福建一路北上，进了天津大学物理系光电子专业。不过天大作为百年老校，面貌陈旧，基础建设还没跟上时代发展。初进校门那天，李儒新四下一望，心里大为失落，不禁暗叹：“什么破学校啊！”

不过，从此他跟着严济慈那道光，一路“流浪”到今天。

2. 流浪的梦想

1990年大学毕业了，选择就业还是留校继续读研，李儒新一时有些犹豫。他甚至连择业方向都想好了：那时正是"286"之类的电脑大普及的时候，租个店铺卖电脑，来钱肯定快！何况就一般的父母而言，肯定期望孩子早工作早挣钱，补贴家里。关键时刻，母亲赴京参加劳模表彰大会后，转到天津来看望儿子。这时她的决断力更强大了："我们即使讨饭，也支持你继续读书。什么硕士、博士的，都拿下才是咱家的光荣！"研究生考上了，每月发给津贴104元，李儒新觉得很滋润——虽然不能拿出一部分支援家里，但日子和营养却好多了——要知道，1990年的天津，一块香喷喷的大排才5毛钱啊！

一边在校园足球场上盘球过人，拔脚怒射，有时还在联欢会上唱几曲流行劲歌，一边在图书馆里让目光穿透天花板向着光电星空"好高骛远"。读硕士很轻松，拿博士很顺利。跳脚欢呼把博士帽高高扔上天空之后，一伸手没接住，掉地上了——现实迫使他不得不脚踏实地去思考自己的未来。是的，路在脚下，可路在何方？他的第一想法是，父母含辛茹苦把自己养大成人，培养成博士，该挣钱回报父母的养育之恩了。回到宿舍，打开电脑，开始浏览国内外各大科技企业的招聘广告，然后漫天撒大网向他们发出自己的简历，他的"流浪"青春就这样开始了。

很高兴也很得意，他首先得到大型跨国企业飞利浦公司亚太总部的热情回应。飞利浦是世界上最大的电子公司之一，1891年创办于荷兰，主要生产照明、家庭电器、医疗用品等，全球员工达10万多人，在20个国家设有生产基地，在150多个国家设有销售机构，拥有8万多项专利。进入世界最大的中国市场之后，飞利浦着眼于长远发展，大力实施人才本地化策略，为培养和吸引中国商业和科技人才广开门路。看到光学博士李儒新的简历，公司高层高度重视，亚太总部的人力资源部总监专门飞来天津，约李儒新喝了一次咖啡，并提出优厚的待遇：给他3个月时间到各地生产厂考察，每月发放1500元补贴（在1995年这不算小数了），交通费按实报，然后可去荷兰公司总部实习6个月，去欧洲实习6个月，在亚洲实习6个月，回来后落脚上海飞利浦中国总部，出任技术总监。至于薪金，那就是新出校门的李儒新不可想象的了——当然，配专车和手机也是必不可少的。

李儒新自此开始"流浪"全国，到飞利浦各地生产厂和科研机构进行考察，所到之处，管理人员都把他视为飞利浦中国总部高层人物热情接待，详细汇报生产和科研进展情况。性情活泼、像个高中生的李儒新不得不表现得更成熟和稳重，边听边记，不时还提出一些很专业的问题。其实，尽管如此优厚的待遇已经唾手可得，李儒新的思想还在"流浪"——有点三心二意。良好的家风和纯朴的心灵造就了他两大优点：一是爱读书，二是不爱钱。待遇固然很重要，但更重要的是这条路是否是自己所爱，是否适合自己的发展。一路考察下来，李儒新看到各生产厂的严格管理，上下班打卡，不得随便请假，大事小情要层层上报等，他的心终于落定：他觉得这不适合自己天马行空、随性选择、自由安排个人时间的天性，不准备接受飞利浦公司的聘约了。与此同时，他联系了一些国外知名大学，期望去读博士后。瑞典历史最悠久的乌普萨拉大学的凯·西格巴恩教授很快回了信，表示同意接收。爱读书的天性终于战胜了金钱的诱惑，他给飞利浦亚太总部发了一份传真，表示自己要去瑞典读博士后，并感谢飞利浦给予的礼遇。

1996年4月，李儒新"流浪"到瑞典。瑞典是一个发达国家，环境优美，科技先进，生活安逸，社会有序，这让首出国门的李儒新大开眼界。但时间长了，李儒新的天性又起作用了：这个老牌的成熟的资本主义国家好像一切都搞成了，就连路边的草坪都铺完了，高速公路抵达全国各地了，下水道全通了，没什么再急于发展的事情了。因此社会面貌好似千年不变，固定的风景永远在那儿。社会气氛很友善又很沉闷，好像"人人管自己，只有上帝管大家"。社会生活则单纯得就像他们餐桌上的饭菜：第一道是沙拉，第二道是肉块或鱼块，第三道是甜品，最后是一杯咖啡，完了。我的天哪！中国老百姓一家能摞一桌子多种多样的大菜——不要说大菜了，就是中国的千百万种小酱菜，比如红豆腐、臭豆腐、腌黄瓜、榨菜丝，那都是天下美味啊！一想到母亲的手艺和家乡小吃，李儒新的口水就一口口往肚里咽，他说："在瑞典乌普萨拉大学，我的合作导师凯·西格巴恩教授1981年获得诺贝尔物理学奖，他的父亲卡尔·西格巴恩1924年也获过诺贝尔物理学奖，父子两人都是瑞典的大牛。跟着这位导师，我还见过几次瑞典国王呢。那里科研条件很好，比国内先进多了，就是菜特别难吃，除了胡萝卜就是洋葱，基本上没有绿叶菜。在国外待久了，想不爱国都不容易。"

他决定再次"流浪"，一年零三个月之后，又转到日本东京大学继续攻读博士后。

1997年，一位学友告诉他一个消息：中科院实施了"百人计划”，主要目标是吸引留学海外的青年科技人才，且可自择平台、重点培养，优惠多多。主持“百人计划”的是中科院院长、著名理论物理学家、科技泰斗周光召先生。李儒新心动了。在瑞典留学期间他见过周院士，当时周院士到瑞典访问，其间与中国留学生举行了一次座谈。周院士鼓励大家瞄准国际科技前沿，向科学高峰努力攀登，他说：“取法于上，仅得为中；取法于中，故为其下。”这句话给了李儒新极大启示，对周院士顿生仰慕之心。

获知学友提供的信息，他立即上网查询，寻找符合自己专业的机构平台，很快，“中科院上海光学精密机械研究所”映入他的眼帘：城市不错，专业对口，实力雄厚，名流大家多多，就它了！征求父母的意见，回答是：“太好了！国家培养了你，就该回国报效！再说你总在国外待着，当爹妈的能不惦记吗？”决心已定，李儒新专程飞赴上海，接受了徐至展院士的面试，结果获得佳评。

老院士的眼力还是准啊！

3．“微步凌波移影大法”

1998年7月，29岁的李儒新翩然归国。

“海龟”（海归）之称，就是从周光召的“百人计划”，从李儒新这一代开始的。

所有的待遇和优惠都跟上来了。因此李儒新本本分分、念兹在兹地说：“改革开放的好处，我全部享受到了。怎么干？当然要拿出全身心来干！”

尽管担负着全所的领导工作，他依然把大量时间投在科研工作中，投在上海光机所和上海科技大学联办的超强激光光源联合实验室中。他说：“官位是我的责任，科研是我的本分。做科研是很有乐趣和魅力的事情，每天都可能有新发现和新想法，每天都可能获得新的东西。如果能在自己的研究领域里尝试回答一些人类的终极追问和梦想，就更感觉自己没白活。”

进入上海光机所之后，李儒新一直师从徐至展院士，从事“超强超短激光”产生及其应用研究。

“超强超短激光”是高功率激光发展的新阶段，是指达到“超高峰值”的高功率超短脉冲激光。峰值功率达到拍瓦级、脉冲达到飞秒级的超强超短激光，是目前人类已知的最亮光源。可见制造这种激光的激光装置，其能量和功率是何其巨大！它的问世，为人类提供了前所未有的全新实验手段与物理条件。众所周知，组成物质的分子和原子，每时每刻都在快速运动，这是微观物质的基本属性。“生命在于运动”就包含了这个物理属性，即使生命逝去了，组成生命的分子原子仍在飞速运动并转化为其他生命。从这个意义上说，一切都是永生的。飞秒激光产生后，人类能够在原子和电子的层面上观察到它们超快运动的过程并加以利用。在高强度飞秒激光的作用下，气态、液态、固态物质会在瞬间变成等离子体。高功率飞秒激光与电子束碰撞，能够产生X射线及正负电子对；与物质相互作用，能够产生足够数量的中子，实现激光受控核聚变的快速点火。高功率飞秒激光还可将大气击穿，从而制造放电通道，实现人工引雷，避免飞机、火箭、发电厂因雷击造成灾难性破坏。飞秒激光用于切割聚合物，不致改变其重要的生物化学特性。在精密制造业中，比如火箭、导弹、航天器、潜艇、高端医疗器械等的制造，利用飞秒激光的加工工艺可以高标准地保证精密度。由于飞秒激光具有快速和高分辨率特性，它在病变早期诊断、医学成像和生物活体检测、外科医疗上都有其独特的不可替代的作用。利用这种激光可以产生极高电磁场和极高能量密度的物理状态，自然界中只有在核爆中心、恒星内部及黑洞边缘等环境下才能找到类似的物理状态。1998年，美国劳伦斯利弗莫尔国家实验室建立了世界上首台拍瓦级激光装置，率先将激光脉冲的峰值功率推进到拍瓦级别，实现了1.5拍瓦的峰值功率输出。当然，“全球第一”的名号不是那么容易保持的。十多年来，各国顶尖实验室都在全力以赴，不断打破纪录，占领“拍瓦激光”的高地。日本、中国、法国、英国、德国、韩国、俄罗斯和西班牙都先后建成了自己的拍瓦激光装置，成功产生了拍瓦级激光束。

在徐至展院士的领导下，李儒新和同事们瞄准国际前沿，以“追赶、并跑、超越”为目标，全力以赴投入“超强超快激光”的研制工作，2004年实现了0.1拍瓦级的飞秒激光脉冲输出，2013年实现了当时国际最高峰值功率（2拍瓦）的飞秒激光脉冲输出，打破了美国人保持了近15年的世界纪录（1.5拍瓦）。2016年又实现了5拍瓦激光脉冲输出，再次刷新激光脉冲峰值功率的世界纪录。2017年10月24日，上海光机所首次完成了10拍瓦级的激光放大输出，中国的超强超短激光开始领跑全球。

迄今为止，我国投资最大的重大科技基础设施项目——高重复率硬X射线自由电子激光装置（XFEL）项目已获批启动，并于2017年4月27日在浦东开工建设，预计2024年建成。100拍瓦级的激光装置就是这个综合科学装置的重要组成部分。

它是做什么用的呢？我问李儒新。

李儒新说，举一个例子吧，现代宇宙学的一个重要理论是宇宙诞生于大爆炸，但大爆炸的缘起至今仍是一个谜团。科学家认为，大爆炸的初期，物质与反物质几乎是对称存在的。但现今自然界中充满肉眼可见的普通正物质，却看不到反物质。那么大爆炸产生的反物质到哪里去了？这也是现代物理学研究的基本问题之一。按照上述理论假设，大爆炸是从真空开始的。那么真空是什么？从一般意义上理解，真空就是没有任何实物粒子存在的空间。但按照量子力学理论推断，物理上的真空实际上是一片不停波动的"能量之海"。当能量达到波峰，便转化为一对对正反基本粒子；当能量达到波谷，一对对正反基本粒子又相互湮灭，转化为能量。哇，这个理论猜想太迷人也太有诱惑力了！到底是不是这样？就需要科学家来寻找证物了。

人类的终极追问，是推动人类文明前进的终极动力。李儒新说："现在机会来了，利用100拍瓦级的超强超短激光就可望实现这一目标，最终——或者还不是最终——解开宇宙起源的奥秘。"

此刻，我注意到李儒新眼中充满无限向往的梦幻般的光亮。流浪四方、流浪世界、流浪于奥妙无穷的微观粒子世界和宇宙太空的梦想，就是从流浪的心愿开始的。专注、专注、再专注地流浪于自己的选择和事业中，这就是他成功的奥秘。

法国著名存在主义文学家、哲学家让·保罗·萨特有一句名言："生活在别处。"什么是流浪？流浪就是"生活在别处"的人生方式，目的就是探求新世界和新知，这样的生命一定是鲜活的。

第十二章
成功极易形成一种制度性自恋

> 人是自己行动的结果，此外什么都不是。
>
> ——让·保罗·萨特

1.“一群狼”，出没于这条走廊

匆匆走过，每一步都激荡着思想与力量。

一条二三十米长的“励志走廊”，犹如大浪淘沙，雷鸣电闪，惊涛拍岸，很大声也很寂静。穿越五千年民族史、三百年科技史和近百年企业史，写不尽几多悲歌慷慨，道不完多少无愧人生、悔恨青春和竹篮打水一场空……

全是展板，全是警钟、警句！

迎面映入眼帘的第一个巨大问号是：“红外光学材料领域还需要我们做什么？”

接着是2006年实验室草创时期的一组照片。那不应该叫实验室，而应叫“豆腐坊”，因为当时那间房屋和那些自制的设备并不比街对面的豆腐坊好多少。

然后是“梦想与坚持”的启示之一：“创新之难不仅在于我们要找到奋斗的目标，更在于探寻到达的路径。二十多年前，比尔·盖茨在他的大作《未来之路》中写到了一种全新的音乐销售方式：‘用户不再需要借助光盘或磁带之类的载体来欣赏音乐。外来的用户可以在互联网上下载音乐，以数字信息的形式存贮在服务器中。’《福布斯》对此的评论是，既然盖茨十多年前就有此先见之明，为什么微软还让老对头苹果公司抢先开发数字音乐市场呢？看来，想到和做到还是有很大差别。”

“梦想与坚持”启示之二：“以事后之悔悟，破临事之痴迷。”

例一：柯达公司2012年1月正式申请破产保护。其实2003年的柯达已显现颓势（2001年它的业绩达到最高峰），尽管当时危机已在眼前，但柯达仍然犹豫不决。9年后，积重难返、亏损连连的柯达不得不申请破产保护。这家发明数码相机、革新成像技术的先锋公司，仅仅9年时间，就被数码相机结束了它130多年的传奇。

例二：诺基亚风光不再。2003年的诺基亚是通信行业无可争议且似乎无可撼动的老大，可眼下……诺基亚在移动终端时代起了个大早，赶了个晚集。从功能手机向智能手机的转变，诺基亚本来走在最前头，然而在智能手机时代真正来临的时候，它却以惊人的速度衰退了。其衰败之启示是：“被自己的优势全盘绑架，让后来者获得了后发优势。”

例三：小灵通沉迷于美丽的成功之中。凭借一场名为“小灵通”

的豪赌，UT斯达康成为商业上的一个神话。它的成功在于将一个存在缺陷的技术，生生打造成产品升级换代缝隙中的一个过渡性产品；它的失败在于在美丽的成功中沉迷不醒，当下一代技术来临，手机步入普及，属于这个过渡产品的时间窗便无情地关闭了。

例四：戴尔公司错失移动终端。10年前，戴尔以独特的直销模式创造了属于自己的神话，连续打败了IBM、康柏、惠普等多个巨头，成为无可争议的PC行业老大。而如今，戴尔几乎淡出人们的视线。它曾经具有的“核心优势”，已成为“后PC时代”的“核心劣势”。

展板以醒目的红字强调：“成功极易形成一种‘制度性自恋’。这种难以自知的‘自恋’会让自己在创新路径的选择上形成明显偏好——规避‘破坏性创新’，偏好‘维持性创新’（或称‘同质化创新’和‘排异化创新’）。”

第二组展板是团队的文化建设。主题词为：“团队的性格，决定了团队/组织能走多远。”其目标是：打造一支有“特种兵”战斗力的科研团队；要求每个成员必须锻炼自己的“狼性精神”“发烧友精神”和“工匠精神”。其中一块展板醒目地写着：“最大的危机，就是没有危机感。”在一张狮子追逐羚羊的照片旁边，写有这样的说明：“非洲大草原上，羚羊清晨从睡梦中醒来，想的第一件事就是跑得必须比最快的狮子更快，否则就会被吃掉；狮子想到的第一件事就是自己必须能追上跑得最慢的羚羊，否则就会被饿死。于是每天早晨当太阳升起，羚羊和狮子几乎同时一跃而起，迎着朝阳跑去。”

协作篇上写着：“胜而同杯相庆，败则拼死相救。”

感悟篇上写着:“草根成长史，就是一部血泪史。”其中记录了2007年一位科研核心骨干调离实验室后，室领导痛心疾首讲的一段话:“XXX没有对不住我们，是我们对不住他……大家的业务能力和‘劳动者’的工作态度让他觉得，和你们在一起没有赢的希望……”

生活篇展示了团队丰富多彩的业余文体生活，还展示了一次令人震撼的大操练:2013年8月在敦煌，200多个研究生3天4夜在大沙漠里步行118公里！看照片，脚底起大泡的，抱头大哭的，昏倒在地的，拄棍而行的，真个惨不忍睹！这些堪称“天之骄子”的硕士生、博士生（其中还有不少女孩），从小到大泡在梦想、书本和象牙之塔里，何曾经历过如此惨烈的人生路途？他们是一边哭一边挣扎着走到终点的。这让他们牢牢记住了：终点与眼泪无关，而与脚上的血泡有关。展板的提示是:“无负过去，无惧未来！”

短短走廊的尽头，是一块最具沧桑感也最具警醒意义的展板，上面摘录了美国物理学会第一任会长亨利·奥古斯特·罗兰在美国科学促进会年会上发表的“为纯科学呼吁”演讲中的一段。站在这块展板前，我默思良久，深感震撼。罗兰先生的批评确有见地——千百年来我们民族确实是这样走过来的。

这是一条风云际会的走廊，一条让人热血沸腾的走廊，一条让人“怀疑人生”的走廊。这条走廊通向中科院强激光材料重点实验室。打造这条走廊、领导这个实验室和这个“狼性”团队的人叫张龙，上海光机所副所长兼该实验室主任。

2. “邮票村”出来的“乡下龙”

他真像一条龙。圆眼，高鼻，精瘦，肤黑，身姿前倾（肯定是长期伏案工作造成的），走路像往前冲。说话时表情生动，声音洪亮，激情澎湃，像“龙”在喷火。两只细长的手臂像龙爪一样不断有力地挥动，手掌总是握成拳头形，似乎随时准备打出去。总之，听他讲话，听他介绍自己和团队的经历，听他讲述科学的过去、现在和未来，他全身都在使劲，仿佛每个细胞都在燃烧！更重要的是，他的思维和工作方向都在九霄云上，这不是“龙”又是什么？

张龙是一条“乡下龙”，1974年生于安徽歙县一个穷困农家。歙县隶属于黄山市，位于安徽省最南端，北倚黄山，东邻杭州，南接千岛湖，是古徽州府治所在地，也是徽派文化之源。国粹京剧以及徽商、徽菜，包括文房四宝中的瑰宝徽墨、歙砚都发源于歙县。一个小小古县能够对全省历史文化产生如此悠久而广博的影响，堪称“泽被千秋”，在中国当是十分罕见的。

张龙的家在新安江边的一个小山村，叫自城村，村后便屹立着云海缭绕、风景秀美的黄山。从古至今，所有的山水美景后面都隐藏着贫困，因为山多水多就意味着田少、路岖、闭塞。张龙说，早年家乡人都把自己的村子叫“邮票村”。人民公社时代，一个劳力干一天挣8分钱，恰好是一张邮票的价钱。不过，张龙的爷爷年轻时思想活络，敢闯敢干，眼看全家人靠天吃饭一个个饿得像豆芽菜似的，于是带上山货闯出大山一路东去，在沿途的大小城市——直至湖州、杭州、上海做点生意，也算一个有所积蓄但没能发达起来的徽商吧。有了积蓄，就可以供儿子读书了——这是爷爷最大的梦想。张龙的父亲果然不负父望，考上省重点中学，为了省点钱再让弟弟继续读书，他放弃大学梦想转而报考了军校。在部队服役多年后，回村当了生产队长，后改叫村主任。遗憾的是从农业社到人民公社，村子越搞越穷，家境越来越差，张龙的叔叔不得不弃学回家务农。总之，这是一个梦碎的农民之家。张龙记得，全家一年到头，临到春节才能吃上一点肉菜，平日的吃食就是山芋、玉米和黑麦。

改革开放前夜，万里同志来“苦甲天下”的安徽当省委第一书记，下村调研时，看到躲在家里的大姑娘竟然没衣服穿，看到锅里黑乎乎的糠窝窝，看到开春前村民们成群结队出去讨饭，他不禁潸然泪下，说：“农村搞成这个样子，我们的革命不是白干了吗！”安徽小岗村秘密包田到户的血手印就是这么逼出来的，后来席卷全国的野火燎原般的农村改革就是这么逼出来的。

张龙小时候底子没打好，所以一直瘦到现在，再补什么都来不及了。

村小学在河对岸，有两间茅棚教室，两个初中毕业的民办老师，分别教一、二、三年级和四、五、六年级。现在回想，这些最基层的没职称的老师真是辛苦和伟大，尽管他们的教学水平可能很一般，但在广大的农村，绵延五千年的民族文脉就是他们传下来的。公社存在的时候，虽然没能解决老百姓的温饱问题，但也办了一些公益事情。比如，自城村的孩子过河上学时，就由生产队派人派船摆渡。包产到户之初，生产队解散了，公益事情没人管了，孩子们只好自己摆渡。遇到山洪下来，时有孩子被冲走淹死的悲剧发生。幸亏张龙是条“小龙”，他怕水水也怕他，安安全全混过来了。

张龙大概继承了爷爷的基因，从小脑瓜灵，会算数，从村小学到乡中学，数学考试回回全班第一。但是，学业如此优异的他却屡屡遭到留级的威胁，这不是很奇怪吗？不。让张龙留级确有它的“合理”之处。当时，县乡各学校都在比拼升学率，这位乡中学的校长想出一个奇招：以强制手段让名列前十的好学生留级。别的学校中学生读到三年级就毕业，这个乡中学的好学生通过留级，可读上四年五年，这叫“百炼成钢”“集腋成裘”。这一举措，自然使别的学校的升学率拼不过这所乡中学，在全县教育界的表彰会上，校长自然风光无限。家长为确保孩子能考上好中专、好高中，也喜欢这样做，甚至不惜托人情走校长的“后门”，期望让孩子留级。

班主任和校长几次找张龙谈话，要求他留级。那时张龙已有了“科学头脑”，知道人生耽误不得，青春不能重来，他瞪着一双眼坚决拒绝，说：“父母拿钱让我上学不容易，留一次级就多掏一回学费，不行！”

校长让步了，说：“我免了你的学费不行吗？”

“不行！”张龙坚定不移，“人生有几个14岁啊？明年你能再给我一个14岁吗？”

那时贫苦地区的家长一般都期望孩子考中专，可以早就业、早挣钱。但一生没能圆了“大学梦”的张龙父亲一直心存痛楚和遗憾，他坚定地支持两个儿子先后都报考了高中。1988年，张龙顺利考进县一中，当了数学课代表。他说：“父亲对我的学习管得很严，坚信‘学好数理化，走遍全天下’，严禁我看小说什么的。结果我除了读语文课本，和金庸的几本武侠小说外，别的就很少涉猎了。”

不过，从他在上海光机所打造的“励志走廊”看，其阅读面还是相当广泛的。

1991年，张龙考进上海的华东化工学院（现华东理工大学），时任院长是陈敏恒院士。进了这所高等学府，张龙不再是听话的“好学生”了，因为他的嶙峋骨骼渐渐结实了，跟随着日渐清晰的青春梦想，他的个性，他的激情，他的自我设计的渴望在猛烈生长。再加上他并非本地姑娘特别欣赏的阔少和“白马王子”——皮肤不白，模样也不怎么英朗，衣着和口音明显带有巴尔扎克笔下“外省人”的特征，这让张龙享有了一份独有的自由自在的寂寞。他乐得可以逃脱那些萍水相逢、挥霍青春、浪费表情的应酬和“车轮战”似的庆生蜡烛之夜。一个暑假，他把大学四年的化工课程全部自修完毕，然后申请免读。省下来的时间，他一头钻进图书馆，广泛浏览研究了当时国内刚刚兴起的、也是引领新一轮科技革命浪潮的材料学、光学、计算机和他尤为感兴趣的军事科学等。临到考试，一直没听过课的化工科，他考了88分。1995年，张龙以排名第一的成绩考进上海光机所，5年间先后拿下硕士、博士学位——听起来他学得那么轻松自在，那么游刃有余。

这件事轰动了“邮票村”，也轰动了全县：张龙的哥哥是村里有史以来第一个大学生，张龙是村里第一个硕士和博士。父亲听到儿子报来的喜讯，什么话都没说。电话那边的儿子知道，父亲哭了。

2001年5月，在父亲的千叮万嘱下，张龙前往德国明斯特大学物理化学研究所攻读博士后，从事尖端的材料化学和光学玻璃结构性研究。该大学是德国规模最大的公立大学，最早起源于1588年建立的教徒学校（迄今还设有声名远播、远离红尘的神学院）。初来乍到，又黑又瘦、像个高中生似的张龙作为整个团队唯一的“外国人”，被安排到四人一间的办公室，其余三人都是高大健壮的德国人，空间局促。张龙的德语讲的磕磕绊绊，三位德国人的英语讲的绊绊磕磕，双方语言交流十分困难。不过从德国人的表情和眼神中可以看出，身材瘦小、类似“一年级新生”的张龙应当在打扫卫生、传送资料、整理器械、端送咖啡等方面多做些事情。但奇怪的是，这位中国黑瘦小子的微笑很谦和，但行为并不卑微。一天天就是没“眼力见儿”，就是不动，从早到晚像钉子一样把自己钉在椅子上，把目光钉在电脑和书本里。终于有一天，一位德国同事忍不住了，礼貌地问张龙：“张先生，下一步您准备做些什么？”

张龙淡然说：“我在等老板分派任务。”

德国同事这才明白，来自中国的这位张先生不是来端咖啡、混资历的，但他们的傲慢、歧视和偏见仍然难以避免。当实验室设备出现故障，或者工具遗失时，张龙通常是被怀疑和责问的第一对象。但张龙始终保持着从容、礼貌又不失尊严的态度。他知道，要让奉行“技术第一”的德国人服气，必须用超乎常人的创新意识、出色的实验设计和解决难题的高超能力来征服他们。一个个科研项目展开了，但不时被一个个难题卡住，这时，中国人的聪明和灵活显示出过人的锋芒——提出新方法、找出新路径、有了新发现的人竟然常常是张龙！此后，一个个更重要的科研任务直接派给了张龙，后来作为导师的“左膀右臂”，他几乎成了实验室的“小老板”，经常以项目负责人或第一申请人的身份，带领德国助手和博士生集体攻关，在材料化学领域取得多项显著成果，率先合成了多种新型功能性玻璃材料，并破解了该领域一些长期存有争议的难题。渐渐地，周围的目光变得友好、温暖甚至敬重了，整个团队从上到下，都亲切地叫他“龙”。张龙虽然还是那样瘦那样黑，走路双拳紧握就像往前冲，但气势气派大不相同了。3年后，他搬进一间宽敞明亮的大办公室，不时把德国助手们叫进去讨论一番，然后拍板决策，分头去干。2004年，张龙以德国专家的身份，主导建立了德国有关方面和巴西科技部联合运作的一项重大国际合作项目，获得两国有关方面高度赞赏。随着地位和级别的提升，张龙的收入也成倍地往上翻，太太带着两岁的女儿从国内过来陪读，在一处环境幽雅的地方租了一套漂亮的公寓，每天早晨八九点钟，都有小松鼠跳到窗口来讨吃食。2004年，小两口又添了一个可爱的儿子，日子过得充实、愉悦而又安逸。在与德国同事长期相处的过程中，他们长于哲学思考、喜欢追根溯源、注重基础理论研究、管理工作精细严密等诸多优长，也让年轻的张龙受益匪浅。他说："我们民族的习惯是太注重实用了。比如我们的中医中药，很多药方很灵，但我们以往很少深入研究这个药方为什么灵，是哪几种元素和什么药理起了作用，从而影响了中医中药在世界范围的推广应用。"

2005年秋，一个改变命运的时刻突然到来——上海光机所启动新年度的"百人计划"，他们想到了张龙。张龙在光机所度过了5年青春时光，他的硕士、博士学位是在这里获得的，他知道上海光机所肩负的重大使命和在国防建设中的重要作用。经过国内攻读、国外深造并成长为德国明斯特大学物理化学研究所的科研项目负责人，无疑，他完全具有学科带头人的资质——这正是"百人计划"所需要的杰出人才。光机所的同事们了解张龙：一颗激情澎湃的赤子之心，应该带着家乡故土的温度。一个走路往前冲的人，绝不会让人生静止在一个温馨安逸的港湾。张龙在光机所的博士生导师胡和方亲自出面和他通了电话。这个消息在张龙的家庭生活中顿时掀起巨大的波澜。张龙正如大家所预料的，他的赤子之心，他的满腔热血，立即被国家的倾情召唤点燃了！

他对妻子说："我老家曾是一个劳力一天只挣8分钱的'邮票村'，我是贫苦农民家的孩子，能够走到今天，不能忘记父老乡亲的养育之恩，不能忘记国家的培养。能干不能干，在哪都一样，给德国人干，不如给自己的国家干！"

妻子问："你能确定回国后你能干得很好吗？"

他说："我无法给你一个确定的答案，我也不希望看清未来。科学家面对的永远是不确定性，也许这就是我的天命吧。"

他痛切地说："人们常说，科学没有国界，但科学家有祖国。现实并不像人们想的这样浪漫。西方国家在高科技领域对中国的严格禁运和严密封锁，证明科学是有国界的，关键时候，我们必须为国家伸一把手！"

他自信地说："经过国内外近10年的历练，我觉得我的翅膀硬了，可以放手单飞了。用武侠小说里的话说，我的心很软，但我的刀很快。自己领一帮人开创一片新天地，那才叫一生没白活！"

他激情地说："中国正走在从富到强的道路上。我现在只能看到天花板，但我能想象到60年后。我不期望在我80岁的时候，生活在德国的孙子反而要去中国留学！"

恰在这时，张龙的工作合约到期，明斯特大学物理化学研究所的老板约他商谈后两年续约的事宜，张龙婉言谢绝了。老板说："龙，只要你想回来，我们随时欢迎你。"

接着，他申请取消了儿子的德国国籍。他说："做事情不能给自己留后路，留后路就意味着你没下决心。"

2006年1月，32岁的张龙卖掉所有家当，偕家人返回祖国，成为上海光机所也是当时全国最年轻的博导。

很快，张龙带领十几个满面尘土的研究生，当起了力工、瓦匠、车工、焊工、电工，数月后建起了照片中那个砌有水泥墙的“豆腐坊”——不过它有一个很现代的名称，“红外玻璃课题组”。同一个张龙，在中国穿工装，在德国穿西装，差别太大了！

3. “战争”在实验室打响

从前上海光机所有个“玻璃王”干福熹，如今又有了一个“玻璃龙”。

他在他领导的课题组实验室不干别的，就是天天发动“战争”。一会儿“精确制导导弹”腾空而起，一会儿红方和蓝方的“隐身战机”呼啸而过，一会儿有人高喊“发现目标”！一会儿有人悲叹“我方被击中”！一场场没有硝烟的“战争”就这样在张龙和弟子们的目光中激烈展开。有时，一场“空战”瞬间就结束了，有时从早晨一直打到繁星满天。回家的时候他们毫发无伤，心头却伤痕累累。

“战争”进行了很久。红方吃了很多败仗，废墟成堆，一直没能找到克敌制胜的法宝。或许因为思路和技术不成熟，或许因为仪器和设备不精密，或许因为没发现颠覆性的新路径新材料新工艺，或许因为团队的战斗力还无法攀登制高点，他们的攻关长时间无发现无进展无成果。青春的脚步总是匆忙和急切的，有的青年骨干觉得没前途没希望，跟张龙说了声“对不起”便黯然离去。第二天，张龙在团队会上说了这样的狠话：“XXX离开了我们这个团队，他没有对不住我们，而是我们对不住他。大家的业务能力和一般化‘劳动者’的工作态度——而不是‘创造者’的工作态度——让他觉得，和你们在一起没有赢的希望。长此以往，后果是什么呢？那就是我们打了败仗，没脸在这儿待下去了，大家一哄而散，各位失业，我再回德国。因为在我选择回国的时候，我的德国导师对我说过，这个研究所永远有你一个位置。可是，这场败仗的耻辱，我们走到哪里都不会忘掉的。”

全场静默，心情沉重。

“科学是没有止境的，未来怎么可能没希望呢？我们必须建立一种‘狼性精神’！”这条“龙”吼叫起来，“胜而同杯相庆，败则拼死相救。现在，我们就到了拼死相救的时候，要么死掉，要么弯道超车！”那天上海下了入冬的第一场雪，张龙霍地站起来，身姿前倾，走路像往前冲，大步走到窗口那儿把窗扇推开，然后握着拳头厉声说：“我们要嗅到血的味道，就必须把这个窗口打开。请注意，我说的不是白雪的雪，而是鲜血的血！因为我们的一切研究工作都与鲜血有关，与战争的胜负有关。各位，请记住，你们所做的一切，在一定程度上决定着中国在未来战争中的胜败，决定着中国士兵的生命啊！”

全场凛然，血脉偾张。

张龙所讲的“推开窗口”的例子，确实太生动太准确了。这个“红外玻璃课题组”的攻关重点就是窗口——确切地说，是叫“光窗”。

从古至今，战争和军事需要历来是科研发展最强劲的动力。光学玻璃制造业最早诞生于法国，两次世界大战使光学玻璃的研制发生了飞跃式发展，品质大为提高，品种迅速增多。由于光学玻璃在军事方面特别是高精尖武器上得到广泛应用并已成为核心材料，各发达国家对其制造材料、技术和工艺高度保密，国际竞争日趋激烈。

现在就来让我们看看“光窗”的作用吧。

现代战争几乎都是“不对称战争”，强者根本不和你玩“对称”，不和你玩兵对兵、枪对枪的巷战。他们依靠精确制导的远程打击能力，先行毁掉你的通信和作战指挥系统，让你的所有布防部队在瞬间失灵。在美国入侵伊拉克的战争中，萨达姆的数十万军队几乎还没看到美国大兵的身影呢，整个布防已经土崩瓦解，首都巴格达随即陷落。从远程打击到近战攻击，为实现“闪电战”的突袭效果，从雷达到最先进的导弹、战斗机都高度重视自身的遥测制导能力和自我保护能力，即隐身效能。通俗地说，就是我能看见你，你却看不见我。但即使是最先进的武器装备，都有一个难以解决的致命要害，即所谓的“阿喀琉斯之踵”——那是大英雄唯一未被神水浸泡过的地方，结果被对方一箭射中脚后跟，悲乎哀哉。那么导弹、战机的“阿喀琉斯之踵”是什么呢？就是它的发动机、喷气口，包括它用于遥测和制导的“红外光窗”，这些部位在运行过程中都会发生光辐射或热辐射，最难遮挡也最难隐身。被对方的雷达或反导导弹、战机哪怕提早0.01秒发现这几处“脚后跟”，都可能招致自身灭顶之灾。从小酷爱军事科学，后来一直致力于红外材料功能性、结构性研究的张龙，很早就注意到红外光窗正是现代战争中的“阿喀琉斯之踵”，双方最终的对决几乎就等于“红外对决”——看谁的红外光窗遥测制导性能更高，隐身更好，抗损能力更强。

无疑，红外光窗是现代武器装备瞬间决定胜负的命门，堪称

“瓶颈中的瓶颈”“尖端中的尖端”。对此，张龙很早就有了预感和预见，并悄悄进行了大量预研。

革命是逼出来的，创新也是逼出来的。后来，小小的课题组组长张龙率领他的小小的“红外玻璃课题组”成功开拓了红外玻璃的新体系，创新了一些关键性制备新工艺，他们研制的红外玻璃核心性能指标很快达到国际先进水平。此外，这个以“狼性精神”战斗的青年团队，还做了一些具有重要军事应用价值的创新性、颠覆性的畅想、设计与努力。比如，举一个常识性的例子：任何玻璃都逃不掉热胀冷缩的规律，在高空高寒的条件下，超音速飞行的战机会产生强大热能，那么冷热之间的红外光窗如何避免破裂？如何大大降低热辐射以提高隐身效能？这都是难题中的难题。几年攻关下来，张龙的团队硕果累累，权威给出的评价是：“张龙所带领的研究组已经破解欧美发达国家对我国在此项技术上的严密封锁，达到国际先进水平并有部分重要突破。”用张龙的话说：“你要追踪美国就永远落后于美国，只有另辟蹊径才能独领风骚。”

迄今，张龙作为项目负责人，相继主持承担国家科研项目30余项，包括首批国家重点研发计划、国家重大专项、“863”国家高科技项目、军委原总装备部项目、国防科工局规划项目、中科院重点部署项目等，取得累累硕果，并相继获得中科院上海分院“杰出青年科学家”、中国硅酸盐学会“青年科学家奖”、科技部“中青年科技创新领军人才”、全国优秀科技工作者、中央军委科技委国防“卓越青年”等荣誉称号。

如今，张龙成了越来越神秘的行踪不定的人。写作过程中我常打电话向他咨询各种问题，但常常打不通。过后他抱歉地解释说：

“我正在北京参加一个保密会议。”

凡是保密会议，一定是在讨论和决定对国家有重大意义和重大贡献的事情。我搞了一辈子文学，从没参加过任何保密会议，惭愧！

第十三章

中国的“哈利·波特”们

19世纪杰出的法国化学家贝特洛，曾这样预测公元2000年的世界：

“到那时候，世界上不再有农业，不再有牧场，也不再有农夫。由于化学的进展，人类不再开垦土地以谋生。煤矿或其他矿业也消失了，自然就不会再有矿工罢工这回事。燃料问题也因化学与物理学的携手并进而不复存在。没有海关，没有保护主义，没有战争，人类不再心心念念着划分彼此的疆界。有了使用化学燃料的飞机，所有疆界都成为过时之物。由是，社会主义的梦想几乎已经实现，只要有人能发明一种心灵的化学物质，永久改变人的品德，就像化学品改变物质的属性那样。”

我们恰好是生活在新千年之初的人。我们面对的残酷现实证明，这位化学家显然大大高估了人类的觉悟和文明的进程。近200年来，他预言消失的东西一样都没消失，从战争到能源，很多问题甚至愈演愈烈。对他而言，最大的遗憾莫过于迄今还没有哪一位化学家发明出能够改变人类品德的灵丹妙药。

科学研究就像行走在到处是环环相套的曲径、回廊和房间的一座迷宫里。面对一扇扇紧闭的大门和一个又一个钥匙孔，科学家找出钥匙，打开门，却发现里面又有一扇锁住的门，一扇接一扇，永无止境。每打开一扇门，人类都会获得一些新知，进入一种新生活和新境界。上海光机所的科学家们，中国和世界的科学家们，都在为此探索着、前行着。尤其是一代接一代的年轻探险者，他们雄心勃勃，他们充满梦想、好奇和激情，他们都像那个会魔法的戴眼镜的男孩“哈利·波特”，在云遮雾绕、层峦叠嶂的科学王国里奋力跋涉，呼啸猛进，以一颗火焰般的心作旗帜，不断向人类奉献着他们的新发现、新发明和新创造。

一代代，大漠戈壁，落日孤烟，丝路花雨，薪火相传，驼铃摇响了漫漫岁月。

在上海光机所，我看到很多年轻人，他们都是来攻读硕士、博士学位的学生。自愿选择了这条道路并走到这一步的，一定都是脑沟很深、数理化呱呱叫的优秀青年。这里的年轻人从不大声喧嚷，聚众哗笑，总是静悄悄来去；他们出了门，一定背着双肩包，里面装着书或电脑；男孩总是衣着朴实，神情淡定，女孩总是素面朝天，不施粉黛，以青春的本色从容走过这个世界；他们的英朗，她们的秀美，来自天然和内心，来自梦想和自信。可以想见，他们的青春、人生、道路，一定与某种伟大而恒久的事业相关联，他们的未来也因此会属于伟大与恒久的一部分。看到他们，熟悉了他们，你会相信，无论经历了多少艰难曲折，成功一定会走近他们，走近我们，让朝霞连接晚霞，让汗水浇灌欢笑，让幸福拥抱人生。他们让我们这些过来人觉得心里特别踏实，相信今天他们是默默无闻的基石，明天必定是伟岸的栋梁。

现在就让我们来看看上海光机所里的年轻人，那些神奇的“哈利·波特”们。

1.“在城市里寻找一粒砂”

一位养蚕姑娘——“80后”朱美萍，坐在我面前，端庄、淡定、从容。她是从江苏省海安县（今海安市）一个农家走出来的，走到今天，走到上海光机所，走到科学最前沿，走到我面前。海安隶属南通市，东临黄海，南靠长江，靠海靠江靠上海，是苏中著名的富庶之乡。但美萍记得，小时候家里日子过得很是艰难。乘着改革开放的东风，父亲在村里开了一个榨油小作坊，母亲在家养蚕。美萍是家里的独生女，从懂事时起，她就跟着父母下田插秧，夜里两三次起床，帮着母亲喂蚕。一双灵巧的小手摘着桑叶，摘着摘着就睡着了。一年四季不停歇的劳累中，瘦弱的母亲病得越来越严重了，父亲也常常咳血，让小美萍很心痛很担忧。她下决心好好学习，长大做一个医生，给父母看病。初中时她写了一篇作文《夜里的爸爸妈妈》，文中细腻描述了父亲白天下田干活、夜里给乡亲们榨油，母亲操劳家务、细心侍弄蚕宝宝的辛劳，并倾诉了自己的感恩之心和将来做一个医生的愿望，读来令人泪下。南通市广播电台播出了这篇作文，感动了很多听众。就这样，做医生的愿望一直支撑着朱美萍的学业，门门功课名列前茅。1999年高考时，她瞄准的是一所名牌医科大学。但考完了一估分，好像不够，遂改报为浙江大学光电信息工程系。她说，她之所以做了这样的选择，完全不是出于什么远大抱负和理想，而是与当时有关“第三次科技革命浪潮”“信息高速公路”“互联网时代”之类铺天盖地的宣传有关。她想，学这个专业毕业后一定好找工作，挣了钱好给父母看病。为了实现这个心愿，除了课堂上学的专业，美萍还钻进学校图书馆攻读了不少中医、西医的书，并根据父母的病情和书中的医药理论，试着开了好多药方。不过她没敢去抓药也没敢让父母吃，怕吃坏了。总之，大学头两年，她完全是为父母而学。再后来，越来越丰富的光电信息工程的知识为她打开了一扇瞬息万变、绚丽多彩的科学之门，女孩子总是爱美的——她无比神往地走了进去，一时间觉得自己好像增添了一双翅膀，在奥妙无穷的星系之间和原子之间飞了起来。她学得越来越投入，做一个科学家，成了她的新梦想。

2003年，品学兼优的朱美萍被保送到上海光机所攻读硕士学位。从此，她开始和我们日常生活和所有科学事业中不可或缺的薄膜朝夕相处了。

这意味着，在美萍和梦想之间，只隔着一层薄膜。

如今，我们拎着薄膜做成的塑料袋在街上走来走去，一个小小的塑料袋，几乎装得下我们的全部生活和整个世界。殊不知，千奇百怪、千差万别的种种薄膜，也装下了整个科学王国。我们甚至可以说，没有薄膜，就没有科学，就没有高端技术，就没有现代人类生活。

通俗地说，薄膜是一种薄而软的透明薄片，用塑料、胶黏剂、橡胶或其他稀有材料制成。科学的解释为：薄膜材料是指厚度介于单原子到几毫米间的薄金属或有机物层，是由原子、分子或离子沉积在基片表面形成的二维（平面）材料，其分类有光学薄膜、复合薄膜、超导薄膜、聚酯薄膜、尼龙薄膜、塑料薄膜等。为了解薄膜的意趣，我们可以自己动手做一个简单的试验：把两块干净的玻璃片紧紧压叠，玻璃片之间的空气层就形成空气薄膜。如果玻璃内表面不很平，所夹空气层厚度不均匀，我们观察到的将是空气膜形成的一些不规则的同心环。若用很平的玻璃片，空气膜便会出现一些平行条纹。如果我们用力压紧玻璃片，随着空气膜厚度的变化，条纹也随之改变。根据这个道理，我们就可以此为工具，来测定玻璃包括各种材料平面的平直度，而且测定精度很高，甚至几分之一波长那么小的隆起或下陷，都可以通过条纹的弯曲度检测出来。

朱美萍和她的师长们研究的则是一种神奇的薄膜——高功率激光薄膜。

高功率激光薄膜是激光聚变装置、超强超短激光系统中最重要的元件之一。它附着在高等级光学玻璃的基底上，犹如一面面特殊的“镜子”，通过各种角度的反射，指挥只会直线前行的激光束在激光装置中按指定路线传输。试想，高功率激光具有何等强大的杀伤力啊！一束光射出去，削铁如泥，切钢如菜，入眼即盲，杀人成烟，飞机坦克顿成废铜烂铁，堪称所向无敌。如此令人胆寒的“死光”在装置里闪电般横冲直撞，有什么材料能抵挡它的杀伤力并让激光束保质保量地通过？朱美萍和师长们研制的高功率激光薄膜就面对着一系列这样的挑战：

第一，它必须非常薄。我等文字匠常用“薄如蝉翼”形容“薄”多么美多么形象，但在高功率激光装置里，“蝉翼”的厚度就像一道水泥墙。我必须另外打一个更准确的比喻：一张标准A4复印纸的厚度为100微米，而高功率激光薄膜的厚度一般在4至8微米，最薄的仅为0.1微米，即相当于A4纸厚度的千分之一。这是人眼无法发现的厚度——甚至无法发现它的存在啊！

第二，它必须非常坚韧，具有极强的抗打、抗烧灼能力。面对激射而来的强激光冲击，它不仅能够保障自身的安全，还能像铜墙铁壁一样保护装置相关部件的安全，同时还要保证它们以反射的方式，指挥一束束强激光有次序地射向同一靶点。

第三，高功率激光装置结构复杂庞大，比如我们的“神光-Ⅰ”“神光-Ⅱ”和“神光-Ⅲ”装置，长度都在近百米，其需要的薄膜种类成千上万，口径不同、性能各异。有些像真正的“镜面”，必须对激光进行全面、彻底、近乎绝对的反射；有些“镜面”则需要具有程度不同的通透性和过滤性。只有进行这样的科学组合，才能保证整个装置系统最终把激光能量完整、完美、完全地护送到靶点，实现其最大功效。

高功率激光薄膜就是这样神奇！

薄膜，由此成为一切高精尖科学仪器、武器装备、人类上天入海的“引导窗”和“生命线”。

薄膜技术，由此也成为西方发达国家高度保密并对外严密封锁的核心技术之一。

1964年，即上海光机所成立之初，在第八研究室内就成立了镀膜组，开始了中国激光薄膜研究的艰辛征程。第一个元件、第一台设备都是自己造的。“十八般武器”凑齐之后，有点实验室模样了，第二年，镀膜组升格为薄膜光学实验室。如今年近九旬的范正修当年还是30岁出头的小伙子，是实验室首任主任。随着国家发展进步和国防建设需要的升级，上海光机所承担的科研项目越来越多，各种各样的激光器直至“神光”系列装置相继问世，对光学薄膜的需求也越来越广泛和复杂。“兵马未动，粮草先行”——有了薄膜，才有仪器。为了保证“粮草供应”，范正修很早就成了“少白头”，也就是说，他年纪轻轻就有了大科学家的模样和风度了。20世纪90年代，建设中的“神光-Ⅱ”装置需要直径近1米的激光反射薄膜，林尊琪院士找到范正修，说这种薄膜要能够承受纳秒级的激光冲击，那可是超快超强的打击。“你能不能做？你要不能做，我没别的出路，只能‘跳楼’了。”

范正修瞅着林尊琪忧郁而又充满期盼的眼神，笑说：“我之所以选择姓范，就是要给你作一个示范。”

有外国友好同行知道了这件事，说，没有西方国家的精密设备，你们根本做不到。范正修礼貌地说了半句话：“谢谢你的提醒。”下半句他没说——“那些精密设备都是西方对中国严格禁运的啊！”

半年后，范先生的“示范”做出来了，直径1米的“大镜面”被镶进了“神光”装置。西方的技术封锁和产品禁运被打破了。

与此同时，范先生还精心做出了第二个“示范产品”——培育了一个优秀的学生，即薄膜光学实验室第二任主任、现任上海光机所党委书记邵建达。回顾跟随范先生从事薄膜技术研究的那些时日，邵建达颇有些悲壮地说：“由于西方国家的严密封锁，我们这个团队没有一个海归，因为在国外根本学不到；也没有一个在海外获得学位的，因为国外相关机构根本不对外招生；另外，我们这个团队贡献虽然很大，发明创造不少，但写的论文最少，发表的论文更少，因为我们自创的新技术、新工艺也要严格保密，只能光做不说，当闷嘴葫芦。”

因为发表论文少，能够公开报道的科研成果少，会不会影响团队成员的职称、待遇、评优呢？邵建达明确地说："不会，也从来没有！上级领导知道这支团队的贡献，国家也不会忘记他们的贡献。"

无论如何，这支团队的奉献精神足以证明他们的伟大了。

2003年，朱美萍进入光机所薄膜光学实验室，先是师从易葵攻读硕士学位，后来师从范正修和邵建达攻读博士学位。薄膜技术的攻关、实施和寻找瑕疵，特别需要细腻、沉静和耐心。镀一次膜常常需要10个小时以上的时间，在经过纳秒、飞秒级的激光冲击之后，通过仪器在薄到微米级的膜上寻找分子级的疤点，这可是难上加难的工作啊！朱美萍在实验室常常一待就是十几个小时，有时不知天是什么时候黑的，过后又不知天是什么时候亮的。有了女儿以后，女儿刚刚可以自己活动了，朱美萍就把女儿带到实验室跟她一起加班。孩子困了，她就在沙发上铺个被单让孩子睡下。同事们笑说："美萍的母爱都是在实验室里完成的。"

2. "我们一直在无人区"

冷雨欣，看起来好冷的名字啊！其实不。大概因为命里缺水，父母便让大雨中雨小雨天天浇着他，这样才能使他欣欣向荣。

结果就像命中注定，襁褓中的他、两三岁的他、上学前的他，就像一个流浪儿，跟着父母顶风冒雨，颠沛流离，横跨半个中国。那双稚气而好奇的眼睛张望着这个世界，很长时间不明白，我的家究竟在哪儿呢？这与时代和父母的命运有关。冷雨欣的父母在上海是高中同学，学业优秀，定情月下时一定对未来充满玫瑰色的憧憬。

没想到大学毕业之际，正是“文化大革命”来临之时，父亲被分配到贵州六盘水一家国企，母亲被分配到重庆一家药厂。两人结婚后长期两地生活，1975年生下冷雨欣后，不得不把他交给在上海的外公外婆抚养。在冷雨欣童年的记忆中，最快乐的日子是父母到上海探亲的日子，最痛苦的日子是父母假期结束告别的日子。小雨欣使劲扯住父母的衣襟不让走，哭得震天动地，谁都哄不好，一直哭到在泪水中睡去——他命中的雨原来是泪雨啊！不得已，有时母亲把他带到重庆生活一段时间，有时父亲把他带到六盘水生活一段时间。改革开放了，政策宽松了，国家有活力了，因为思乡，也为了唯一的孩子雨欣，父母很想调回上海，但很难。当时安徽铜陵有一家大工矿企业，是“备战备荒”“建设大三线”时期上海方面在铜陵创办的，从干部到工人全是上海人，从吃到穿全是上海风格，这个厂号称上海的一块“飞地”。分居两地的冷雨欣父母想了许多办法也调不进上海，没办法，只好共同调入安徽铜陵这家大工矿，再把冷雨欣接到那里，一家三口算是艰难地团聚了。

上学后的冷雨欣被老师准确地评价为“好学生中的坏学生”。他贪玩，好动，上课不注意听讲，放学后不用功，经常交不上作业。而且满脑子鬼点子，上树掏鸟，下河捉鱼，天天瞎玩，打架斗殴的事儿也总少不了他。但奇怪的是，每逢考试，冷雨欣突击两三个晚上，成绩竟然总是位列前三！尤其是数理化成绩，他好像有天生的领悟力，一点就透。1992年全国中学一次物理竞赛，冷雨欣笔试成绩不错，但现场实验他没做出来。当时给每个参赛学生一根长方体木棍和一个连线的小砝码，让他们给出木棍的重量。冷雨欣傻了，不知道怎么做。回家后，他把办法想出来了：把木棍放在桌面上缓缓向边缘推进，在要掉未掉的时候就可以找到它的重心；第二次把小砝码拴在木棍的一头，再缓缓推进找到它变化了的重心，这样就可以计算出木棍的重量。可惜晚了，他未能进入前五，否则就可以去合肥参加省决赛了。还有一次数学竞赛，4道题非常难，冷雨欣只做出半道，还得了个三等奖。迄今冷雨欣还不那么服气，他说：“那时我们中学对这方面培训很少，不像现在有奥数班什么的。如果学校多加培训，我相信我的成绩不会太差的。”

就这样，从初中到高中，他从“好学生中的坏学生”变成“好学生中的好学生”，本科保送到武汉大学物理系。1998年毕业后进入上海光机所，师从徐至展院士攻读硕士研究生，重点进行超强超短激光技术、光学参量放大、光子晶体光纤等激光技术方面的研究，以及超强超短激光的测量与应用研究等。这意味着他和退休后回到上海生活的父母第二次团聚了。

“可能很多人觉得科学家的生活很枯燥，其实不对。”冷雨欣对我说，“科学家就是探险者和冒险家，他们从来不做没有意义的重复劳动，他们总是渴望进入那些‘未知、未闻、未见’的领域，你永远不知道明天会遇上什么，这就是科研工作的魅力。你一旦有了重大发现或发明，一定会在某种程度上改变人类生活的面貌。这样的事情，作家能做到吗？”

我说：“做不到。作家说到底，只是生活的速记员。”

超强超短激光，是当前国际现代物理学乃至现代科学中一个非常重要且竞争激烈的科学前沿领域。在现有科学技术的基础上，进一步开拓发展强场超快、具有一系列综合“极端物理”特征的新一代激光科学技术，具有重大的前沿学科意义，必将推动一大批基础学科与前沿交叉学科的发展，为当代重要高技术领域的创新发展提供原理依据和科学基础。

当冷雨欣成功将自己转化为优秀生之后，他就决定此生必须一直优秀下去。在徐至展院士的指导下，他很快开始了独立性研究，对“啁啾”脉冲放大基础上产生的新一代超强超短激光进行深入的理论和实验研究，参与提出并实施了比国际同类研究更为先进的总体创新方案，在国际上首次建成小型化的1064纳米波长、10太瓦级超短超强激光装置，创造出世界最高水平的实验结果。他参与研究的部分重要关键单元技术与基础实验，也达到国际领先水平。通过该团队研制的激光装置，飞秒激光激射而出，在空间里像绷直的丝线一直闪闪发光，故被誉为“激光成丝”。

2015年，年仅40岁的冷雨欣出任强场激光物理国家重点实验室主任。作为外行的我无法明白和理解他的全部工作。但我知道，他率领的团队有近百人，目前承担着多项重大科研项目。冷雨欣还是国家973项目课题负责人、中科院知识创新工程重要项目课题负责人、上海市基础重点研究项目负责人，已授权和已受理发明专利10余项，多次获中科院和上海市各类大奖。

冷雨欣说：“我们的团队一直在‘无人区’，面对的都是未知领域。每天早晨起床，我都会问自己三个问题：还有什么未知可能存在？已知的还有什么用？怎么把已知的做得更高更快更强？”

因此他忙得天天加班：“哪天要是不加班了，回家坐立不安，就像丢了钥匙。”

这感受太真切了。

3. 改造“太上老君炉”

著名物理学家皮耶·居里在追求玛丽·斯克洛道斯卡（即居里夫人）时，曾在日记中这样写道：“才华出众的女子甚为罕见。因此，我们若违反本性，全心专注地投入工作，疏远了周围的人，我们就违抗了女人。这种对抗是不公平的，因为女人有很正当的理由：为了美满生活和符合人性，她们极力拉我们回去。”

不，人类中还有一些具有博大情怀并肯于献身伟大事业的女性。

胡丽丽，头发灰白，步履轻盈，微笑着走过来同我握手，眼中闪耀着一种沉静而自信的光亮。她讲话语速很快，声音低沉有力且有弹性，像她的思维一样激荡着内心的热情。

1963年，胡丽丽出生于江西南昌。爷爷是泥瓦匠，为乡亲们盖房子，奶奶帮乡亲们洗衣服。父亲给乡亲的孩子们当老师，从代课老师做到中学校长，培养了无数娃娃，出了数百个大学生。一家子就这样泽被四方，以自家的辛勤和真诚的劳动赢得了乡亲们的尊敬。好家风一定出好孩子。不过胡丽丽小时候那个淘啊！她读小学时天天唱歌跳舞，要不就跟着男孩子上树掏鸟，下河捉鱼，回家捧一本小说看到半夜。临到小学毕业前，父亲领她下地插秧、挑肥、拔草，她嚷嚷累，父亲也不瞅她，喝一声：“继续干！”回家路上，父亲严肃地跟她说：“现在你面临两种选择，要不好好学习，将来进高中考大学；要不就别念了，这辈子在家当个农民，嫁人生孩子，一个没文化的女人，逃不过这样的命运。两条路你选吧。”

爸爸的话把她吓着了。那天晚上，胡丽丽第一次认真地打开课本，认真地写作文，作文的题目是“爸爸的教诲”，写着写着，她哭了。一夜之间，她懂事了，长大了。从初中到高中，她成了学校里最用功最优秀的学生之一，1980年考入浙江大学金属材料系，毕业后接着读硕士，读博士。在她的影响和带动下，妹妹考入上海交大，获硕士学位，弟弟考入天津大学，获硕士学位。父亲从农民拼到做中学校长，三个孩子个个金榜题名，这一家子轰动全县。县教育局局长要给她家送匾，以彰其名，引领全县教育。父亲连连摆手，说我家那个破房子，匾挂上去会把房子压塌的，要不你先给我盖三间大瓦房吧。局长大笑说，怪不得你能培养出三个小状元，脑子够灵！

1987年，胡丽丽考入上海光机所，做了干福熹先生的博士生，指导老师是姜中宏。

小时候在江西老家，周边山清水秀，莺飞蝶舞，青草绿，菜花黄，风景那个美呀！可看久了，也就没什么感觉了。整年累月脸朝黄土背朝天的农民，哪有那么多小资心情啊。进了光机所，打开那些神妙的光学仪器，胡丽丽霍然看到星河灿烂的浩瀚宇宙，看到肉眼难以看到的风驰电掣的原子和粒子世界。我的天！原子那么小，原子核更小，而围绕原子核飞旋的电子小之又小。如果把原子想象成一座大教堂，那么电子就像大教堂里的几只小虫，其空间就是如此阔大！太美妙了！

姑娘总是爱美的，胡丽丽从此全身心投入她的科学世界，并在实验室以其秀美和才华“俘虏”了人生伴侣。

忆及来路，充满快乐也布满曲折和艰辛。

1961年，美国第一个研制出掺钕硅酸盐玻璃激光器。一年之后，在三年困难时期缺吃少穿的干福熹、王之江团队通过“土法上马”、自制设备也研制成功并得到高倍频激光输出。可惜因“文化大革命”到来，我国相关研制工作又大大落后了。钕玻璃是一种透着微红加微蓝的玻璃，看起来晶莹剔透，有着钻石般的美丽，是强激光发射和许多高精尖军民设备必用的材料。20世纪90年代美国将其列入向我国禁运的名单，严禁出口。欧盟某些国家曾想跟我们做这方面生意，也遭美国阻止。

这也是件好事，逼着我们动手自己干。

钕玻璃的制备工艺属于交叉科学和系统工程，极为复杂，需要同时满足光学和激光两方面的高性能指标要求，在除杂质、除羟基、除铂金、包边等问题上要尽可能达到十全十美，以在最大程度上避免激光被吸收的损耗。早期激光实验中，曾发现钕玻璃棒中出现气泡性破坏，国内外普遍认为是一种热裂。王之江首次通过计算，认定气泡状破裂是钕玻璃内含有金属颗粒，因吸收激光能量汽化爆炸引起，进而攻克了除铂金技术和工艺，这一发现和技术开发比美国人更早，于2016年获得上海市技术发明特等奖。

值得注意的是，此前获得激光钕玻璃采用的是坩埚熔炼技术，可以想见，那是一个数十升或数百升的“大坩埚”，炼一坩埚是一坩埚，产量低，且质量的一致性难以保证。大量使用钕玻璃的重要设备和国家重器，质量不一致不成了“百衲衣”了吗？不过，那时我国科学发展和各项建设事业还较为落后，钕玻璃需求量不多，压力不大。20世纪90年代以后，中国经济实现腾飞，现代化步伐大大加快，钕玻璃需求量大增。尤其因航天、军工等高端技术的飞速发展，以及上海光机所研制高功率激光装置“神光-Ⅰ”“神光-Ⅱ”的急切呼唤，国家不断投入巨额经费，为停顿近10年的钕玻璃研制工作带来新的生机。不久，上海光机所的张俊洲团队改变了此前钕玻璃“一坩埚接一坩埚”的生产方式，独创了半连续坩埚熔炼工艺，使钕玻璃形成批量生产，质量大大提升。

到2005年，轮到42岁的胡丽丽出场了。

从1987年跟着干福熹先生学习，10多年里她天天盯着那口热气逼人的坩埚，一坩埚接一坩埚地出钕玻璃液，好似太上老君一样特别敬业、特别辛苦地守着烟熏火燎的炼丹炉。我笑说：“今天我才发现太上老君是个女的，名叫胡丽丽。”她笑了。

进入新世纪，地处绵阳的“两弹基地”——中国物理工程院和上海光机所等科研单位通力合作，开始研制“神光－Ⅲ”装置，急需数百片大尺寸、高性能的钕玻璃。胡丽丽深知国家“火眼金睛”之急需。手工作坊似的坩埚熔炼已进入历史了，半连续坩埚熔炼也跟不上需求了。胡丽丽组织领导了一个90多人的大团队，向连续熔炼技术工艺发起了果敢冲击。

她的日月星辰被几乎全部放进实验室。她的一头青丝迅速变白。她的外部世界渐行渐远。她越来越瘦，脊背渐渐弯曲。她因一次次失败而痛苦不堪的日子越来越多。她的视力因为总是盯着显微镜和各类光学仪器以观察各种去除功率而日渐昏花。拿一块面包一边吃，一边看着流淌出来的玻璃液，琢磨着怎样让它连续不断，怎样让它更“清洁”，怎样让它均匀成型、质量一致，那块面包竟然定格在嘴边十几分钟一动不动，人和面包成了一座雕塑。而解决上述那些问题就像坐跷跷板，这个问题解决了，那个问题又冒上来，难上加难，难上更难。上学的孩子早起见不到妈妈、晚睡见不到妈妈、开家长会见不到妈妈，父亲也是同样繁忙的科学家，这一切让孩子倍感孤寂。每一天夜里，孩子特别渴望能听到妈妈上楼的脚步声，拿钥匙开门的哗啦声，但总是失望接着失望，直到睡去。孩子有特别想说的话，只能写一封信放在枕边，说：“妈妈，我想你了！”胡丽丽看后热泪长流。她过的是人生不等式的生活——把更多的爱和精力献给了国家和科研事业，留给家人的则更多是疲惫的背影，台灯下、电脑前的背影，上班的背影，出差的背影，各种仪器前的背影。

这就是中国的一位母亲，因为她是科学家。

9年，整整9年，胡丽丽就是这样熬过来的。

坚持是成功最朴素的要诀。2014年，一系列令人耳目一新的惊叹号纷至沓来，精彩迭出：

在胡丽丽和她的团队手上，钕玻璃生产从“坩埚”变成“线”，“熬一坩埚是一坩埚”变成了“小河流水哗啦啦”——30多米长的熔炼生产线！

坩埚中的高温钕玻璃液像“热粥”一样黏稠，对“坩埚”内壁的耐火材料会产生侵蚀，导致杂质难以避免，质量难以保证，故而必须对坩埚材料定期更换，耗时费力，效率很低。改造后形成的生产线生产方式，则对此进行了革命性改造！

去除杂质、气泡、铂金颗粒等新型工艺进入世界先进行列！

如今，生产线一次连续熔炼，超过此前单坩埚生产5年的供应量！一些西方国家遂停止了自家的钕玻璃生产，转而从中国进口。

迄今，上海光机所的钕玻璃连续熔炼技术达到国际最好水平，部分指标国际领先。除美国之外，中国成为第二个掌握高性能、大尺寸激光钕玻璃连熔工艺技术的国家。

上海光机所研制高功率超强激光器“神光-Ⅰ”“神光-Ⅱ”装

置，中国物理工程院和上海光机所等单位共同研制“神光－Ⅲ”装置，前后历时近半个世纪，其“光激发”采用的就是干福熹、王之江、张俊洲、胡丽丽等一代代“玻璃王”制造的钕玻璃。

光机所的大院里绿树成荫，花草芬芳，其间有一条曲径通幽的紫红色小道，是用大块小块碎裂的钕玻璃铺就的，那也是干福熹、王之江、张俊洲、胡丽丽等一代代科学家用毕生心血铺就的。我特意去看了看走了走。淡紫、深紫、暗紫、亮紫，阳光下闪耀着奇异的光彩。那是举世无双、独此一条的小径，刚硬得像钻石，昂贵得像钻石，美丽得像钻石。那哪是玻璃啊？那是中国科学家从失败到失败、从成功到成功的奋斗精神的高贵象征啊！

犹如“一带一路”——这条小径已通达世界。

成功了，更忙。生产线一次点火，七八个月不能熄火。从科学家到技术工人，四班三运转跟着。生产线内部高温达1000多摄氏度，室内热浪灼人，一旦出现了什么小事故，胡丽丽和大家穿着防护服一块往上扑。

她说，这叫“热修”。

采访结束，胡丽丽送我一块光亮夺目的形如一座微型纪念碑的淡红色钕玻璃。我把它摆在家里最显眼的地方，与它做伴的有中国“复兴号”高铁机车模型和中国核潜艇模型。这都是我采写过的行业。作为一个作家，你说我能不骄傲吗？

告别时，胡丽丽交给我一份打印的有关激光钕玻璃科研情况的参考资料。我注意到，纸的另一面是用过的。

啊，进行着如此重大的科学研究，却又如此节省！

她笑说：“我上小学时，作业本就是正反两面都用的。”

这就是从那条紫光小径走来的她。

后记

我捡到爱因斯坦丢失的一把钥匙

因为必须严格遵守保密原则和相关要求，本书在程序上“走”了很长时间。直至建党百年华诞之后，终于可以与读者见面了。

2019年1月3日深夜，我冒着凛冽寒风，拖着两个行李箱，从浙江湖州乘高铁抵达上海，直接“潜入”上海光学精密机械研究所——一个神秘的所在。

瞧瞧这几年：我在湖州刚刚写完《行走的村庄》一书，反映浙江农村特别是湖州市吴兴区八里店镇农民“上楼”的历史性变迁；此前数年，即2010年6月11日，我在《人民日报》以两整版篇幅发表了《闪着泪光的事业》，首次向全国读者隆重推出中国高铁建设与发展的磅礴历程和重大意义，强力宣示了高铁的本质性、象征性意义以及它必将给中国带来的巨大变化——“中国速度”。《人民日报》的老朋友郭运德先生说，我这篇报道开创了中国“第一党报”发表报告文学作品的先河。再后来，应公安部之邀，我走了大半个中国，采访写作了长篇报告文学作品《国之盾》，激情讴歌了全国各地的公安英模英烈。再后来，又为佳木斯公安局写作了《深蓝的光芒》。之后，我抵达上海，历时大半年，完成了本书《光芒中的光芒》。

也是巧！本书刚刚收尾，我接到中国作协的一个重要任务：采访写作世界文明史上前所未有的伟大的民生工程——中国扶贫攻坚战。这以后，我绕全国走了一圈，历时十个月，完成了《国家温度——2019—2020我的田野调查》一书；过后又远赴贵州调研当地扶贫攻坚工程，创作了《主战场》一书。作为作家，我能紧跟时代的步伐持续前进，自然深感光荣与自豪。什么是作家生活之大计、创作之大计、奉献之大计、光荣之大计？在我看来，就是“用脚写作，走为上策”，虽然这很辛苦。

自20世纪70年代起，迄今半个世纪了，我写了30多部长篇小说、报告文学、散文等各类体裁的文学作品，内容遍及古今中外，总行程大概怎么也绕地球好几圈了——本书出版以后，意味着我的足迹已经抵达宇宙的边缘。爱因斯坦，那个可爱的老头儿，蓬松着满头白发，正站在对面另一个宇宙的大门口迎接我。他不好意思地边笑边摸索着衣服口袋，然后耸耸肩膀摊开手，表示他把一大串钥匙弄丢了。

我藏了个小心眼儿，没告诉他我捡到一把——

这把钥匙与激光有关。

写作本书，对我是一次极大的挑战。

以往我写过的题材算是很广泛了，工农兵学商，五行八作三教九流，都上过阵，但科研方面还极少涉猎。只是几年前为中国工程物理研究院写过一部大型话剧剧本《以身许国》。其中有些科研工作就涉及上海光机所，这自然引起了我对它的强烈兴趣。我想试试，写写这个对我来说极其陌生神秘而又无边无际的领域。

年轻时候，我被迫中止了高中学业，上山下乡前往风雪呼啸的北大荒，在那里种地喂猪赶马车，大好青春奉献给了北大荒。许多年来，我不再回忆那个年代，因为，它让我感觉到一丝丝荒诞。

以后的几十年，我一直浸泡在文学的圣水里，对遥远而陌生的科学王国几乎一无所知，知道的也是高中时候留下的片断记忆或是无事乱翻书时留下的浮光掠影。总之，在上海光机所，我面对的是浩瀚宇宙的奥秘和一些高冷优雅的“外星人”。为了把激光写明白，我不得不跑进图书馆，从爱因斯坦和霍金读起，从ABC开始恶补。确实，文学家和科学家几乎是使用两个“星球”上的语系，他们提供给我的参考资料，充斥着大量豆芽菜似的“鸟语”和千奇百怪的符号、公式。他们端出的来自黑洞、奇点和粒子世界的难解之谜，包括科研上取得的伟大成就和累累硕果，简直像是要把一个“优秀作家”变成一个“愚蠢的家伙”。很可能，我的“一世英名”就砸在这儿了。

别无选择。我必须新媳妇上轿现扎耳朵眼，必须闯入这个未知、未闻、未见的领域，必须攻克上海光机所这座神秘堡垒，必须解读他们的密码，必须弄清他们的“十八般武艺”：从激光到电子，从精确制导导弹到隐形战机，从宇宙中的暗物质再到量子纠缠——唉，于我而言，这不是天书又是什么？

与此同时，我还必须进行艰难的语系转换，把他们属于宇宙的“鸟语”，即科学系统的专业语言转化为文学语言，以便读者能够看懂。总之，我必须把自己伪装成一个“科学家”，在采访和写作时假装什么都懂。在埋头写作的日子里，我如同潜入科学王国的一个孤魂，坐在孤独的房间里，白天守着孤独的太阳，深夜守着孤独的台灯，面对孤独的笔记本电脑，常常一整天连说话的人都没有。但这并不妨碍我满腔激情地投入畅想与写作，把键盘敲得地动山摇。

成不成，就是它了。

我要感谢中科院的赵耀同志，曾任上海光机所所长、现为中科院院士的李儒新先生，现任所长陈卫标先生以及薛慧彬、沈力等同志，他们对于我的采访写作给予很多具体的支持和帮助。

上海光机所每年都要招收一批青年才俊研究生。我初进光机所时，党委书记邵建达同志对我说，谢谢蒋老师的努力，给我们留下一部珍贵的记忆宝典 。以后一代又一代的新生进来，读了这本书，就会了解上海光机所的历史和科学家们的奋斗精神，对于未来，这是很有价值和意义的。

2021年8月6日于北京